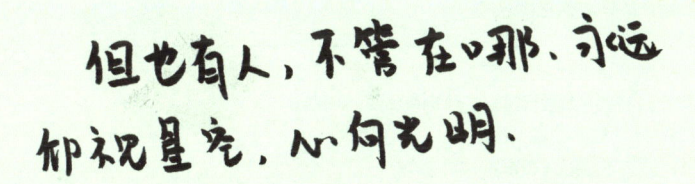

但也有人，不管在哪，永远
仰视星空，心向光明。

条条用

图书在版编目（CIP）数据

金嘉轩去了哪里/徐徐图之著.—武汉:长江出版社，2023.1
ISBN 978-7-5492-8427-6

I.①金.... II.①徐... III.①长篇小说－中国－当代IV.①I247.5

中国版本图书馆CIP数据核字(2022)第137071号

金嘉轩去了哪里 / 徐徐图之 著

出　　版	长江出版社
	（武汉市解放大道1863号 邮政编码：430010）
策　　划	力潮文创-白鲸工作室
市场发行	长江出版社发行部
网　　址	http://www.cjpress.com.cn
责任编辑	陈　辉
特约编辑	唐　婷
封面/赠品/版式设计	Semerl
封面绘制	山　鬼　Semerl
插图绘制	张大浦　小丑的票根
题　　字	仓　鼠　Semerl
印　　刷	北京盛通印刷股份有限公司
版　　次	2023年1月第1版
印　　次	2023年2月第1次印刷
开　　本	880mm×1230mm　1/32
印　　张	10.5
字　　数	300千字
书　　号	ISBN 978-7-5492-8427-6
定　　价	48.00元

版权所有，侵权必究。如有质量问题，请与本社联系退换。
电话：027-82926557（总编室）027-82926806（市场营销部）

金嘉轩去了哪里

徐徐图之·著

长江出版社

**JIN JIA XUAN
QU LE NA LI**

店里放着轻缓的情歌,
窗外行人和共享单车慢慢经过。
桌旁一面留言便签墙,
其中一张写了句诗——
你来人间一趟,你要看看太阳。

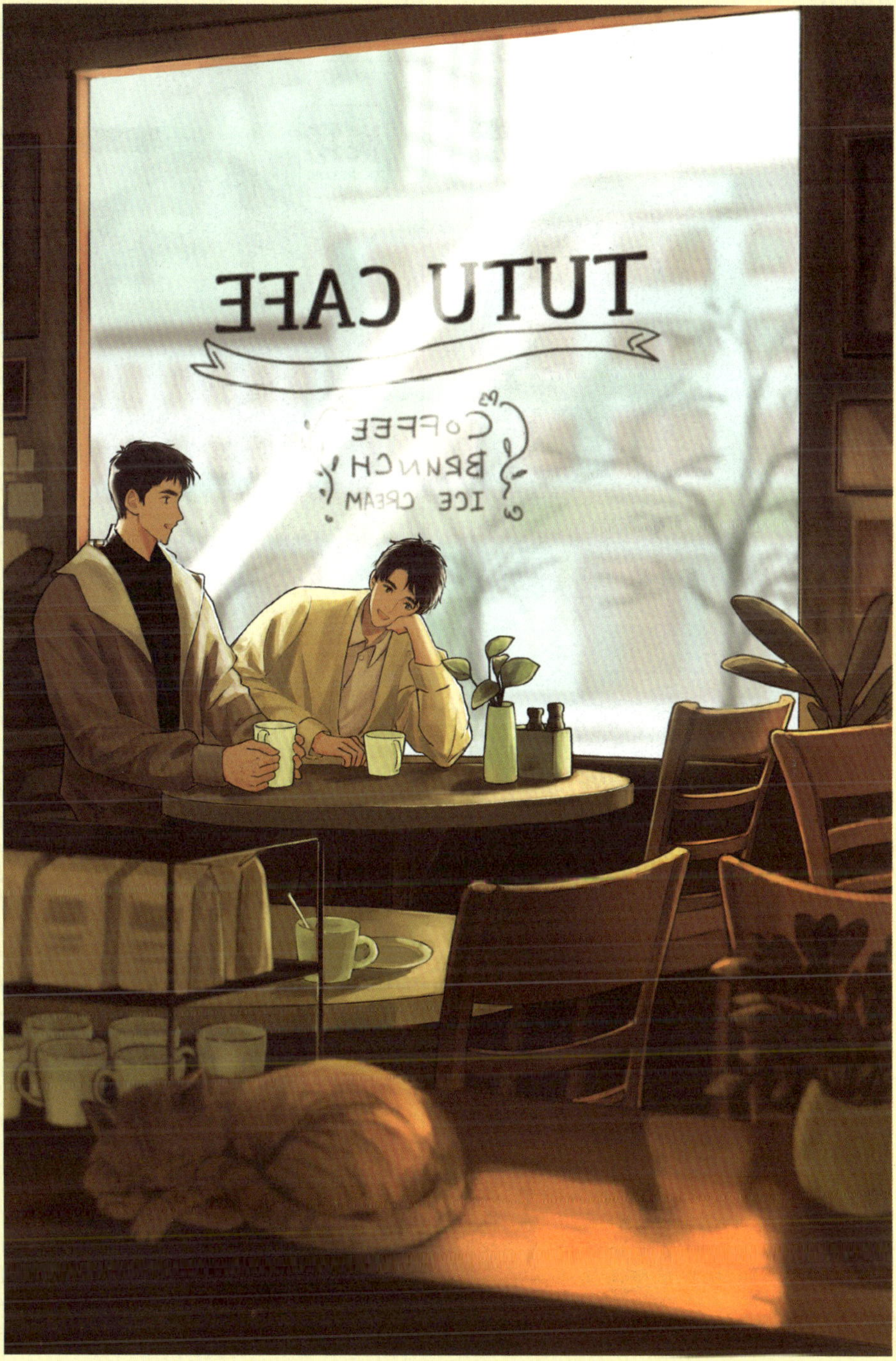
TUTU CAFE
COFFEE
BRUNCH
ICE CREAM

金旭 JINXU		尚扬 SHANGYANG	
"西北脱口秀大王"		90后第一代"网络喷子传承人"	
曾用名:金晓旭			

性别 SEXUAL	男	性别 SEXUAL	男
身高 HEIGHT	cm	身高 HEIGHT	185cm
体重 WEIGHT	84kg	体重 WEIGHT	76kg
职务 POSITION	副局长	职务 POSITION	调研员
单位 WORK UNIT	市原北分局	单位 WORK UNIT	局研究所

上学……时不爱……说话,日常比较沉……默,也很……少笑。现在让人有……新鲜的陌……生感,积极又开……朗,像解开……了什么封印。

日常自带保……温杯喝热水,在……店睡觉要套隔脏睡……袋只用自带的……洗发水沐浴露,酒……精棉片随身带。

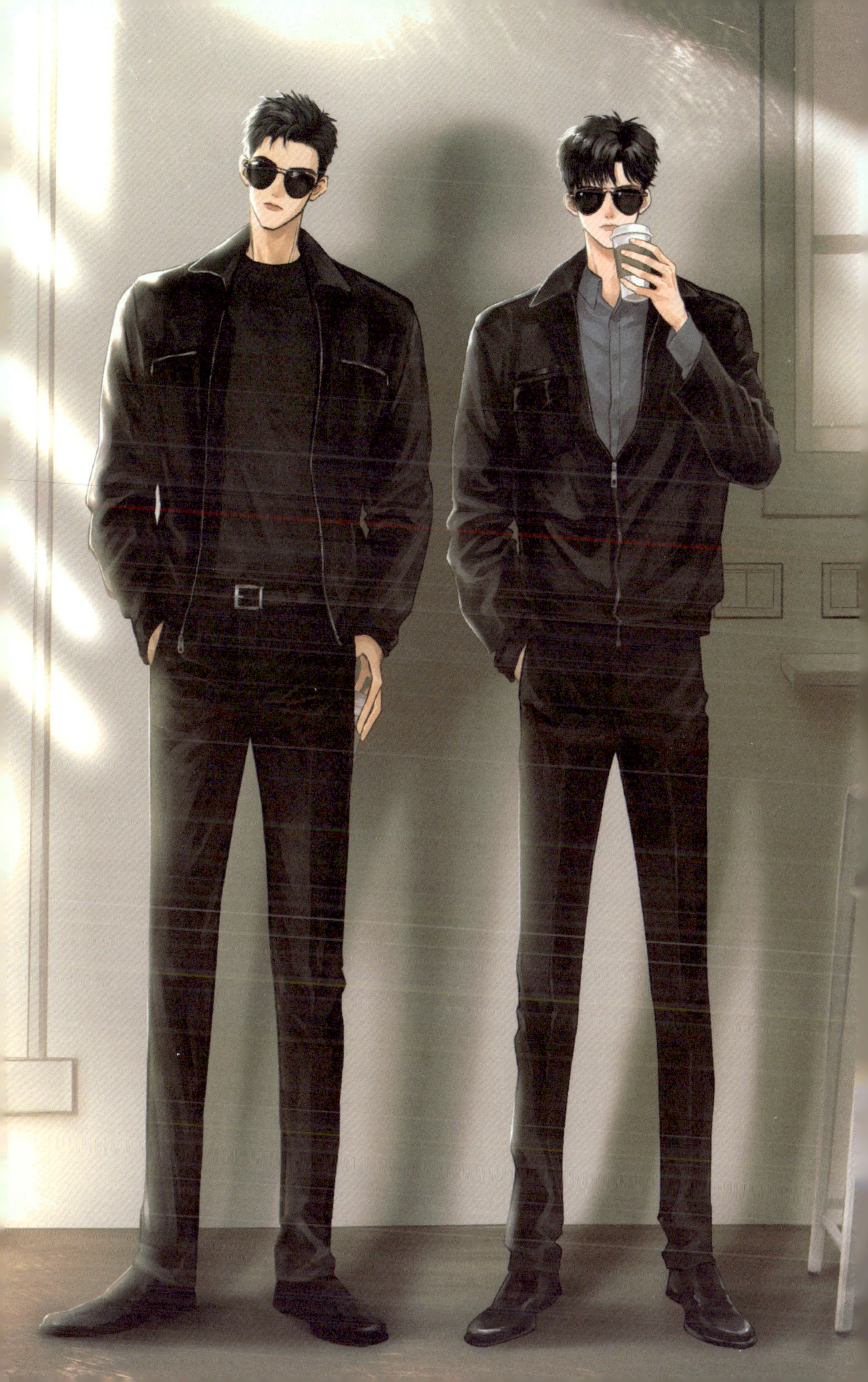

目录 CONTENTS

WHERE DID JIN JIAXUAN GO

本案负责人：金旭 尚扬

白原市 BAIYUAN

第一案
他来到我的城市 001

第一章 003

第二章 033

第三章 064

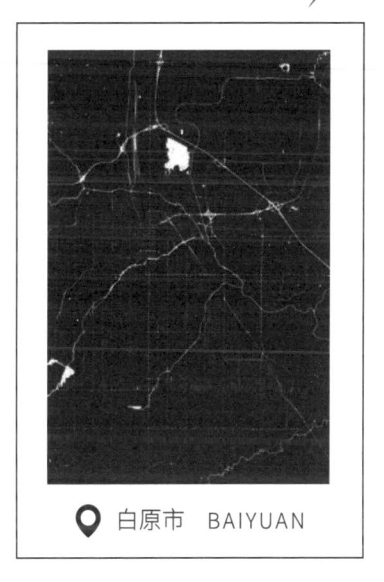

第四章 099

第五章 131

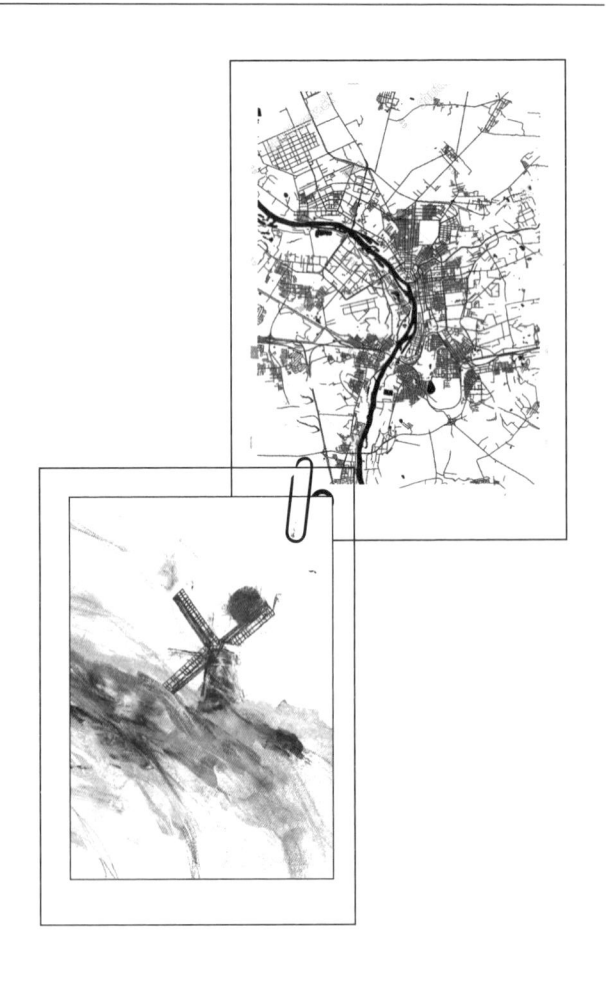

目录
CONTENTS

本案负责人：金旭　尚杨

第二案·影子追着光梦游　169

第一章　171

第二章　201

第三章　235

第四章　272

第五章　311

He came to my city

第1案　————————————他来到我的城市

01

第一章
JIN JIA XUAN
QU LE NA LI

西北 10 月,秋风萧瑟,群山层林尽染。

清晨冷风里,尚扬下了 K 字头列车,提着简单行李,走出老旧的火车站,黑色风衣被吹得衣角翻飞,脚下踩碎了几片金黄落叶。

跟在他身旁一身休闲运动风的男青年,名叫袁丁,今年刚从公安大学毕业,是尚扬在带的实习生。

两人抵达了此行的目的地,位于西部腹地的白原市。

二十多分钟后,白原市原北分局松山派出所。

离上班时间还有一会儿,派出所大门紧闭,门卫室里也空着没人。

袁丁拍了拍门,无人响应。

"怎么连个值班的民警都没有?"袁丁问,"尚主任,怎么办?"

尚扬蹙起眉,明显露出不满,说:"先不见面了。我们在附近找个落脚的地方。"

"行。"袁丁懂了他的意思。

两人找了家普通宾馆入住，言谈举止间像一对错峰来旅游的表兄弟。

进了房间后，尚扬布置了接下来的工作，明确了小分队两名成员，即他自己和袁丁，分别要去做什么，怎么做。

刚满三十岁的尚扬，也是公安大学出身。

八年前，他从公大毕业，以全国招警联考笔试第一名的成绩，进入了现在的单位。

目前他在某部某办公室下辖的某研究所工作，是副处级调研员，任某科室主任。

他和同僚的日常工作，是对基层警务建设和公安工作情况进行采样调研。

调研对象主要是各地基层公安局、派出所以及警务室。

调研结果会集合成系统报告，变成部里内部参考的存档文件，为今后公安队伍的建设提供更真实可靠的依据。

常年出差，于全国奔波。

上礼拜，尚扬带着袁丁，刚从华南某个工业重镇回京，就又受命来大西北，对白原市原北分局的公安工作进行实地调研。

行前，尚扬主动向研究所领导报备："这分局新上来的一个副局兼派出所所长，是我的大学同班，在公大时还住一个宿舍。"

领导问："怎么没听你提过还有这么个同学？私交怎么样？"

尚扬道："就是不怎么样才没提过，以前因为些鸡毛蒜皮的事儿不太对付，那时候年纪小不懂事，在学校还经常找他的碴儿。"

领导笑起来，道："那不是正好？这趟过去，找碴儿找个够。"

尚扬报备这话多少有玩笑成分，更多只是为了表明同学关系不会影响工作。

领导对着袁丁，开玩笑地说了句："你负责监督好你们尚主任，既不能让他徇私放水，也不能让他仗势欺人。"

袁丁清楚记得从领导那里出来后，尚主任绷着的表情隐约透出了别扭和尴尬。

白原市的高铁站在建设中,暂时还没通行,当地也没有机场。

尚扬和袁丁两人先从京飞到该省省会,又坐了几小时绿皮慢车,才来到这个常住人口不到两百万的西北地级市。

像他们这种部门的人出来搞调研,一般根据情况,会采用两种方式。

一种是明察,和当地同志对接,公开透明地开展工作。

另一种就是暗访,悄悄地来再悄悄地走,不惊动这边任何部门。

袁丁私心里是更希望用第二种。

结果一出火车站,尚扬就带着他直奔老同学工作的派出所,明显就是想直接和对方碰面了。

袁丁失望地以为,他心心念念的暗访没了戏。

没想到尚主任的老同学竟然这么不争气。

一个该二十四小时为人民服务的派出所,就算还没到正常上班时间,光天化日不留人值班,大门紧闭,确实是不太像话。

不暗访他暗访谁?

尚主任临时改主意,很难说是没有恨铁不成钢的意思。

另外袁丁还直觉,尚主任之前说和这同学关系不好,好像也不是纯粹的玩笑话。

最有力的证据就是,尚主任的手机通信录和微信好友列表里,都没有这位姓金的所长。

这说明了什么?这对昔日大学同窗,毕业这八年里,早就断了联系。

"这倒没有,"尚扬道,"前年我来西北出差,还顺道来看过他。"

这时已经是来到白原市几天后的夜晚,两人结束工作也在外面吃过晚饭,回住处的路上,袁丁把自己的猜想说了出来,被尚主任当场打脸。

袁丁追问:"那你怎么连金所长的微信好友都没加?"

尚扬从双肩包侧抽出保温杯,拧开喝了几口水。

白原比首都冷，空气也更干燥，他来这边以后，他的保温杯几乎不离身。

日常自带保温杯喝热水，在酒店睡觉要套隔脏睡袋，只用自带的洗发水沐浴露，行李中备了一沓酒精棉片，手机一天能擦两三次。

说他是洁癖，倒也不至于，但确实和其他糙汉比起来，比较精致。

袁丁听过所里几位女同事凑在一起聊天，开玩笑地说尚主任是研究所一枝娇花。

这评价既毒舌，还准确。

尚扬把杯盖拧好，接着刚才的说："在学校我跟金旭关系就不好，毕业好几年了，还假惺惺地加好友？加了也没话说，根本没这必要。"

袁丁有疑问："这边的交通这么不方便，你还来看他？这是关系不好？"

"你在把我当犯人审吗？"尚扬明显被问烦了，语气敷衍道，"不是我自己想来，是另外一个同学约我一起来，我是给同学面子。"

袁丁只得假装信了，道："师兄，明天干什么？该访的都访过了。"

他们正经过松山派出所，隔着马路望过去，已经晚上八点多近九点，派出所还灯火通明。

尚扬拧起眉来，说："回去再说，我也得想想。"

这几天里，他们通过一些常规暗访途径，大致了解到了原北分局，特别是松山派出所的相关现状。

怎么说，和袁丁的设想还是不太一样。

派出所辖区的治安非常好，三年来零刑事案件。

处理普通的民事纠纷，出警速度极快，调解方法灵活机动。

派出所附近的居民和私营店主，对这家派出所及所内民警的评价都比较不错，警民鱼水情这块的工作，可以说搞得相当好。

而尚主任的老同学，那位金旭金所长，也是因为当所长期间表现优异，才在今年升职兼任了原北分局副局长，主抓社区警务工作。

晚上在宾馆房间里,尚扬和袁丁开了个简短的讨论会。

把收集来的资料对了对,聊了聊原北分局暴露出来的一些问题,最后才来说松山派出所。

袁丁道:"咱们刚到那天,派出所里没人值班这事,我打听明白了,是附近有个女的报警,说下楼扔垃圾,看见垃圾箱里有裸尸,吓得赶忙就打了110。松山派出所的几个值班民警认为事关重大,都赶紧过去保护现场了,还真不是擅离职守。也跟这片治安好有关系,基层民警应对可能发生的刑事案件,反应过激了。最后那个所谓裸尸,原来是有人扔废弃充气娃娃之前没放娃娃的气儿,是个乌龙事件。"

尚扬道:"这乌龙案我也大概了解过了,听说为这事,金旭还把那几个值班民警批了一顿。"

袁丁道:"啊?这种事你是从什么渠道听说的?"

"派出所食堂里打饭的一个大姐说的。"尚扬道,"每天不是饭点的时间,她就在她老公的水果摊上帮忙,我去买了几次水果,跟她聊了两次天。"

袁丁恍然道:"我说怎么这两天回来总是有车厘子和蓝莓吃。"

尚扬道:"让你试试结交下所里的片警,没成功吗?"

袁丁不好意思地说:"试了没成,可能我装游客不像,才说了两句,那小片警就让我把身份证拿出来,后来我就没敢再试了。"

尚扬安抚并鼓励他:"慢慢来吧,经验多了就好了。"

袁丁点点头。

"这几天,我早上去公安局家属院旁边的公园里晨跑,认识了一个市局的股长。"尚扬道,"据对方透露,松山派出所在市局乃至省厅都非常有名,今年很有可能会评上全国先进。"

袁丁高兴道:"那很好啊,其实我这几天观察下来,也觉得这派出所挺厉害的了,值得一个先进。还说别的了吗?这些股长没什么实权,知道的乱七八糟消息可不少。"

尚扬面露迟疑，道："就这，没说别的了。"

袁丁察觉到了，追问道："师兄？你每天都去晨跑，跑了一个礼拜，最后就套了这几句话？"

尚扬尴尬起来，说："后面三四天换了个地方晨练。那位女股长……加了我微信要约吃饭，我感觉不妙怕露馅，就赶紧跑了。"

"这不是挺好？"袁丁开玩笑说，"你家母亲大人隔三岔五地催你去相亲，你出差路上，给你打电话都要提这事。这下正好公私兼顾，任务也完成了，还能找个嫂子，一举两得。"

尚扬冷漠脸看他。

袁丁不怕死地发出笑声。

尚扬等袁丁笑够了，道："行了，说正事……我看，到这儿就差不多可以了。"

袁丁道："同意，我也觉得可以了。"

尚扬合上笔记本，说："明天，去跟我的老同学见个面？"

关于原北分局、松山派出所以及金所长本人，都找不出什么错来。

其实这在近几年的基层警务调研里反而是常态，全国的公安建设步入了科学发展的良性阶段。

这次的调研工作，到此告一段落，尚扬决定和老同学见面打声招呼，就打道回府了。

次日早上，准备出发去派出所。

袁丁对金所长"本尊"还有些好奇，说："我看资料里的证件照，你这同学好像也是个帅哥。"

"你这个也字用得很好，"尚扬一向帅而自知，说，"但我和他不是一个量级。"

袁丁拍马屁道："真的假的？世上竟有人比师兄你更好看？"

尚扬道："是说不是一个重量级。他是一百公斤级的选手。"

袁丁："啊？！这……"

世人多半有些以貌取人，袁丁也不例外，对金所长的期待值一下子降低了五个百分点。

离数日前过门不入的派出所越来越近，尚扬再次感到了一丝不自然。

上次他和金所长见面是前年，当时他也有些不自然，不过那次还有另外一个他们共同的同学一起来，适当缓和了他和金旭之间的尴尬。

在公大读书那四年，他确实和金旭的关系始终不好，两人都看对方不顺眼，暗暗借着格斗训练动过几次手，到毕业前，坦坦荡荡打了一架。

毕业以后，他留在了首都，金旭回到了西北家乡，就再没联系过，间接听到的都是一些零碎消息。

两年前，他出差到西北，在另一个地方巧遇了大学时的班长，班长以"都来了西北，怎么能不去看看老同学"为由，拉着他一起来白原，看望阔别了六年的金旭。

彼时彼刻恰如此时此刻，尚扬也是怀着"来都来了"的心情，来与老同学见一面，叙叙旧，客气地聊上几句。

事实上见面到底该聊些什么，他脑海中一片空白。

叙旧？公大四年里，他与金旭持续性拌嘴，间歇性动手，到如今大家都已到而立之年，提起年少时这种事，还挺去脸的。

那说说现在，他表扬下老同学，在基层工作做得很好，再恭喜一下，祝贺对方升职，熬了八年终于当上了副局？

以他们俩的关系，这话从尚扬口中说出来，难保金旭不会认为是在讽刺他。

不然就还是单纯一些，关心一下金旭的身体健康。

念书时，只要列队，一眼望去，最显眼的就是金旭，他个子很高，超过了一米九，还拥有班里男生都很羡慕的绝佳腹肌。

两年前见面时，金旭比之学生时代发福得严重，那么高的个子，体重超过了一百公斤，可想而知，站在尚扬面前简直像是一座小山。

班长也很吃惊地问他，怎么这样了？

他回答说，生病在吃药，有激素。

但究竟是什么病，他始终没有明确说出来。

尚扬和班长也没有打破砂锅问到底，他们这位老同学，一向不是爱表达的性格，话很少，秘密很多。

又是近两年没见，金旭在工作上取得了不错的成绩，前景大好，想来身体应该已经好了起来，激素药应该也停了，那大概也能瘦回去一些？

松山派出所的民警接待了他俩，他俩出示公安证件，当然不会说是来调研，尚扬说："我是你们金所长的同学，来看看他。"

"金所长出去了。"那民警显然有点纳闷来看同学为什么不先电话联系，但还是很热情地请他俩到二楼办公室坐，还泡了茶。

眨眼间又来了位副所长，自我介绍叫张志明，三十五六岁，和蔼可亲，能说会道，很会来事儿。

尚扬和袁丁对松山派出所已经太熟了，对张副所长的工作经历也很清楚，他是位擅长调解民事纠纷的老片警。

张志明道："金所长有点事去了分局，很快就回来。"

袁丁道："您忙您的，我们跟这儿坐着等就行。"

张志明笑着打哈哈，还是陪着，没走的意思。

袁丁都感觉得出来，这位副所长比先前那位民警眼尖得多，八成是猜到他们俩是"上面来的"，他俩不主动提，人家也不会说，反正给足面子，不得罪他们。

尚扬只打过招呼就不再开口，袁丁便自觉地和张志明尬聊起来。

正说着，楼下忽然吵嚷起来，一阵乱糟糟的吵闹声里，一个上了年纪的女人号啕哭着，还夹杂几句方言。

"你们这些警察互相包庇！"

"叫金旭出来！"

"派出所所长更不能知法犯法!"

张志明顿时一凛,这个季节里冒出一脑门的汗,说"我下去看看",起身就走了。

尚扬和袁丁没太听懂方言,但也都感到很意外。

偏偏在他们结束调研要离开白原市的这一天,竟然横生枝节。

他俩到窗边,朝外面看去。

楼下派出所院内,一个面容憔悴、头发白了大半的老年妇女,正激动地对着民警比画着用方言控诉,几个年轻警察围着好言相劝,也没什么效果。

三五个来派出所办事的群众在一旁围观。

张志明急匆匆下去赶到现场,也上前去劝解。

楼上袁丁道:"我刚才好像听她说什么,所长怎么了?好像是在说金所长?"

尚扬:"……"

张志明到底是老片警,调解纠纷有一套,很快那妇女就不再吵嚷,抹着泪,跟着张志明到旁边坐下,看起来是能正常对话了。

围观群众也四散而去。

尚扬和袁丁下了楼,站在旁边听了听。

那妇女说方言的口音很重,尚扬实在是听不懂她到底在说什么。

刚才接待他俩的那位年轻民警过来解释了一下。

这位阿姨两天前来报过一次案,说儿子失踪了。

接案民警按正常流程受理,随即也做了调查和寻人工作。

她儿子是个无业游民,没工作,还爱赌博,这阵子对和他关系不错的几个人提起过数次,说赌桌上欠了钱,还不起,想出去找个门路,赚点钱再回来。

民警调取了他住处的监控,发现一周前的早上,他独自提着行李包出了门,在小区门口打车,去了长途车站,买票去了外地。

暂时失联也是很常见的情况。

民警把结果告知了阿姨,当时阿姨也接受了。

过了还不到两天,她不知道从哪儿听说,她儿子以前得罪过派出所的金所长,前不久还有人见金所长和她儿子起过冲突,警察都是一家子,没准她来报案,警察根本就没替她找儿子,只是糊弄她一下。

老年人本就容易偏听偏信,这阿姨听了这些话,就起疑心,怀疑是金所长公器私用把她儿子抓了起来,今天就上门来闹着要派出所把她儿子交出来。

那民警无奈道:"不过也说明她还是支持我们工作,信任警察,不然也不来咱们派出所闹,直接去市局闹,更没法收场。"

尚扬听那老太太说着车轱辘话,直听得头疼,便出去到院子里透气。

袁丁也跟着他出来了。

张志明现在分身乏术,顾不上理他们俩。

"这叫什么事儿啊?"袁丁回头看,那阿姨拉着张志明不停地哭诉,袁丁道,"毕业前我还想过报考基层单位锻炼一下,还好没有,要是遇上这种事,我当场就歇菜了,没准比这阿姨哭得还大声。"

尚扬没说话,微抬头看天,轻叹了口气。

派出所和警务室,多数时候就是在处理这种一地鸡毛的工作。

八年前的招警联考,金旭的成绩和尚扬相差无几,加上在公大时的综合分加成,他其实有不亚于尚扬的职业选择。

他的生源地就是白原,白原所在省的公安厅某个部门一度很中意他,省厅还直接打电话到了公大要人。

最后他还是回了家乡小城白原,从一名基层民警做起,这是他自己的意愿和选择。

那时临近毕业离校,尚扬和他保持着不咸不淡互相不搭理的关系,却也会基于四年同窗同寝之情,稍稍替他做出这种选择感到可惜。

如今八年过去了,不知道他有没有后悔过。

一辆警车从门外开了进来。

尚扬和袁丁都抬头看过去。

车前挡风玻璃反光,看不到车里两个人的脸,副驾的那个轮廓圆胖。

尚扬暗道,比前年还是瘦了不少。

那警车一开进派出所大门,车轱辘像打滑似的,紧急转了向,最后以一个奇怪的角度停在了花圃边上,差一丁点就要擦到车头。

副驾的警察开了车门。

尚扬注视着他,心里盘算着开口该说些什么。

那位着制服的警察侧身下车,又背对着这边,关上副驾车门,对还在车里的驾驶员说了句:"我出去买包烟。"

尚扬:"?"

那圆胖警察回过头来,是张陌生面孔。

尚扬:"……"

警察只看了尚扬和袁丁一眼,就出门买烟去了。

驾驶位那边的车门打开,一只警用皮鞋从车内探出,缓慢地踩在了地上,而后,这警察才下了车,车门关上,现出一张五官深邃、棱角分明的脸。

尚扬:"……"

那警察站在车旁,对这边的尚扬露出一个笑脸。

尚扬也对他笑了笑。

袁丁终于信了尚主任的话,这对老同学的关系确实是有点问题,看这一见面就不约而同双双露出尴尬的笑。

不过,尚主任怎么能骗人的呢?金所长,分明就是个大帅哥!

袁丁单手遮着嘴,对尚扬低声道:"金师兄好帅!"

尚扬:"……"

刚才还是金所长,这就变成金师兄了?

金旭带着笑朝他俩走过来，眼睛看着尚扬，说："怎么来之前也不说一声？"

他的语气熟稔而亲近，好像他与尚扬昨天才见过。

反而是尚扬顿了数秒，才拿出成年人的社交态度，礼尚往来地客气道："还不是怕你太忙。"

旁边袁丁心道：你不是没人家手机号吗？所以那天才火车一到站就直奔派出所来了。

"这位是我同事，袁丁，"尚扬介绍道，"是公大的小师弟。"

袁丁伸手："金师兄好！"

金旭和他握手，应了声"你好"，只瞟了这师弟一眼，就又看着尚扬，嘴唇微动像是想再说句什么，最后垂下眼睛，连眼角都带着笑。

尚扬没有像他这般喜悦，但表现出了一种袁丁没见过的拘束。

袁丁满头问号变得更多，为什么两位老同学见面，氛围这么奇怪？

"金师兄，张副所长还在里边替你接待报案人，"袁丁提醒道，"要不先去处理好了，你再跟我们主任好好叙旧？"

一进去，金旭那外露的喜悦就收了起来，取而代之的是严肃。

他朝注意到他进来的张志明打了个手势，示意张志明带那位阿姨到楼上办公室去。

金旭又回头看尚扬，说："领导，要旁听吗？"

尚扬本来也想跟去看看什么情况，闻言皱起眉来，金旭这称呼确定不是在内涵他吗？他这副处级是虚职，调研员也并无实权。

金旭却冲他露出一个略带痞气的笑，道："大老远地来一趟，多看多听，回头调研报告里才有东西好写，对不对？"

上楼到办公室，金旭先一步进了门。

尚扬拉着袁丁落后两步，在门口叮嘱："别让他知道咱们早就来了白原，要是聊到，就说今天早上才下火车。"

袁丁点头表示明白，在别人家门口蹲了一礼拜，就为了挑刺，说出来属实是不太好。

他俩进去,见报案人阿姨坐在沙发上,正一脸不敢相信地看着金旭,道:"你是金旭?你是所长?"

她大概是以为所长会比副所长张志明年纪更大些。或者是,她想象中的"坏警察",不该长得如金旭这么周正英俊。

"我就是。"金旭示意尚扬和袁丁随便坐,自己拖了把边上的椅子过来,坐在沙发对面,为阿姨指了指尚扬,道,"这位尚主任,是上面来的领导,您想投诉我什么,今天这时机正好。"

那阿姨茫然地看看尚扬。

这位名叫吴凤兰的阿姨,六十五岁,退休,独居,只有一个儿子,就是目前失联的刘卫东。

三天前,吴凤兰这个月退休金到账的日子,按着惯例,刘卫东会找她借钱,当然是借了不还的那种。

她没等到刘卫东的电话,打过去提示关机,到刘卫东住所找人,一问邻居才知道他好几天没回家,一下慌了手脚,就来报了警。

民警接案以及处理的速度很快,次日就给了她回信,告知她,刘卫东一周前在长途汽车站坐大巴去了外地。

当时她对警察的调查结果表示了信服,回家去等刘卫东在外地安顿好了再联系她,结果听说了一些传闻,怀疑上了刘卫东的"仇人"金旭。

张志明对尚扬解释说:"刘卫东几年前偷窃,被金旭抓过,拘留了几天。"

又对吴凤兰道:"阿姨,这是依法办案,怎么能说是仇人?"

"那别人还说,金旭上个月打过刘卫东,"吴凤兰为了让尚扬这"领导"听明白,换成了普通话,道,"不止一个人说看见了!还有人听见金旭说,要是再看见刘卫东,就要收拾他。尚主任,这也是依法办案?"

尚扬和报案群众直接打交道的经验不太多,这几年更是几乎从没有过,被问得一愣,下意识看金旭。

金旭也正看着他，眼神含着几分戏谑，像是看出了尚扬的无措。

尚扬非常想揍他，毫无感情地问道："是阿姨说的这样？有这事吗？"

金旭端正了表情，一板一眼地回答道："有。九月中旬，具体哪天我忘了，没有动手，我是唬了他几句，原话也不是那么说的，我对刘卫东说的原话是：'我再看见你来这里，就对你没这么客气了。'"

尚扬顿了一顿，才又问："你说的'这里'是指哪里？"

金旭道："中心医院家属院。"

"我知道了……"吴凤兰的双眼一下子睁大，像终于抓住了证据，指着金旭道，"我明白了，你就是陈静的那个姘头！"

尚扬奇怪地看向金旭，金旭也看着他，断然否认道："我不是。"

尚扬："……等一下，陈静又是谁？"

陈静是刘卫东的前妻，中心医院的一名医生，和刘卫东离婚已经有一年多。

吴凤兰望向金旭的眼神中的怀疑成分比先前更重，道："刘卫东跟我提过一次，他俩离婚是因为陈静外面有人了，还说过那姘头是个当官的，他拿这人没办法，才只能咽下这口气。"

尚扬："……"

吴凤兰道："他们俩都离婚没关系了，金所长，你要搞破鞋是你们俩的事，为什么还不放过刘卫东？"

金旭仍旧用那一板一眼的语气，陈述道："事情是这样的，刘卫东频繁骚扰他的前妻陈静，要求和陈静复婚。陈静不堪其扰，向我这个警察寻求帮助，随后我在医院家属院楼下截到了尾随陈静的刘卫东，由于他还没有做出严重不轨行为，我只在口头批评教育了他，告诉他如果不加收敛，即将触犯法律。他不服气，出手意图挑衅我，想揪我的衣领，我出于自我防卫，推了他一把。这就是那场所谓恐吓的全过程。"

吴凤兰质疑道："你说是就是了？"

金旭道："那里是公共街道，您要是不信，可以调监控。"

说完他又看向尚扬。

尚扬以为他是提醒自己该说点什么，便道："吴阿姨想看监控的话，让她看看刘卫东在长途车站买票上车的那段？"

张志明道："车站的监控，上次同事去就拷回来了。阿姨，我陪您看看去？"

"你们警察一起蒙我！视频可以造假的，我在新闻上看见过！"吴凤兰大约是觉得这一办公室的人都不向着她，情绪失控，小孩儿一样哭了起来，道，"我儿子找不着了，找不着了！你们把他弄到哪儿去了？"

张志明劝说道："阿姨你听我说，刘卫东只是出去找工作，暂时还没联系你，不会找不着的……"

"别哄我了，"吴凤兰道，"他一个人怎么可能空着手去外地？吃住都是要花钱的，他哪里有钱？我自己的儿子我还能不知道？他肯定是出了什么事。他为人最是胆小怕事，老实得很，不可能跟别人结仇的，会恨他的，就只有陈静……还有陈静的姘头。"

她这样说着，又把怀疑的目光投向金旭，不相信金旭和她的前儿媳之间不是那种关系。

还是张志明好话说尽，说服了吴凤兰暂时回家去等消息。

"阿姨你看，上面领导都在场看着，"张志明最后指了指尚扬，道，"我们一定尽快帮你联系到刘卫东，让他打个电话回来。"

尚扬只得道："吴阿姨，我会监督他们的。"

张志明带吴凤兰去看拷回来的车站监控视频，吴凤兰出去前还是对金旭充满了怀疑，嘟嘟囔囔地说着如果找不到刘卫东，她就要去上访之类的话。

等张志明陪着她走了，憋了半天的袁丁才问出了自己的疑惑："这阿姨说的话怎么这么奇怪？"

尚扬斥道："别乱说话。"

意思是让袁丁不要随意发表不属于自己工作范畴的意见，更不能攻击群众。

金旭却道："怎么怪？说来听听，这也没外人。"

袁丁看看尚扬，有点请示的意思。

金旭笑道："你们单位官僚作风还挺严重。"

尚扬道："不要胡说八道。"

金旭还是笑着，却说了句挑衅的话："那你写进报告里，就说我私底下诋毁上级。"

尚扬拧起眉毛，像不认识一般打量金旭，说："你怎么废话这么多？"

金旭正色道："领导，我本来就不是个哑巴。"

尚扬道："你以前嘴巴可没这么贫。"

金旭道："你以前脾气也没这么好。"

袁丁看看他，又看看尚扬，搞不明白两位师兄的关系究竟是好还是不好。

"要是放在从前，我敢当面这么呛他，"金旭对袁丁道，"他早就跳起来打我了。知道吗？你们主任弹跳力特别好，都是打我练出来的。"

袁丁有点想笑，不太敢当着尚扬笑，生憋着。尚主任这人哪里都很好，就是面子薄，平常就有点爱端着，一般也没有人主动招惹他。

尚扬冷冷道："基层待了八年学点什么不好，学得痞子一样油嘴滑舌，还跟别人老婆不清不楚，没看出来，够长能耐的！"

袁丁噤了声，立正站好，知道尚扬是真动了气。

金旭道："我跟人家没什么。再说也不是别人老婆，早离了，是被赌棍前夫纠缠，只能求助警察叔叔的受害女群众。"

他笑了笑，分明没把尚扬的怒气放在眼里，随口又问："哪天来白原的？打算待几天？"

尚扬不接话，袁丁有眼力见儿地说："早上刚到，坐火车来的，一下车就来派出所找金师兄了——"

尚扬心想谁让你说这么多了？马上打断道："一来就看了这出戏，你还有心情在这东拉西扯？还不赶紧帮吴阿姨找儿子去？"

"张副所长已经去了。"金旭又对袁丁道，"袁丁师弟刚才说，觉得吴凤兰哪儿奇怪？"

尚扬其实也想听听实习生听出了什么，对袁丁点了下头，示意他说。

袁丁道："她口口声声说她很了解她儿子，说他胆小怕事，一个有偷盗前科的人，会胆小怕事？听这老太太的意思，每个月只有她退休金到账的时候，刘卫东才会找她要钱，这就很……而且刘卫东都离婚一年多了，至今还在骚扰前妻这事，吴凤兰是一点都不知情啊，刚才金师兄提起来刘卫东想和前妻复婚，我注意到她的表情，她非常吃惊，应该是第一次听说。"

尚扬点了点头，对实习生的观察能力感到满意。

金旭却说："那可能她一直就不喜欢这儿媳妇，刘卫东想找前妻复合，故意瞒着她呢。"

"不像，那些不喜欢儿媳妇的婆婆，提起儿媳妇时的态度，可比吴凤兰激烈多了，说话不踩儿媳妇一脚是不可能的，吴凤兰刚才连一句贬低陈静本人的话都没有说。"袁丁道，"我的直觉是，她和刘卫东母子关系一般，和刘卫东的前妻陈静也不太熟。不然像儿媳妇给儿子戴绿帽子离了婚这么严重的事，她都是听刘卫东说过一次才知道的，正常婆婆会这样吗？"

金旭道："有些老人不和儿女住在一起，不够了解也很正常。"

袁丁挠挠头，道："也是……我也是瞎想，可能就是我想多了。"

"办案子就是得多想，你想得不多，"尚扬道，"比有些什么都不想的办案人员强多了。"

他就是有讽刺的意思。

金旭一笑，说："刘卫东的父母在他小时候就离了婚，他跟着父亲长大，他父亲去年去世以后，他才和母亲吴凤兰恢复了来往，前妻陈静和吴凤兰确实不熟，只见过一两次。"

袁丁恍然，当下也对自己的结论没错而感到高兴。

尚扬也明白了，金旭对刘卫东的情况还挺了解，刚才约等于是给袁丁这师弟捧个场。

金旭笑道:"师弟观察力不错,做调研员屈才了。"

资深调研员尚扬被扫射到,没好气地想,金所长,还真是不肯吃亏呢。

但袁丁是个马屁精,马上说:"不不不,这都是尚主任教得好。"

尚扬想到了什么,眯眼看金旭,道:"刘卫东这些情况,是受害女群众向你反映的?"

金旭一挑眉,说:"尚主任的联想力也很不错。"

尚扬道:"说完了?说完了就别闲着了,去找人,真等吴阿姨去上访,张副所长也不能替你扛。"

"行,去,换件衣服就去。"金旭道。

他脱了制服外套挂在衣架上,薄薄的警用衬衫下,肩背的肌肉线条流畅而漂亮。

袁丁对尚扬挤眉弄眼,质疑他之前骗人,为什么编派金师兄是个一百多公斤的胖子?

尚扬道:"眼睛不舒服?出去做套眼保健操。"

袁丁知道这是把他支出去的意思,听话地揉着睛明穴,去了外面。

"师弟机灵还听你的话,你就欺负人家。"金旭从衣架上拿了件黑色运动外套穿在身上,笑道,"你这什么毛病?老是欺负身边人。"

尚扬还坐在椅子上,奇道:"有这事吗?你倒是说说我欺负过谁?"

金旭道:"你说呢?"

尚扬道:"想说你自己?不好意思,那是你技不如人,才总被我按着打。"

"行行行,你厉害。"金旭端杯子到饮水机边接水,眼睛望着水流注入那杯子里。

杯子里的水花汩汩翻滚着。

金旭说:"真没想到,你会来。"

尚扬嘲讽道:"是没想到这么巧,刚好被我撞见你不干正事吗?"

金旭的眉眼噙着笑,端着杯子转过身来。

这家伙以前有这么帅吗？决计是没有。尚扬心想。

金旭把冒着热气的杯子递过来，尚扬道："不用，我杯里还有水。"

金旭把那杯水放一边，拿了另一个杯子，接了杯常温水给自己喝。

尚扬问他："你和那女医生，到底什么关系？"

金旭道："警民关系。"

他这样说，尚扬也不好再质疑，说："同学一场，我也不想在报告里给你难看，麻利点赶紧把人找着，安抚好报案人情绪。你都当上分局副局了，这种事应该不用我教。"

金旭道："消息够快的，不是早上才刚到吗？"

尚扬反应极快地回答说："我来之前当然要做足功课，你以为调研员很好当吗？"

"不好当，至少我当不了。"金旭换了副语气，说，"还是一年到头总在出差？"

尚扬一下子没适应这忽然的关心，发呆着看了金旭三秒，才说："还是老样子。看你这样，病好了？"

金旭对他一笑，说："我现在比你健康。"

尚扬想问究竟是什么病，金旭又道："你手腕怎么了？"

尚扬便一怔。

"看到你只戴了一边护腕，在左手。"金旭道。

"一点腱鞘炎，不严重。"终究是数年熟人，尚扬心里有些暖意，道，"谢谢。"

金旭却一哂，似有嘲意，道："别客气，我又没说什么。没准我心里总在盼着你过得不好呢。"

尚扬："……"

他觉得金旭这话说得一点不像开玩笑，想想也是，以他俩的过往，金旭不盼他好也说得过去，他顿时翻脸道："金晓旭！别得寸进尺，我忍你半天了。"

金旭笑起来，说："怎么不继续装斯文人了？装得还挺像，袁丁师弟知道你的真面目吗？第一代网络喷子非物质文化遗产传承人。"

尚扬："……"早改了！早就不在网上乱喷人了！

"赶紧找人去吧。"尚扬道，"别在这儿秀你的嘴皮子，这八年屁事没干，在这儿当西北脱口秀大王是吗？"

金旭还是一脸笑意，说："领导，还没回答我，准备在白原待几天？"

尚扬今天被他内涵数次，现在又没别人在场，不留情面地回道："领导要你管？"

金旭拿了手机和钥匙，示意尚扬出门，笑着说："这怎么办，我太想向领导学习了。"

我为什么要和他一起去找人？

金旭开了一辆便车从派出所驶出去，坐在副驾上的尚扬脑海中想着这个问题，开始后悔，不该对吴凤兰承诺那句"我会监督他们"的。

后排的袁丁倒是很兴奋，问："金师兄，我们现在去哪儿？找刘卫东的前妻？去她上班的医院吗？"

"不，"金旭说，"去长途车站，查他一周前到底去了哪儿，尽快联系到他，让他给吴凤兰回电话。"

当地汽车客运的售票系统还没有和公安联网。

尚扬故意道："这种跑腿查记录的事，你不能派个警员去吗？再怎么说也是分局的副局长了，不要面子的吗？"

金旭不可思议地说："尚主任，明明是听您的吩咐，我才亲自去找人的。再怎么说您也是个副处级调研员，不要面子的吗？"

尚扬："……"

袁丁在后面假装什么也没听到，左顾右盼地欣赏车窗外的风景。

尚扬侧眼瞥向金旭，金旭也转头看了看他，眼神里竟然仍洋溢着喜悦之意。

尚扬整个人莫名其妙，问："金晓旭？你到底在高兴什么？"

金旭道："你来看我我还不高兴？那要什么时候才能高兴？"

可是你我之间的同学情谊，远远没有到这种程度吧？

至少尚扬没有，甚至对这位老同学有一种新鲜的陌生感。

金旭的变化无疑是巨大的，上学的时候，他不太爱说话，日常比较沉默，也很少笑。

前年见面那次，他是有比学生时代话多了一点点，但可能是因为生病，神情中总有一种难掩的颓丧。

现在这个金旭就完全不同，既积极又开朗，不知道这几年到底怎么修炼的，就像是解开了什么封印一样。可能真是工作使人快乐？

袁丁从驾驶位和副驾之间向前探出脑袋，问："金晓旭？是师兄的外号吗？"

金旭答道："是曾用名，工作以后改名了。"

尚扬说："大概是觉得原名的王霸之气不足。"

他就是针对金旭当初忽然改名这件事在嘲讽，金旭却附和道："确实，原来的名字不利于震慑犯罪分子。"

尚扬："……"

袁丁像找到了知己，说："我也想改名，不然每次自我介绍，别人第一反应都问我是不是当老师的。可惜我爸妈都拦着不让改，金师兄，你怎么说服你爸妈同意你改名的？"

"袁丁，"尚扬突兀插话说，"你给研究所打个电话，问问今年取暖补贴什么时候发？"

袁丁茫然道："现在？打电话回去问这个？"

尚扬说："回头打也行，你记着，我怕我忘了。"

"好。"袁丁反应了过来，尚主任打了个岔，是不让他继续问和金旭父母有关的话。

他怕再说错什么，便闭嘴缩回了后排坐好。

尚扬起初和金旭不对盘,就是因为这人总是阴沉沉的独来独往,给人一种愤世嫉俗的印象,开学认识还没几天,尚扬就把他归到了气场不和的那类人里。

后来过了很久,两人明里暗里已经起过数次摩擦,尚扬才听说金旭的父母早亡,他从十几岁就寄人篱下住在亲戚家里,大学入学走的绿色通道。

父母二字,是金旭的逆鳞,有次其他同学无意中问起,金旭当场与人翻了脸,反应相当激烈。

后来尚扬再与他发生龃龉,也会在他面前规避有关父母的字眼。

说到底,两人当年并没有什么原则性的不睦,更像是两个中二期的男生为莫名其妙的小事而起了较劲的心。

到了长途车站。

之前吴凤兰第一次报案,接案民警查看刘卫东所住小区的监控,发现他打车来了长途车站,就已经过来查看过了车站监控和购票名单,确定刘卫东在一周前的上午,买了一张去省会的车票,随后在站内上了与车票对应的长途大巴车。

刚过去两天,警察又来了,这次来的还是位派出所所长。

车站经理相当紧张,生怕惹上什么事,反复强调说,车站所有售票和发车流程,绝对都符合规定,监控都可以随便查,绝无死角。

金旭问他:"那辆大巴车现在在吗?找一下司机或者跟车售票员。"

经理说:"不在,每天上午八点发车去省会,一天跑个来回,下午四点钟左右能回到白原。"

"等这车回来了,通知我们一声。"金旭给经理手机号码。

经理边存号,边暗暗打量着一直没有表明身份的尚扬。

说他是警察吧,常见的警察其实都挺糙的,人家一点都不。说他不是警察吧,他的站姿和表情又都非常像公安。

金旭不怎么正经地介绍了句:"这位是我领导。"

尚扬："……"

经理忙说："领导好。"

尚扬只得含糊应了声，问："大巴车上的监控多久覆盖一次？一周前的内容还能看到吗？"

听到这问题，金旭看了看尚扬，于是尚扬知道了，金旭也如他一样考虑到了刘卫东中途下车的可能。

经理说："这我也说不准，每辆车情况不一样，一般存监控视频的内存卡也就是存一礼拜左右。"

"让司机回来后给我打电话。"金旭和经理握了握手，说，"感谢您配合我们工作。"

正经起来倒也还有点样子。尚扬心想。

三人离开车站。

尚扬说："直接派两个警员去趟省会，不是更直接点？"

"这主意真好，尚主任可真是太聪明了。"金旭说。

尚扬被气笑了，道："绝了，你不阴阳怪气是会死吗？"

"你们这些在上面待久了的人，上下动动嘴皮子，我们底下人就得跑断腿儿。"末了，金旭又道，"让我阴阳怪气两句怎么了？对别的领导我也不敢。"

尚扬："……"这话说的，他气也不是，不气也不是。

金旭说："派人去省会也不是不行，就是像这种异地办案，得先去市局开公函，折腾半天，如果刘卫东半路下了车，根本没去省会，不是纯浪费时间吗？"

袁丁道："那干脆请省会公安帮忙找人不行吗？"

尚扬说："不要只会上下动嘴皮子，你金师兄不小心跑断腿了，你负责吗？"

袁丁："……"

金旭也不生气，还被逗笑了，说："找人犹如大海捞针，经常需要很多部门的协同帮忙,没手续,万一出了问题算谁的。"

已经过午,近两点了。

金旭带两个外来客人去吃饭,路边小店,牛肉面馆。

店面倒还算干净,尚扬没说什么,找了位子随意一坐。金旭去窗口点餐。

袁丁坐在尚扬边上,小声道:"咱们下午还走吗?要是走的话,吃完饭就得去火车站了。"

本来计划是坐下午五点的火车离开白原,到省会停留一夜,明天上午飞回京。

尚扬道:"一会儿我跟他说。"

金旭点好餐回来,坐下后就给张志明打电话,说了自己在长途车站听到的情况。

"等那大巴回来再说,"金旭对着电话说,"也许明天得安排两个兄弟去趟省会。"

他又问张志明那边进展,聊了几分钟,聊的内容似乎还挺复杂。

挂断后,尚扬问他:"张副所长去忙别的案子了?"

金旭摇头,说:"他找到了刘卫东的债主,是个开花店的女老板,刘卫东向她借了七万块说做小生意,其实都拿去赌博。但据这女的说,她也已经有十天左右联系不到刘卫东了。"

"你们不会是怀疑债主追债,把刘卫东……"袁丁在脖子上比了一下,道,"了吧?"

金旭没否认但也没说就是,道:"这女的社会关系很简单,家境不错,不差这七万块钱,采取过激手段追债的可能性并不高。"

他提了开水壶,浇水烫餐具消毒。

袁丁觉得奇怪,道:"一个社会关系简单的花店老板,还是个女的,为什么会借钱给一个赌棍?"

尚扬却问:"这女人结婚了吗?她不找刘卫东追债,她老公也不追?"

金旭道:"离婚了,前夫好几年前就去了国外。"

他很自然地把烫过的餐具摆在尚扬面前。

尚扬瞥他一眼，这算是在溜须拍马？

袁丁明白了一点，但不赞成两位师兄的猜测，说："也不应该什么事都往男女关系上扯吧？"

尚扬对他说："借钱这事是很微妙的，一般来说，除了亲戚和男女朋友，如果一个男的肯借钱给一个女的，多少要贪图这女的一点什么，就比如……那回事。而女的肯借给男的钱，就正好相反，十个女债主，有九个是被渣男骗。"

袁丁仔细一捋，这是借钱或被借钱的男方都不是好东西的意思，遂道："主任，你是不是仇男啊？"

尚扬道："我仇我自己？"

"你们主任这话不是绝对正确，可是也很有道理。"金旭道，"实际办案中，男女之间发生金钱纠葛，确实多数都是他说的这样。"

服务员叫号让取餐，金旭正要去，袁丁忙麻利地起身抢着去了。

"大巴车四点左右才回来，"尚扬道，"总不能在这儿干等俩小时，你有没有别的案子要忙？忙去吧。"

金旭道："没其他案子，都派给手下人了，我再怎么也是个所长，什么都自己干，我不要面子的？"

尚扬："……"

他一肚子脏话想说，又要维持体面不能喷出来。

金旭很乐于看他这样，露出得逞的表情，又说："等下先送你们，要去局里？跟我们局长碰个面？还是你们打算自己走一走，实地看看？晚上住哪儿？"

尚扬一时语塞。

先前他隐瞒自己和袁丁早已来了白原的事实，是不想让金旭知道他已经暗地里完成了对松山派出所的调研。

他本来以为，今天到派出所和金旭礼貌性碰个面就走，至于之后他们是留在白原做调研,还是离开了白原,也根本不必向金旭交代。他以为他和金旭本来也不是需要互相交代行踪的关系。

刘卫东这桩意外,打乱了他的安排。

关键是,金旭对他的突然到来,表达了真挚的喜悦和真诚的欢迎,这让他很意外,也让他现在这毫无征兆的辞别,变得十分难以启齿。一旦说出口,他这个人就显得既冷酷虚伪还不识抬举。

他思索着要如何不失体面地开口。

一旁的金旭注视着他的侧脸,须臾,又把视线转开,望向门外洒满阳光的街道,脸上浮起几分笑意。

袁丁把三人的牛肉面和小菜都端了回来。

"辛苦小师弟,中午这顿先凑合一下,"金旭对他道,"等晚上忙完,师兄请客,吃点好的。"

袁丁茫然道:"尚主任,你还没跟金师兄说吗?"

有了第三人在场,尚扬决定硬着头皮对金旭直说:"我们傍晚五点的火车,今天就离开白原了。"

金旭:"……这么快?"

看他的表情,尚扬知道,他已经明白了自己不是今早才到。

金旭道:"我还以为……"

尚扬感觉到老同学一瞬间涌上来的失望,心里也有点不是滋味,金旭这大半天虽然内涵过他几句,多数时候还是在真心实意地对待他。

"那我送你们去火车站。"金旭没再继续说完他以为什么,说,"时间安排得挺好,送你们到了那我再回来,那辆大巴车也该到了。"

尚扬只得说:"等刘卫东找到了,给吴阿姨一个交代,到时候再跟我说一声,我也就不惦记了。"

金旭道:"好。"

气氛有些冷淡。

袁丁的视线在两位师兄之间打转,忍不住道:"你俩不考虑加个微信好友吗?"

于是尚扬打开二维码,让金旭扫了。

"这就对了嘛,"袁丁自觉是做了件好事,说,"以前你们有什么不开心的事就算了,我看你俩现在就很合拍,以后没事要多联系。"

尚扬通过了金旭的好友请求,沉默着低头吃面。

金旭点开尚扬的微信头像,是张表情包,一只猫不耐烦地眯着眼睛:说完了吗我要睡了。

他又看看慢条斯理吃面的尚主任,不禁笑了起来,这头像比真人还像本尊是怎么回事。

袁丁道:"金师兄,有空去了首都,找尚主任玩的时候顺便也叫上我。"

"行。还真要去,"金旭道,"局里让我去学习,还没定好具体时间,大概在年底。"

白原市火车站,站前广场。

进站要刷身份证,金旭只送他们到这里。

袁丁去取票机前排队取票,回去还要报销。

"年底见。"尚扬道,"等你到了首都,有什么要帮忙的地方,尽管开口。"

金旭垂眸,视线落在尚扬黑色风衣上的一粒扣子上,口中道:"一定,不会跟你客气。"

尚扬想了一路,还是趁走前对他致了歉:"不好意思,真不是存心骗你……都是为了工作。"

金旭说:"没关系,我明白,你这差事本来就容易得罪人。"

尚扬想了想,道:"派出所工作忙,你要注意身体。之前到底什么病,你也没说过。"

"小毛病,已经好了。"金旭抬眼,说,"你注意你的手。你也是的,这么讲究一个人,怎么就能得了腱鞘炎?"

尚扬心想,这是关心我还是吐槽我?

金旭道:"谈对象了吗?怎么你对象也不好好照顾你?"

尚扬说:"单着呢,忙,没时间谈。"

金旭点点头:"那就好。"

尚扬:"?"

金旭笑道:"就你这脾气,放过女孩们吧。"

尚扬无语道:"呵,管好你自己。"

和金旭道别进了站,在候车厅里等检票。

这趟 K 字头列车是经停白原,延误了,抵达白原站的时间比预定时间要迟半小时。

袁丁打起了手机游戏,尚扬也无聊地翻了翻手机,来自他亲妈的语音消息又积攒了好几天,十几个未听小红点,每条都有四五十秒。

这几天她又在给尚扬安排相亲,万事俱备,只等尚扬回去。

两年前尚扬满二十八岁,还一次恋爱都没谈过。她就忧心忡忡的,替儿子担心靠他自己大概率是找不到女朋友了。

于是开始不间断地托亲访友,请人帮忙介绍儿媳妇给她。

她也是位公安人,退休后人脉还在,对儿子近期在忙什么,忙到什么程度,可以说了如指掌,总能见缝插针地在尚扬的休息期里帮他安排一场或多场相亲之约。

这次她找了三位适龄女孩,年龄学历工作单位爱好都列了出来,都发给了尚扬,意思是三位她都很满意,让尚扬过过目,没意见他回去就能见真人。

尚扬听得一脸麻木,一丁点都不想回去,恨不得马上接到上级电话,再被派去哪儿出几个月差。

但是想必他母亲大人已经打听清楚,知道他这轮忙完,接下来少说要休息一个礼拜。

终于响起了站内广播,他们要搭乘的列车即将检票。

这时金旭发来了微信消息，是一路平安的客气话。

尚扬问：大巴司机怎么说？

金旭：一言难尽，总之这次我有麻烦了

袁丁道："主任，该走了。"

"稍等一下。"尚扬朝边上走了走，离排队检票的人群远了些，给金旭拨了个电话过去，问，"什么情况？刘卫东还真的在中途下了车？"

"对，　山市区他就对司机说他落了东西，然后下了车。而且，"金旭语气变得凝重，道，"一小时前有人报警，在郊区发现了一具男尸。"

临近傍晚，天色黯淡，风里卷着寒意，不久便淅淅沥沥下起了小雨，继而雨里有了雪粒。

郊外发现男尸的地方，警方拉起了警戒线，数辆警车停在周遭，靠车灯和手电筒照明，刑警和法医都已来了现场。

距离尸体被发现的地点十几米，就是一条乡级公路，公路两旁尽是一人多高的野草，绵延近百米，轻易不会有人扒开荒草进去。

报案的是几个骑行的驴友，有男有女，其中一个男生内急，为避开女生才进了草丛里小解，无意中发现了尸体。

现场勘查以后，可以初步确定死者的死亡时间在两到三天前，身边没有能证明身份的证件。这里应当不是案发现场，凶手是把尸体带到此处后抛尸。

抛尸地点已经超出了松山派出所的管辖范围，但恰好仍在原北分局的辖区内。

所以现场办案警察看到金旭这位副局过来，也并没有太感到意外。

"小金来了。"刑侦大队长栗杰过来打招呼。

"师父。"金旭忙叫人。

他在刑侦大队待过四年多，后来身体不好，岗位调动去了派出所，刑侦队里几乎都是熟脸，栗杰队长是他以前的上司兼师父。

栗杰快速介绍了目前的情况，说："市局也派了人来，在路上。"

涉及人命，放在任何地方都是大案要案。

金旭点点头，朝正围着尸体进行初检的法医那边过去，问："现场还有别的发现吗？"

栗杰道："有发现几组脚印，要先排除掉几位报案人的，需要一点时间。"

"报案人有没有问题？"金旭道。在许多凶杀案中，嫌疑最大的往往是报案人。

"目前看是没有，几个小孩儿，经常约着一起骑行，都被吓坏了。"栗杰道。

两人到得尸体近前，法医正在工作，金旭用手电筒轻轻照了一照死者的脸部，霎时神色微变。

栗杰敏锐地察觉到，问："怎么了？认识？"

金旭道："不认识。本来以为认识。"

这场雨夹雪不可避免地对现场证据造成了一定破坏，加大了法医和刑警的工作难度，他们只能尽可能地加快速度。

在草丛里地毯式搜查物证的民警疑似有了新发现，在对讲机里叫栗杰，栗杰马上赶了过去。

金旭向后退到空处，不妨碍别人工作的同时，也粗略观察了下周遭环境。

距离抛尸现场最近的村庄，大约在一公里外，死者为成年男性，不可能徒手搬或背尸体过来，要使用交通工具……

"金副局，"一个警察快步过来，打断了他的思路，说，"有两个人自称是外地同事，说要找你。"

两个外地同事？金旭表情一震，问道："人在哪儿？"

第二章
JIN JIA XUAN
QU LE NA LI

公路上,警戒线外。

尚扬在夜色风雪中负手而立,止皱着眉,朝草丛中闪动的手电光望去。

这条路到了晚间,行人和车辆不多,没有路灯,路旁监控安装的是普通非工业摄像头,没有红外功能,无法夜视。

抛尸的绝佳地点。

"死者不会真是刘卫东吧?"袁丁在旁边被冻得直缩脖子,说,"要真是他,金师兄麻烦可就大了。"

尚扬抿了抿唇,没有作声。

刘卫东的母亲吴凤兰在三天前就到松山派出所报过案,派出所的处理方式是没有程序上的问题的。

可是如果发现的这具男尸就是刘卫东,并且死亡时间刚好就在两到三天前——

那办案民警和辖区负责人金旭都免不了要承担一定的舆论压力,甚至有可能被行政问责。

袁丁看出了尚扬的担忧,岔开话题道:"这里到底是什么鬼天气,10月就下雪了。主任你不冷吗?"

尚扬道:"早提醒过你,让你穿秋裤。"

袁丁极度抗拒秋裤这养生"装备",说:"我才二十一岁,这就穿秋裤是不是有点早?"

尚扬讥讽道:"二十一岁就怕冷了?我二十一岁冬天都穿短袖。"

旁边一阵唰啦响动,两人转头,就见金旭利落地从比他还高的草丛里钻了出来。

尚扬还未开口,金旭便接着他俩的话说:"我怎么不记得你冬天穿短袖?只记得你因为怕冷不想出早操,全寝室一起被队长罚了蹲姿半小时。"

尚扬:"……"

袁丁忙道:"金师兄。"

金旭隔着警戒线站定,直直看着尚扬,问:"怎么回来了?我以为你们快到省会了。"

尚扬随口道:"火车晚点,等得无聊,正好你说出了事,就回来看看。"

袁丁看了他一眼,火车要开催着检票,一接到金师兄电话,就改口说不走的人,不是尚主任你吗?

尚扬道:"什么情况?我的报告是不是得全部推翻重写?"

"领导,报告的事我不懂。不过,"金旭明白他的意思,说,"死者不是刘卫东。"

尚扬皱了许久的眉头舒展开来,又问:"那是什么人?这里不像第一案发现场,是被抛尸?"

"初步判定是抛尸,其他都还不确定。"金旭回答道。

他身后草丛里有同事的手电光不经意地扫了过来。

借着那灯光,他看到尚扬的眉毛和眼睫上落了少许晶莹的雪粒。

"外面冷,先到我车上去躲躲雪。"金旭拿出车钥匙。

袁丁心道,太好了太好了。

尚扬却说:"不用,不是太冷。"

金旭把钥匙塞到他手里,触碰到了冰凉的手指,心内哂然,道:"市局等下有人来,我要交代一声才方便走。车上等我。"

尚扬道:"你不用帮忙调查吗?这么大的事。"

金旭道:"我负责社区警务,刑侦有别人管。晚上住我家,地方够大。我先去了。"

他飞快说完,就转身又钻回了草里去。

尚扬愣了一下才想起要婉拒,但对着暗夜里宛如一道铜墙铁壁的荒草丛,没机会把拒绝的话说出口。

他和袁丁到金旭开来的警车里等待。

车里暖和许多,袁丁被冻得打结的舌头也慢慢复活了。

"主任,"他问,"原来你和金师兄不但是同学,还是一个寝室的室友啊?"

尚扬隔着挡风玻璃看不远处仍在忙碌的现场,漫不经心地回答道:"他睡我上铺。"

袁丁直呼好家伙,道:"上学的时候你俩真的关系不好吗?我觉得金师兄人还挺好的,待人也真心实意。"

尚扬道:"他以前不是这样,以前相当讨厌。"

袁丁一脸不信。

尚扬本来想说,爱信不信。

但他稍稍朝前回忆了一下,当年金旭真有做过什么讨人厌的举动吗?似乎也并没有。

他与金旭的合不来,真就只是因为从一开始就气场不和。

刚上公大那年,他还没满十八岁,处于中二叛逆期,和家里关系势同水火，从学校坐公交回家只有二十分钟左右的车程，但大一第一学期直到寒假，他一次家都没有回过。

金旭则是因为西北太远了，也从不回家。

开学第一个小长假，六人寝就只剩下他们俩。

刚结束了公大新生为期一个月的军训，尚扬对金旭的整体印象是：这西北哥们儿，沉默内敛，但吃苦耐劳。

他自己是没吃过什么苦，这一个月里被操练得鬼哭狼嚎，整天琢磨怎么装病逃脱训练。

反观金旭，从没叫过一声苦，每次有高难挑战还会主动出列，这点着实让他这温室花朵感到佩服。

再加上寝室里也没别人，想出去玩，他也只能找金旭做伴。

尚扬是独生子，没兄弟姐妹，他妈喜欢女儿，打小就爱把儿子朝小姑娘方向捯饬，导致尚扬有许多生活习惯不走寻常男孩儿路，从小就是个精致男孩。

但他爸就希望把儿子培养成一个硬汉，四五岁起就教儿子综合格斗。这又导致尚扬被妈妈打扮得像个小萝莉的同时，还是个儿童版叶问，鲜明事例是他因为抢玩具把别的小男孩暴打一顿，老师来了都会先哄他，挨揍的小男孩还要反过来找他道歉。长得可爱就是能当饭吃。

因此按照尚扬从小长到大的经验，他和同龄人凑在一起，往往只要三言两语就能迅速打成一片，从无失手。

结果在金旭这里碰了不止一次钉子。

他说去门口超市买点东西，金旭不去；他说一起出去吃饭，金旭也不去；说去网吧包夜，金旭还是不去。

他改变了策略，提议自己尽地主之谊带金旭去逛景点。

金旭表示：不去，我要学习。

尚扬：……

两个年轻男生在寝室一起待了七天，一次共同活动都没有，尚扬找隔壁寝室没回家的男生一起玩，金旭还真就在寝室上了七天自习，他甚至都没有主动和尚扬说过一句话。

等小长假过完，尚扬对上铺这位大哥"沉默内敛但吃苦耐劳"的评价，变成了"整天垮着个臭脸活像谁欠他钱"。

那时候年纪小也不懂事，对世界的认知浅薄，也没有什么共情能力。

如尚扬自己所知，他这温室里长大的花朵，在十七岁的时候，知道世上有穷人，但以为都活在公益报道里，根本没想过身边和他穿着同样制服、接受同样教育的同学，一整个学期能用来零花的钱，就只有一百块。

没想过会有人努力学习只是为了拿奖学金，因为没有奖学金，寒假就买不了车票，回不了家。

甚至回去的也不是自己家，父母双亡孑然一身的人，哪里还有家？

驾驶位的车门被打开，金旭带着一身寒意进车里来，道："在发什么呆？能走了。"

"有什么新发现？"尚扬正犯瞌睡，打起精神问。

"现场没发现什么，要靠法医，是刑侦大队的工作，我管不着。"金旭打了方向盘掉头，道，"饿了还是困了？先吃点东西去。"

尚扬道："都还好。那刘卫东呢？他下午后是去了哪儿？大巴上七天前的监控看了吗？"

金旭苦笑起来，说："领导，让我休息一会儿行吗？我这赶场一样满白原跑。"

尚扬闭了嘴。

确实从上午见面到现在，金旭几乎一刻没停下来过，中午吃饭的时间都在和副所长电话聊找人的事。就连上午和他见面之前，金旭也是去了局里办正事。

但金旭很快还是回答了他："大巴上的监控看过了，刘卫东中途下车前接了个电话，我让同事去查他的通话记录了，晚上移动公司没人，可能不太顺利,有进展会及时通知我。车上监控拍不到外面,司机和售票员也记不太清楚他下车的具体位置,下午张副所长已经把沿途一公里的监控录像都调了回去,分局有两位同事正在加班看录像。把你们送回去以后,我也得回分局去一起看。监控如果没发现,明天白天就要去走访一下沿途居民和过路人,看有没有人见过刘卫东。"

没什么好办法,现在也只能这样。

尚扬心知不该,但还是没忍住上下动嘴皮子,道:"还是要尽快,希望刘卫东没有出什么意外。"

"你就别操心了,吃点东西暖和暖和,就回去睡觉吧。"金旭遗憾地说,"你难得来,本来还想做饭给你们尝尝我的手艺。"

他从后视镜看了眼袁丁,袁丁对他笑笑,很有自知之明,那个"们"字和自己一样,不该有什么存在感。

"你还会做饭?"尚扬感到吃惊,又问,"买房了?不住狗窝了?"

上次他和班长一起来,金旭并没有提过买房的事,当时金旭住在局里的职工宿舍,宿舍楼后面就是警犬训练营,金旭自嘲说是住在狗窝里。

金旭道:"没,还住宿舍,不是升职了吗,换了间大狗窝给我。"

大狗窝,是套大两居。集体产权,不归个人。

"那也很不错,我们单位名义上说是会分房,但僧多粥少,怎么也轮不到我。"尚扬道,"我还在租房子住。"

金旭道:"你爸妈呢?怎么不和他们住一起?"

尚扬顿了顿,说:"还是那样。"

金旭便懂了,道:"这么多年了,还没和好?"

"顺其自然吧。"尚扬不想聊这个,一是因为后排还有袁丁在,二也是觉得和金旭聊这话题似乎有点亲近过了头。

尚主任是警二代,父亲肩章上有橄榄枝。

这在研究所人尽皆知,袁丁实习第一天就听说过,现在听两位师兄聊到尚主任家里的事,识相地安静如鸡。

尚扬问金旭:"你怎么也没谈个恋爱?我记得你比我还大一岁。"

金旭一笑,说:"比你大整整十八个月,咱们寝室我最大,别人都叫我哥,就你不叫。"

尚扬:"……"

金旭应声:"哎。"

尚扬:"没人叫你。"

金旭一本正经道:"听见你在心里叫了。"

尚扬:"……"

道路两旁逐渐繁华起来,警车驶回了市区。

"你要回分局和同事们一起看监控?"尚扬道,"我也一起去吧,多个人看得更快些。"

袁丁忙道:"再加我一个,我也想帮忙。"

金旭假惺惺地客气:"这怎么好意思。"

尚扬道:"那我不去了。"

金旭:"……"

路上买了外卖带去了分局,吃饭时间也省了出来。

得亏大巴司机的记忆力还算好,虽然记不清楚刘卫东的下车地点,但对他下车的时间段有个大概印象,这就减少了很大的工作量。

他们三个和分局另外两位民警,对着监控录像看到凌晨。

他们发现了刘卫东中途从大巴上下来后的活动轨迹。

刘卫东下车后,步行一段路,进了国道旁的一家小吃店,在店里待了大概半小时。

半小时后,一辆白色面包车开过来停在门外路边,刘卫东从店里出来,站在车边和司机交谈了十几秒,然后上了车,面包车随即开走。

这辆面包车沿着国道行进了两公里,在岔路口驶离国道,驶入了一条乡村公路。

尚扬:"……"

他和金旭对视一眼，知道对方也认出了那个路口，今晚他们从那里经过，从路口开进去，会看到一条狭窄的道路，路两旁长着近两米高的荒草，夜间人少车也不多，如果有人要抛尸，是个好地方。

刘卫东一周前曾经途经抛尸地点，这有可能是纯粹的巧合吗？

已经凌晨两点。

"先回去休息吧，早上起来再干活。"金旭对一位警察道，"白天一早就去联系交管部门，查一下面包车的车牌号，如果是套牌车，就查一下附近几个村子有同款白色面包车的人都有谁。"

又对另一位警察说："你醒了就去找张副所长，和他一起再去趟移动公司，把刘卫东近期所有通话记录都查一遍。"

两位警察答应着，都先回去睡觉了。

袁丁哈欠连天地去上洗手间，留话说要上个大的。

尚扬端着保温杯小口喝水，过了眼皮打架最困的时候，只剩一脸倦意。

"等下我先送你们回去睡觉。"金旭道。

尚扬听出他的言外之意，问："你又要去哪儿？"

"去刑侦大队，看看法医有没有进展，以及有没有苦主来认尸。"金旭嘘了口气，勉强一笑，说，"明天大概没时间送你去火车站……反正下午已经告别过了，年底我去首都再见吧。"

尚扬想了想，道："辖区出了命案，还会派你去进修学习？估计是要泡汤。"

金旭笑容淡去："说得也是。领导，还是你懂。"

尚扬："……真不内涵我就不会说话了是吗？"

金旭在旁边坐下，背对着他，说："我现在心情不太好，哙你了别跟我一般见识，体恤下基层干警的不容易。"

尚扬皱眉："你在试图道德绑架我？"

金旭不说话了，拿过刚才没吃完早就冷掉的外卖，扒拉了几口。

"也别等再见了，"尚扬道，"我明天又不走。"

金旭吃东西的动作顿了下,说:"还想再深入调研两天?"

尚扬道:"不,我这趟差出完了,下午跟研究所说了一声,明天我开始休假。"

金旭倏然回头,茫然道:"所以?"

尚扬嫌弃道:"嘴里有饭能别说话吗?"

金旭:"……"

"休假期间没有职权,就是一个普通公安。"尚扬说,"在这儿给你当个跟班,协助你找找失踪人口,行吗?"

金旭:"……"

袁丁从洗手间出来,在楼道里就听到了金师兄被食物或水呛到的,惊天动地的咳嗽声。

夜里温度很低,雨夹雪下个不停,大有直接进化成雪的意思。

三人从楼上一下来,袁丁发出瑟瑟发抖的声音。

尚扬也忍不住将下巴缩进拉高的风衣领里,只靠秋裤来抵御西北的寒冷还是不太行。

明明金旭也只穿了件秋款运动外套,却好像完全不冷,还要嘲笑老同学:"还吹牛说冬天穿短袖吗?"

尚扬:"……呵呵。"

下来之前他还在想,不如和金旭一起去刑侦大队看下郊外抛尸案的进展,但他毕竟不是当地公安的人,贸然插手可能会有点不太方便。

现在他决定不去了。这也太冷了!又冷又困,只想赶快钻进被窝里。

"你要去忙就快去,我们随便找个地方都能睡一觉。"他说。

金旭却道:"我住分局家属院,就在旁边,送你们过去捎带脚的事。"

家属院离分局只有几百米远,警车从分局开过去,不到两分钟就看见了大门。

"家门钥匙给我,门牌号说下,在门口放下我们,自己能找着。"尚扬道。

"行。我跟门卫打声招呼,外边人不让随便进。"金旭说话间,就到了家属院门外。

他踩下刹车直接停在电子横杆前,半夜里也不怕挡到别人路。

门卫室的小窗打开,一位大爷在窗内朝副驾上看了眼,对金旭道:"小金,带女朋友回来了?"

尚扬:"?"

因为光线比较暗,大爷眼神又不太好,把肤白唇红的尚主任错认成了女孩。

金旭和后排的袁丁同时发笑。

尚扬:"……"

金旭向大爷简单说了下情况,又给尚扬指了指他住哪栋楼,便驱车离开,去往刑侦大队。

尚扬和袁丁就按照他说的单元门牌号,顺利找到了他的住处,又用他给的钥匙开了门,尚扬摸到玄关开关,打开了灯。

袁丁当场惊呼:"这么干净?!"

这房子不太像一个单身汉的住所,窗明几净,目光所及之处,所有东西都摆放得整整齐齐。

袁丁是真心以为是要来"狗窝"将就一晚的,见到此情此景,不禁想到,原来他们三个人之中大概只有他的住处是真的狗窝。说好的公大男丁皆糙汉呢?内卷得这么厉害?

他信口开河,污蔑金师兄:"好家伙,房间整洁无异味……"

尚扬道:"别胡说八道。他一直就是这样。"

在公大时寝室也实行军事化管理,一群警校新生或多或少都有点不适应,全寝唯一一个没因内务被挑过毛病的人,就是金旭,即使是周末和放假，他也从未在生活中的细枝末节上有丝毫松懈。

他就像总是绷着弦的一张弓，自律能力相当强悍。

但这也被当时的尚扬所不喜。

少年尚扬更喜欢与肆意张扬的人交往，而对一切带着克制意味的人或物，有本能的抵触心理。

金旭的克制还表现在待人接物上，那个年纪的人，十之八九都有过交浅言深的经历，寝室几个男生聊嗨了说起各种各样的家事私事，唯独金旭很少参与其中，总有一种淡漠的距离感。

那时在尚扬眼中，睡在他上铺的这位西北大兄弟，既冰冷还爱装。

一晃十多年过去，尚扬也不再是单线条中二少年，在工作和生活里见过形形色色的人等，渐渐体会到，像金旭那样善于自我约束，和人交往保有分寸感的朋友，亦是十分难得的。

袁丁主动说要睡次卧，时间太晚了，尚扬也已经困到脑子一团糨糊，两人遂各自去睡。

一觉醒来，尚扬猛然坐起，隔着窗帘依稀看到明晃晃的天光，看了眼手机，然而还不到七点半。

他下了床，一出房间，就听到次卧里袁丁的鼾声，旋即又察觉到，客厅里还有别人。

不知什么时候金旭竟回来了，就睡在客厅沙发上，衣服也没脱，身上只盖着件警用大衣，因为个子太高，小腿悬在沙发外，黑色袜子的脚掌处被磨出了一个破洞。

尚扬看他睡得深沉，不想吵醒他，轻手轻脚去上了个洗手间，又退回到卧室里去，收拾好被子，拉开窗帘。

后半夜里雨夹雪变成了雪，地上薄薄积了一层，显得天色格外明亮。雪已停了，看样子今日是个晴冷的天气。

他忽然想到，凌晨他困得倒头就睡，好像并没有拉上窗帘？

早八点一刻,三人在家属院外的早点店里吃早饭,顺便听金旭说昨晚的其他发现。

"死者不是住在附近的村民,家离抛尸地点有五十公里,村委会的人也不清楚他是什么时候离家的,他老婆上个月就回了娘家,今天他老婆会来认尸。"

尚扬道:"失联的刘卫东去过抛尸地点,我觉得这可能不是巧合。死者和他认识吗?"

"现在还不清楚,村委会的人说,死者平时三天两头到市区打零工,他家里经常没人,在市里会和什么人来往,有没有和别人结怨,他们也不知道。"金旭说着,话锋一转,"还冷吗?"

尚扬放下搓耳朵的手,从风衣领口轻拉了下内搭毛衣示意他看,说:"从你衣柜里拿的。"

金旭笑道:"挺好,我还有两件毛衣缩了水,正好你都能穿。"

是在暗讽他是个矮子吗?尚扬一脸冷漠。

袁丁举手:"我也冷,我还矮,我能穿。"

金师兄一脸"慈祥"地说:"一会儿去局里,给你找件棉外套。"

袁丁:"……哦。"

昨晚金旭就指派了人,让去交管所查询那辆载走刘卫东的白色面包车的车牌。

金旭等三人刚到局里,去查询的同事就打了电话回来汇报情况。

如金旭预料的,这面包车是套牌的,偏偏这个车型还是汽车下乡补贴指定的型号,郊区几个乡镇登记在册的同款面包车,有二十多辆。

还不包括无牌车和赃车。

金旭让对方把二十多名车主的信息发一份回来。

然后他又给张志明副所长去了个电话,问刘卫东的通话记录查到了没有。

"老张刚到移动公司,得等负责人去了才有权限。"金旭道,"去跟局领导见个面？后面做事也方便。"

尚扬欣然点头，他也是这么想的，不然空有公安工作证，想帮点忙还要有所避讳，难免束手束脚发不上力。

与局长见过面出来，交管所和张志明的回话几乎同时到了。

尚扬坐在金旭的办公桌前，用电脑打开了交管所那边发来的文档，表格里是多位面包车车主的姓名、家庭住址、联系方式。

而金旭站在一旁，手撑着尚扬身后的椅背，一边听张志明在电话里的情况反馈，一边微微俯身，看电脑屏幕。

尚扬拖动鼠标，浏览着车主的相关信息。

金旭倏尔将撑椅背的手按在他肩上，他立时停下鼠标，询问地看向金旭。

两人距离较近，听筒里张志明的声音，尚扬也能清楚听到。

电话那头的张志明："……失联前近两个月里，刘卫东和这个号码的联系非常频繁，最多的时候一天联系过几十次，有时候还是半夜。那天他从长途大巴下车之前，接了一个电话，也是这个号码打给他的。"

尚扬疑惑地看着金旭。

金旭对电话道："你刚才说，这机主叫什么名字？"

张志明："贾鹏飞。"

金旭和张志明简短告别挂了电话，然后示意尚扬看电脑屏幕，并去挪动鼠标。

"你看。"

尚扬循着光标看到它指向了表格中的一行，其中一个面包车的车主，也是那个名字，贾鹏飞。

金旭道："是同一个人，手机号是一样的。"

紧接着，他又说："这个人，就是昨天在郊外发现的那名死者。"

尚扬："！"

他的注意力完全放在了这一连串的惊人巧合上。

金旭把手收了回去，插进裤兜里。

尚扬在心中飞快地捋清了目前掌握的信息的脉络。

死者贾鹏飞和刘卫东，原本并没有交集的两个人。

但他们在最近两个月内联系密切，刘卫东失联前最后一个电话，就是贾鹏飞打给他的，刘卫东失联前上的那种面包车，贾鹏飞恰好就有一辆。

那八天前，刘卫东上车的时候，那辆面包车的驾驶员极有可能就是贾鹏飞本人。

贾鹏飞现在死了，死亡时间在三天前。

如果载着刘卫东离开的司机就是贾鹏飞，那就是在八天前，刘卫东和贾鹏飞一起经过了贾鹏飞死后被抛尸的地点，那片荒草地。

之后的五天里，发生了什么？

杀人凶手会是刘卫东吗？失联是假，杀人后畏罪躲藏起来，才是真？

"别想了，等袁丁师弟回来，咱们一起去刑侦大队看看，贾鹏飞的老婆应该已经到了。"金旭语气淡淡道。

他刚才给袁丁写了条子，让袁丁去后勤处借棉服了。

"你怎么这么淡定？"尚扬道，"你们辖区几年内零刑事案件，一来就来了个大的，你一点都不慌吗？"

金旭说："怎么不慌？我心里在尖叫，比你见了大耗子叫得都大声。"

尚扬："……"

"你现在还怕耗子吗？"金旭道。

尚扬怒喷他："怕不怕关你屁事！现在是说这个的时候吗？"

金旭插着裤兜，斜坐在桌边，道："事情已经发生了，紧张又无助于破案。你当领导的，怎么装腔技能还不如我？遇事一慌，升官泡汤，懂吗？"

尚扬："……"

金旭一本正经道："不然你以为我为什么升职这么快？还不是装

得好。"

尚扬："……"

穿着警用棉服的袁丁来敲金副局的门，说："我好了！师兄们怎么样？"

尚扬和金旭一前一后出来。

尚扬道："不怎么样。"

金旭说："我挺好的。"

原北分局刑侦大队。

死者贾鹏飞的老婆来认过尸，再次确认了死者身份，刑警们给她做了份家属笔录。

据她所说，因为贾鹏飞长期家暴她，夫妻俩感情不好，上个月挨了打以后，带着六岁的孩子回了娘家。这个月初国庆中秋双节，贾鹏飞去她娘家看过孩子一次，送了点小孩吃的零食和玩的玩具，后来两人就再没见过，也没打过电话。

被家暴以及夫妻感情不好，昨天村委会干部也透露过这个情况，是实情。

这女人对贾鹏飞的死并不感到伤心，一脸总算解脱了的表情。

"早想离婚了，他不肯，一说离婚就往死里打我，过后会装，跪在村头不让我走，保证说再没下回了。我爹妈起先还向着我，一起骂他，后来也不向着我了，我回娘家过得也不好，当牛做马，我嫂子我弟妹，她俩月子都是我伺候过来的，但总好过在贾鹏飞家等着被打死。我说他要打死我了，我爸说我自己作死，不把男人伺候好，就会回家折腾他们俩老儿。贾鹏飞死了好，他要不死，以后就是我死。"

屋子警察集体沉默了。

金旭把刘卫东的照片拿了出来，问："你见过这个人吗？"

贾妻看了看，说："见过，贾鹏飞叫他东哥，全名是叫个啥我就不知道了。"

金旭和栗杰交换了眼神，由栗杰继续问："贾鹏飞和他什么关系？你见过他几次？都是在哪儿？"

贾妻："不知道，好像打麻将认识的。见过两回，一回在家，贾鹏飞大半夜带他回来喝酒吃饭，半夜把我叫起来给他俩炒菜。还有一回在镇上，贾鹏飞打牌，叫我给他送钱，这个东哥也在牌桌上。"

栗杰道："就见过两次，你怎么一看照片就能认出来？"

贾妻："都是最近两三个月的事，我记性没那么不好。"

她又想了想，说："第二回就是上个月，在棋牌室见的时候，贾鹏飞嫌我去得慢，扇了我两巴掌，东哥的老婆是个好人，出来护着我，狠狠骂了贾鹏飞一顿。贾鹏飞有点怕人家，那嫂子把他骂得跟狗一样，他也点头哈腰的，最后是东哥劝开了，我看没我事就走了，回去就收拾东西回了娘家。"

尚扬心道，刘卫东哪来的"老婆"？是那位被他纠缠的前妻，女医生陈静，还是借了七万块给他的花店女老板？

旁听的金旭显然也想到了这个问题，他翻着手机里某个人的朋友圈，最后点开了一张照片，给贾鹏飞的老婆看。

"你说的是这个女人吗？"金旭问。

"不是。"贾妻道。

问完了该问的，栗杰带她出去了，还要办相关手续。

尚扬问金旭："你给她看的是陈静的照片？"

金旭边发消息边说："我又不认识开花店那女的。"

尚扬道："你和刘卫东这前妻，警民关系搞得不错，还加了微信好友。"

金旭眼睛瞟着他，说："领导，只是加微信不能算作风问题吧？"

金旭的手机振动一下，他一看，马上又起身朝外面走。尚扬不明所以，只好也跟了上去。

出来后，金旭远远叫住带着死者家属的栗杰，大步过去，又让贾鹏飞的老婆看了一张照片认人。

是他刚让同事发过来的,花店女老板的照片。

贾妻点头道:"对,就是她。"

金旭道:"你怎么知道她是东哥的老婆?他们自己这么介绍的?"

贾妻道:"他俩戴了一样的钻石戒指,钻石很大的,还不是婚戒吗?"

刑侦大队的院内。

袁丁有了棉服穿,不冷了,在走廊边和一位老刑警站着聊天,边聊还边小鸡啄米式点头,满脸长了见识的模样。

看见师兄们从里面出来,便迎过来问:"怎么样?问出什么了吗?"

又小声:"是不是那女的和刘卫东,联手杀了她老公?"

尚扬:"……你在说什么?"

袁丁说:"她被家暴久了,忍无可忍,怒而杀夫,这种案子很多的。刚才那位前辈跟我讲了好多。"

他回头想指那位老刑警,结果人家一见副局来了,知道上班唠嗑不可取,早就脚底抹油跑了。

尚扬丢脸道:"我带你来刑侦队,是让你听故事会?"

"那我又不像主任你级别够了,能和金师兄一起办案子,找个底层实习生,看你们办案和听故事会有什么区别?"袁丁在实习期里,没有正式职务,自然也没有行政执法资格,只能跟着看戏。

"你自己回去吧。"尚扬道,"昨天就让你走了,你非要也留下看看,看够了还不走?还想不想转正了?"

他也是为了袁丁好,他有假期,袁丁并没有,他们单位实习也不是走过场,每年退回去的实习生档案可不少。

但他这话听起来着实不算温柔。

金旭插话道:"尚主任,你太无情了。"

袁丁立刻用眼神表示赞同。

金旭说："你好歹给师弟订张票再让他走。"

袁丁愤然抱拳："两位师兄可真是配合默契，以后谁说你俩关系不好，我第一个不服气。"

金旭抬脚走了，去找栗杰说话。

"最早只有明晚省会飞首都的机票，"尚扬打开订票App看过，道，"给你买了？回去好好表现，别丢我的脸。"

袁丁道："好。"

和栗杰聊完，金旭过来叫他俩："走了。"

"去哪儿？"尚扬问。

他随意地朝金旭出来的方向看过去，栗杰在里面，远远地冲他笑着摆了摆手再见，对他的态度非常友好，明显比刚见面时热情了很多。

他也对栗杰笑着挥挥手，随着金旭，和袁丁一起，都上了警车。

金旭发动了车子，对尚扬解释道："贾鹏飞抛尸案和刘卫东失联案，两案合并，一起查。"

尚扬道："应该的。你跟你师父商量半天，准备怎么查？"

"一步一步查。先去见一见刘卫东的情妇，那位花店女老板。"金旭道，"张志明找她的时候，她没说实话，这就有点意思了。"

"无忧花店"，店铺在白原市北面碧贵园住宅区的一楼底商。

金旭等三人在住宅区的大门前，和先一步到了的张志明副所长碰头。

考虑到昨天张志明已经因为刘卫东失联一事，来和那位花店女老板见过一面，今天让他一起来，问起话来会更方便一些。

张志明上了警车后排，对尚扬和袁丁点下头算作打招呼，便直奔主题道："我刚才去瞄了一眼，孙丽娜的车停在花店门口的车位上，她人应该在店里。"

金旭道："昨天她都是怎么跟你说的？"

昨天花店女老板孙丽娜对警察反映的情况是——

她已有一段时间没和刘卫东联系过了，也没有见过刘本人。

并且声称自己和刘只是普通朋友，当初刘卫东说要做生意缺个口子，她手头宽裕，借给他七万块钱，仅此而已。

这话中真假一听便知，两人绝非普通朋友的关系。

因而尚扬还以此事当作案例，对袁丁分析了一番当代男女之间民间借贷的典型关系。

张志明道，"昨天上午来的时候，完全没想过这事会跟抛尸扯上关系，人家一个女同志，不愿意说自己的私事，我也就没再深究。"

他说这话时还有些尴尬和不好意思。

但一夜之间案情会发生这般巨大的变化——谁也没料到，本以为只是出门没和家人联系的刘卫东，居然会卷入一桩抛尸案。

对相关人员的询问方法和目的，自然也不可同日而语。

"除了隐瞒和刘卫东的关系，孙丽娜还有其他反常表现吗？"金旭问道。

"这……"张志明道，"一提起刘卫东，她的表情就特别不自然，我当时以为，她是不想让人知道她跟刘卫东有男女关系。"

尚扬说："她和刘卫东都是单身，如果真的是恋爱关系，也没必要遮遮掩掩。"

张志明介绍说："是这么个情况，孙丽娜的前夫是个有钱商人，男方出轨导致的离婚，两人有个女儿，抚养权归孙丽娜，每个月男的都给不少抚养费，孙丽娜还分了两套房子和一百来万现金——"

"这是位富婆，"袁丁插话道，"难怪七万块打了水漂也不太在乎。"

尚扬斥道："别打岔。"

张志明倒不在意，对袁丁笑笑，说："没事，小袁总结得没毛病。孙丽娜的经济条件相当好，她自己也很能赚钱，这家花店生意很不错，还在城南开了家分店。昨天她自己确实也说过，几万块钱还不上就算了，她不缺那点钱。刘卫东就是个混子，没正经工作，还爱赌博。门不当户不对，孙丽娜不愿意承认跟他有关系,这也能说得过去。"

尚扬点点头,基于目前的信息,这结论还算合理,至于真实性就要等见到孙丽娜才能考证了。

"也许,"袁丁看尚扬没再斥责他,才继续说下去,"这位离异富婆找个男人,不是为了谈恋爱,只是寂寞呢。"

尚扬:"……"

"不见得。"金旭却说,"如果她觉得刘卫东配不上她,和刘卫东在一起的目的不是婚恋,只是为了找个男人鬼混,她会跟刘卫东戴一对钻石婚戒吗?我是认为不会。"

"什么婚戒?"张志明问。

金旭简单说了下死者家属所见到的,孙丽娜和刘卫东曾经戴了一对大钻石婚戒的事,然后问:"你昨天见她的时候,注意她的手了吗?有没有戴戒指?"

张志明肯定道:"没有,她边跟我说话,还边包扎花束,我确定她手上没首饰,也没有常戴戒指的印子。"

金旭道:"看来她和刘卫东应该是已经分手了,所以戒指也摘了一段时间。"

尚扬道:"会不会是贾鹏飞的老婆看错了?可能只是镶了水钻的普通戒指,随便戴来玩的,不是婚戒那么庄重。"

"是不是真钻石不重要。"金旭说,"一个离过婚的女的,不会再在无名指上随便戴戒指。"

尚扬想了想,不得不说:"这超出了我的知识体系,不过听起来还挺有道理。"

金旭说:"走,去和孙丽娜当面聊聊。"

推开无忧花店的玻璃门,室内的温暖和鲜花的馨香迎面而来。

而孙丽娜本人,也如这温暖和馨香一般,是个五官虽不出众,但很有几分风韵的少妇。

同时也是肉眼可见的有钱。

发夹和耳环都是大牌经典款,脸和手保养得宛如少女,裙子和高跟鞋目测也价值不菲,门外车位上停了一辆三十来万的车。

在白原这样的五线城市里,这样的白富美,出现在公共场所,一定会被其他人注意到。

她化了素颜妆,眉毛轻描,涂一点淡淡的口红,店里温度高,她没穿外套,衬衣外系了花艺围裙,更显得身材曼妙。

尚扬顿时懂了。

刚才他还稍有疑惑,张志明一个老警察,竟然会不好意思过问私事?

看来除了昨天案情还没今天这么严重的缘故,大概也是因为面对这样一位美人,正常男的都难免不忍心太过分。

"昨天该说的我都说过了,"孙丽娜说话轻声细语,自有一种温柔风韵,道,"几位警官找我,是还有什么要问的吗?"

袁丁在车里说人家"寂寞少妇"什么的时候,也没想到竟然是位这样的小姐姐,这时一副没见过世面的样子站在后面,眼睛偷偷打量着孙丽娜,是年轻小直男面对熟女姐姐的常见反应。

尚扬心内叹气,就这点出息。

而孙丽娜的视线则在金旭和尚扬之间打了个转,大约是看出他俩的职位较高,但明显是看金旭更多些。

尚扬余光瞥了瞥金旭,金旭也在直直盯着孙丽娜看。

尚扬:……唉,还是我来吧。

"孙女士,"他问,"你和刘卫东之间究竟是什么关系?希望你能如实回答。"

孙丽娜的眼神轻微闪躲,道:"普通朋友。"

尚扬继续道:"事关重大,你还是——"

"你认识贾鹏飞吗?"金旭忽然开口。

孙丽娜明显吓了一跳,脸色发白,声音也有点颤抖:"是谁?我不认识。"

053

她的反应超出了几人的预估。

在之前的设想中，孙丽娜既然不愿承认与刘卫东的关系，那就很可能也会淡然说不认识贾鹏飞这号人，可是她现在听到贾鹏飞的名字，竟然在恐惧。

她恐惧什么？贾鹏飞的死亡难道与她有关？

金旭问："大前天，就是礼拜六，当天下午到晚上这段时间，你在哪儿？"

这是法医初步推定的贾鹏飞死亡的时间段。

"周六？"孙丽娜却又有些茫然，想了想才说，"我在店里啊，周末订单很多的，从早上开门一直到晚上十点关店，我没出去过，关门以后整理到十点半左右，才回了家。"

她说的过程中，尚扬抬头观察了周围，待她说完，便问："店里的摄像头都正常开着吗？"

孙丽娜道："开着的，你们随便查，我真的一整天都在店里。"

可能是意识到警察在查的事和她想象中的不一样，她明显松了口气。

但这让在场数人更感到疑惑。

金旭道："上个月1号，你也在店里？"

孙丽娜一怔，表情很快又紧张起来，道："都……都过去那么久了，我不记得了。"

上个月1号即是9月1号，贾鹏飞老婆见到过和刘卫东、贾鹏飞在一起打牌的孙丽娜。

孙丽娜有个上小学的女儿，9月1日女儿要开学，这个日期对一个年轻妈妈来说很容易记住，当天发生过什么，相应地也没那么容易忘记。

"不记得没关系，我们可以看下监控。"尚扬道。

"我可能不在店里……"孙丽娜说，"那天，我好像去逛街了。"

尚扬满脸严肃地说："孙女士——"

不等他把官方套话说出来，金旭直接插进来道："看新闻了吗？昨天郊外发现了男尸。"

054

孙丽娜："……看……看了。"

她想到了什么，脸色一时煞白，她似乎是根本就没想到，昨晚本地微信群里传得沸沸扬扬的命案，竟然与自己有关。

"不是刘卫东，"金旭道，"别太担心。"

孙丽娜："……"

话已至此，她只要不是傻子，就该明白，死者既然不是刘卫东，那就只能是贾鹏飞。

金旭道："有证人说，她看到贾鹏飞和你发生了争执，那是她最后一次看见贾鹏飞。"

尚扬不由得在心内喝彩。

这话太有技巧了，贾鹏飞的老婆上个月回娘家前，最后一次看见她老公的时候，他确实就是和孙丽娜在牌桌上，孙丽娜也确实因为他家暴老婆，而与他发生了口角。

但金旭的话初听起来，就好像这场口角，是发生在贾鹏飞即将遇害之前。

"不可能！"孙丽娜果然中套，激烈否认道，"我上次见他的时候，他还好好的！"

她说的"上次"和金旭所说的贾妻9月1日看到她的那次，似乎并不是同一次。

无论如何，她已经亲口推翻了刚才自己说的不认识贾鹏飞的话。

尚扬转念之间也明白了，金旭在那句话里还设下了第二重陷阱，"最后一次"原本就是个虚词，只有当事人才知道究竟是哪一次，他抛出这个虚词，却能套出实话。

孙丽娜说完就反应了过来，脸色更加难看。

金旭唱完了黑脸，真让她情绪崩溃也不好再问话，遂不打算再施压，示意尚扬来继续问。

尚扬便道："你是怎么认识贾鹏飞的？"

孙丽娜眼圈通红,眼看要哭了。

旁听的袁丁和张志明都有点不太忍心。

金旭面无表情。

尚扬从兜里拿了包纸巾,递过去,柔声道:"孙女士,你还好吗?"

孙丽娜接过纸巾,泪眼蒙眬地看尚扬,眼泪顺着腮边滑落,仙女落泪,我见犹怜。

"你要是不想聊贾鹏飞,"尚扬和和气气的,但毫不留情,说,"那不如先说说,你和刘卫东到底是什么关系?"

孙丽娜:"……"

花店挂上了"CLOSED"的牌子。

张志明和袁丁也到外面警车上去等,只留下尚扬和金旭。

人少一点的环境,相对来说会减轻当事人的压力。

孙丽娜讲出来的事,比预想中的复杂了不止一星半点。

半年前,孙丽娜因事到棋牌室找她的一个朋友,在那里认识了刘卫东。

随后刘卫东对她展开了热烈追求,两人都是离异单身,刘卫东除了经济条件稍差一些,当时表现出来的各个方面,都符合孙丽娜对再婚伴侣的要求。

而且刘卫东完全不介意她有孩子,并信誓旦旦向她保证,以后可以不再要小孩,把孙丽娜的女儿当自己的女儿来对待。

很快,孙丽娜便和刘卫东开始了热恋。

之后刘卫东分三次,从孙丽娜手里"借"走了七万块。

孙丽娜憧憬着新的婚姻和新的家庭,在两人相恋一百天的时候,主动买了一对钻戒,大胆地向刘卫东求了婚,以为从此能开始崭新的生活。

"一个多月前,我才发现他一直在骗我,"孙丽娜道,"他一直跟我说,他在燃气公司当质检员,不用每天坐班,还让我看过他的工作证,我就信了。"

"那天,刚好有个来订花的客人是在燃气公司上班,我就提了句,说,你认不认识叫刘卫东的质检员。"

"人家说,以前和刘卫东是一个部门的,有天正上着班呢,刘卫东就被警察抓走了,因为他偷东西,等拘留放出来以后,公司就开除了他,这都好几年前的事了。"

尚扬不禁看了看金旭,金旭对他挑了挑眉,意思是他想得没错,抓刘卫东的警察就是金旭本人。

孙丽娜用纸巾擦了擦眼睛,又接着说:"我回去找出来一看,他那工作证早就过了期,就是拿来哄我的。他还跟我说他和他前妻离婚,是因为那女的外面有了人,我也有类似经历,本来还挺同情他。

"我知道她前妻在医院上班,就找了熟人去打听,才知道根本不是他说的那回事,是因为他是个滥赌鬼,那女大夫才不跟他过了。

"我给他那七万块,他说是用来和朋友一起开棋牌室,还带我去那棋牌室看过,都是假的,那棋牌室根本不是他们开的。"

尚扬和金旭都捕捉到了有效信息。

"和他开棋牌室的朋友,是贾鹏飞吗?"金旭问。

"对。"孙丽娜听到这个名字,比之刚才的恐惧,又添了几分咬牙切齿,说,"这人最不是东西了,比刘卫东更渣、更坏。"

上个月1号,孙丽娜在那间开在城乡接合部的棋牌室里,见到被贾鹏飞甩耳光的贾妻时,她还没发现这是一场骗局。

她只是单纯看不惯贾鹏飞家暴老婆,当时就和这个刘卫东的所谓合伙人翻了脸,贾妻走后,她也愤怒地拉着刘卫东离开,并劝说刘卫东不要再和这种人合伙做生意,刘卫东敷衍着表示会重新考虑。

几天后,那位燃气公司的员工到无忧花店买花,揭开了刘卫东和贾鹏飞联手设下的骗局的冰山一角。

孙丽娜起了疑心,逐渐发现刘卫东对她说的所有事,全都是假的。

057

刘卫东既不是燃气公司的员工，也不是被前妻劈腿的可怜男人。

他声称自己父母都已过世，事实上他母亲还好好活着，他每个月的基本生活开销都是在花老太太的养老金。

他还是个重度赌徒，从孙丽娜那里骗来的七万块，有大半是喂给了老虎机和水果机。

所谓投资经营的棋牌室，根本不是他和贾鹏飞合伙经营的店铺，前两次孙丽娜过去看，都是他们俩花了点钱，雇用店员演戏，配合着装作他们俩是老板。

孙丽娜道："我当时差点就崩溃了，跟我在一起几个月的人，从里到外没一点是真的，全是假的。"

尚扬叹气道："以你的条件，即使刘卫东没有弄虚作假，确实是在燃气公司上班，你会看上他，也是有点……"

他想说也是有点太瞎了吧！但毕竟人家是个美女，不太好当面这样说。

"我自己也知道是有点傻。"孙丽娜啜泣着说，"可是我也是没办法，看起来我是有钱有房，但想找和我经济条件差不多的男的，不现实啊。尚警官，你结婚了吗？"

尚扬没反应过来是问他。

金旭替他答道："没有，他穷得很，还租房住。"

孙丽娜："……"

尚扬不满地看了金旭一眼，金旭一脸无所谓。

"我只是想说，有经济实力的同龄单身男士，要么是想娶二十来岁没结过婚的漂亮小姑娘，"孙丽娜说，"要么就是本身有问题。"

尚扬点头认同。

孙丽娜说："所以我根本找不到和我经济条件差不多的男的，好在我不缺钱，找个没钱的，我也养得起，只要对我好，对我女儿好，其他我也不在乎。刘卫东追我的时候，就完全是我心里想的那样子，谁知道他都是装的。都是我自己眼光不好，挑了两次，都没挑到一个好的。"

尚扬对她起了同情之心。

他一直被家里逼着相亲，见过不少被称作"剩女"的单身女性，知道婚恋市场对女性极度不友好，总在逼迫女性向下兼容，如孙丽娜这样美貌还有"钞能力"的离异少妇，也不得不自我洗脑，接受刘卫东那样的"良配"。

"你只是比较倒霉，遇上了一两个渣男，错不在你，不要自责了。"尚扬劝慰道。

孙丽娜望向他，眼神中起了微微涟漪。

金旭非常不识相地横插一杠进来，说："那贾鹏飞呢？除了和刘卫东在你面前合伙演戏，假装开棋牌室，你跟贾鹏飞还有别的交集吗？"

提起贾鹏飞，孙丽娜再度不自然起来，低垂着眼睛，抿紧了嘴唇，分明是有什么难以启齿的事。

金旭还要再问，被尚扬按住手臂，意思是叫他退下。

他看了眼尚主任的手，听领导的话，闭了嘴。

"需要我找一位女警来吗？"尚扬认真而轻声地问道。

孙丽娜抬起头，眼里又满是泪水，和尚扬对视，缓缓摇了摇头，她对尚扬建立起了信任。

"不用了，"她说，"我愿意讲给你听。"

门外警车内。

张志明和袁丁聊了一会儿案情相关的事，又聊起了上司们，都已年过二十的两个有颜还有为的大好青年，为什么都还没结婚？

袁丁道："我听我们单位的姐姐们说，尚主任不会跟女孩相处，女孩对他冷淡，他就更冷淡，女孩对他热情，他就吓得光速逃跑。"

张志明道："金旭什么情况我也不好说，他刚来松山所的时候，还是个胖子，病得又厉害，没姑娘愿意嫁他，也没人给他介绍对象。这两年他身体和前程都大好，分局和市局不少领导还有领导家属，都抢着给他介绍姑娘,他一个也不肯见。我琢磨是不是当初世态炎凉,弄得他对这事PTSD了?"

"也不是没这种可能。"袁丁好奇问,"金师兄以前到底得的什么病啊?"

张志明说:"忘了学名叫什么,一种假性癫痫。"

袁丁大惊:"癫痫?!"

张志明道:"不是癫痫,发作起来症状像癫痫。"

袁丁:"……那也挺可怕的。"

"当时就是还挺严重的。"这事在当地公安中许多人都知道,并不是什么需要避讳的事,张志明讲起来也很自然,说,"也因为这病,他才不能继续当刑警,被调到派出所做文职。那阵子都听说这病很难治好了,离不开激素药,好好一帅小伙肥成个球,身体差,精神也差,颓得没个人形,我那时候还是他上司,没事就给他灌鸡汤鼓励他,但没什么用。"

袁丁道:"那后来呢?"

张志明道:"后来?他总不能一直颓着,慢慢就打起精神来了,积极配合治疗,努力锻炼身体,渐渐就好了。开始认真工作,乘风破浪,最后还变成了我的上司。"

袁丁:"……"

"说是神经类疾病,跟情绪和心理压力都有关系,"张志明道,"可能最根本的还是调整好心态,树立理想,有理想就有动力……你看他升职多快!"

袁丁不服输道:"我们尚主任升得也很快。"

却也得承认金旭的厉害之处:"金师兄跟尚主任是同学,毕业也才八年,还干了四年刑警,又来了派出所,升得确实是真够快的。"

"他当刑警的时候立过个人二等功,来了松山所以后,带队立了集体三等功两次。你要是行,也能升这么快。"张志明笑着说。

"他还大病了一场呢,也占用时间吧。"袁丁心算了下,暗道确实是厉害，问，"他什么时候开始摆正心态，树立理想，乘风破浪的？我算算我得从几岁开始努力，才能赶得及退休之前升到副局。"

张志明哭笑不得时，松山派出所来了个电话，叫他回去一趟，有事要找张副所长回去处理。

这边也没他什么事，他让袁丁等下和金旭说一声，然后就下车到旁边去扫了辆共享电瓶车，骑着走了。

袁丁独自又等了一会儿，直到过了中午十二点，才等到两位师兄从花店里出来。

孙丽娜把那两位送到门外，看她模样是又大哭过一场。

尚扬的表情浅淡而温柔，他对她说了些什么，袁丁猜想大约是安慰以及道别的话。

她微微点点头，看尚扬的眼神里就有几分那个意思。

袁丁跟着尚扬这几个月，也知道尚主任魅力非凡，早已见怪不怪。

金旭却是嫌这告别过于啰唆，一手搭在尚扬肩上，一手对孙丽娜摆了摆，示意她别送了赶紧回去吧。

他俩朝警车过来，孙丽娜又看了他俩背影片刻，才转身回了花店里。

等他俩上了车，袁丁迫不及待地问："怎么样？"

尚扬和金旭却都不回答他。

金旭边拨手机号边说："我先问问我师父，看他们有什么进展。"

他打给刑侦大队的队长栗杰。

袁丁又问尚扬："主任，你们问出什么了？"

"嘘。"尚扬让袁丁小点声。

他拿出保温杯想喝口水，晃了晃却是空的，只好把杯子又收了起来。

"那小姐姐应该不是凶手吧？"袁丁实在是好奇，起身从后排凑近副驾的尚主任，压低了音量问。

金旭正向电话那头的栗杰队长询问法医的尸检结果如何。

尚扬侧耳专注听着，随口答了袁丁："不是她。"

袁丁道："那你们都聊什么了，这么久？"

尚扬不太想告诉他，道："其他事。"

袁丁还想问，金旭挂断了电话，问他："老张哪儿去了？"

"回你们所里了，说今天和消防大队有个什么联合活动。"袁丁道。

金旭也想了起来，确实是有这么个活动。

尚扬问他："尸检报告怎么说？"

昨天法医初步检查尸体，贾鹏飞头部后方有一处被重物击打而导致的头骨凹陷，同时体表还有不同程度的擦伤和斗殴伤。

今天等贾鹏飞的妻子在解剖同意书上签了字，法医随即进行了解剖鉴定。

"后脑勺上就是致死伤，"金旭拧钥匙发动警车，说，"凶器也找到了。"

刑警们在贾鹏飞家里找到了一把农用锄头，形状和死者致命伤吻合，锄头上还留有已经发黑的残血，血型和死者贾鹏飞的血型一致。

"指纹呢？锄柄上有采集到指纹吗？"尚扬问。

"有，除了贾鹏飞自己的，还有另外两组不同的指纹。"金旭顿了一顿，说，"其中一组，能在指纹库里找到。"

尚扬："……刘卫东？"

刘卫东有盗窃前科，指纹库里存有他的指纹。

"是刘卫东杀了贾鹏飞？"袁丁道，"这两个渣男合伙骗了花店那个小姐姐，怎么最后又狗咬狗了？"

"现在下结论，恐怕还为时过早。"尚扬谨慎道。

"反正这样看来，贾鹏飞自己的家，应该就是第一案发现场了吧？"袁丁说。

"基本可以这样认为，还需要找到更多证据来支撑这个结论。"金旭道。

有了重大突破和进展，不再悬而未决，大家心里多少都有点如释重负。

尚扬看看外面，问："我们现在是去哪儿？"

金旭道:"找个地方,我和小袁吃饭,你喝热水。"

尚扬:"……"

袁丁露齿笑了一半,发现尚扬从后视镜里眼神不善地看着他,忙绷住嘴角。

第三章
JIN JIA XUAN
QU LE NA LI

吃饭，喝热水。

西北面食是一绝，哪怕天天吃面，也是各有特色的面食，不带重样。

昨天和今天，金旭带他俩来的小店，都是乍看不起眼，但味道很不错，而且环境也都干干净净。既不会把时间浪费在吃饭上，尚扬也不用皱着眉用消毒湿巾擦来擦去。

金师兄这么个人，心思还挺细致。袁丁如是想。

尚扬没寻思这些有的没的，惦记着正事，喝着热水，问金旭："除了赌博，刘卫东还沾别的吗？盗窃又是什么情况？"

金旭解释道："是他偷拿了别人几万块的金首饰去变卖，当作赌资。本来最少也能判个三年，受害人写了谅解书，又改口供说失物不是真金，不值钱。"

袁丁奇道："这受害人是什么圣母娘娘？"

"刘卫东的丈母娘，"金旭道，"前丈母娘。"

就是那位名叫陈静的医生的母亲。

金旭道:"这老太太报案的时候,并不知道是女婿偷了她的首饰,只以为家里进了贼,没想到抓到的是个家贼。后来陈静说,她和刘卫东那时候因为离婚的事已经扯皮了两三年,刘卫东就是不肯离,因为这事,他拿离婚要挟女方,说只要别让自己坐牢,就肯在离婚协议书上签字。"

尚扬道:"她也是拎不清,这种人跟牛皮糖一样,还不如直接让他坐牢去,搞到现在不还是在纠缠她?还得她报警处理。"

袁丁道:"这种男的,一边纠缠前妻,一边还骗了个花店小姐姐……等等,这样说起来,他还挺厉害。"

尚扬道:"听孙丽娜说,他相当会做小伏低,不但对她很好,在外面对其他人也都特别绅士,没有深挖了解的话,确实很容易让女的认为他是个靠谱好男人。"

"孙丽娜到底什么情况啊?"袁丁顺势又问起。

金旭和尚扬对视了一眼,最后金旭说:"就是倒霉,人在家中坐,祸从天上来,一早被人渣盯上了,都是有预谋的。"

孙丽娜本人其实并不是太清楚,只以为自己是不小心才遇到了骗子渣男。

但金旭和尚扬听她讲述了自己的经历,立刻就能明白,这恐怕是蓄谋已久的骗局,对方很早以前就盯上了这位阔绰的单亲妈妈。

从棋牌室里的偶遇,到后来刘卫东有针对性的追求和表白,所有外在包装和甜蜜话术,全都是围绕着孙丽娜组建新家庭的需求,量身定制了一个踏实可靠的伴侣。

那七万块钱只是开胃菜,是在试探孙丽娜愿意为"未婚夫"刘卫东买单的上限。

如果孙丽娜没有无意中发现刘卫东因为盗窃而早被燃气公司开除,接下来极有可能上演的戏码,大概就是那间棋牌室惹到了"麻烦",需要大笔钱摆平，他哄骗孙丽娜来掏钱，填这个根本不可能填得上的窟窿。

他们找一间开在城郊镇上的大型棋牌室来演戏，而非市区里的店铺，也是因为城乡接合部鱼龙混杂，编起理由欺瞒孙丽娜这样社会关系简单的女性，成功率更高。

更有甚者，如果刘卫东之后为了得到更多利益，当真和孙丽娜领了证结婚，那后面会有什么更离谱的骗局在等着她都不奇怪，比如为了遗产杀死有钱配偶，或是杀害配偶骗取高额保险赔偿。阳光底下无新事。

"贾鹏飞应该是半路入局，"尚扬道，"现在还不清楚他和刘卫东是怎么认识的，从移动公司给的通话记录来看，他俩是最近两个多月才建立起频繁的联系，我猜想应当是刘卫东需要一个帮手，刚好认识了和他一样好赌，还游手好闲的贾鹏飞，两人一拍即合，由贾鹏飞来充当他所谓的棋牌室创业合伙人。"

金旭道："同意贾鹏飞是半路入局的推论，但是我觉得贾鹏飞和刘卫东应该早就认识，两人之间到底怎么建立起联系还得调查。"

尚扬不解道："你觉得他们早就认识？这个推论的依据是什么？"

"刘卫东是个赌徒，赌徒的贪欲非常强烈，面对孙丽娜这样一块肥肉，他不会随意拉一个陌生人来入伙，无端端分走一大杯羹。"金旭道。

"这……"尚扬被说服了，道，"假设你所说的这个逻辑成立，他俩早就认识，仍然建立在这个逻辑上，刘卫东应该也不会轻易同意别人分走自己的既得利益。"

金旭道："后来事情败露，他们朝孙丽娜勒索的时候，你回想下孙丽娜说的话，比起刘卫东，贾鹏飞明显才是主导者。"

袁丁原本听两位师兄的推理，还跟着一起思考，这时愕然发问："什么勒索？"

这事让尚扬感到难以启齿，事涉别人的极度隐私。

金旭就非要嘲讽他一句："又脏又低级，你们尚主任出水芙蓉似的，说不出口。"

尚扬:"……"

孙丽娜识破了刘卫东的骗局,与刘卫东摊牌,要求刘卫东把七万块还给她,不然就要报警。

之后刘卫东的手机就关了机,孙丽娜联系不到他,以为这骗子自知理亏,不会再出现。

而她分几次"借"给刘卫东的那七万块钱,没有借据,也没有有效的转账记录,她找律师咨询,得知这种情况想追回有难度。

虽然受了点经济损失,好在没有真的走到结婚那一步,她自我安慰,就当作是吃一堑,长一智,花钱买教训,至于感情伤害,总会慢慢平复。

没想到,刘卫东消失几天后,有天孙丽娜去学校接女儿放学,在校门口遇到了贾鹏飞。

她本以为贾鹏飞只是刘卫东的同伙,一个小喽啰,先前几次见,贾鹏飞满口叫她嫂子,对她和刘卫东都点头哈腰的,这次再见到,贾鹏飞十分嚣张,开口便是污言秽语,调戏孙丽娜,甚至还连带着她的小女儿。

她自然气愤,想骂走贾鹏飞,贾鹏飞就堵着路不让她们母女两人走,光天化日之下,孙丽娜当然就要呼救,贾鹏飞却拿出手机,说要给她看点好东西。

"不会是……"袁丁皱眉道,"刘卫东拍的吗?她知道被刘卫东拍过吗?"

金旭道:"是偷拍,在刘卫东家里,可能是角落里藏了摄像机,也可能是装了针孔摄像头,她不知道。"

尚扬道:"贾鹏飞直接把手机放在她和她女儿面前点了播放,小女孩也看到了,被吓坏了。"

袁丁听了,直接骂了一句。

"贾鹏飞勒索她五万块,"尚扬道,"孙丽娜没敢报警。"

袁丁扼腕道："就……给他钱了？"

金旭说："还没完，贾鹏飞后来又找过她两次，一共拿了十五万，还占了她便宜。"

袁丁："……"

在这长达半个月的勒索与被勒索过程中，刘卫东始终没有出现。

然而上上周，十几天前，刘卫东给孙丽娜打了个电话，在电话里向她道歉，并说那七万块，等有了钱就会还给她。

孙丽娜以为他又想来骗自己，在电话里把他骂了个狗血淋头。

再之后，刘卫东就又没了消息。

昨天张志明找到孙丽娜了解情况，孙丽娜还以为和勒索案有关，胆战心惊地担忧视频曝光，完全没想到的是贾鹏飞竟然死了，并且刘卫东还有重大作案嫌疑。

下午，金旭等三人决定去找刘卫东日常来往的一些熟人朋友，看看还有什么之前遗漏的线索，现在首要还是先找到他本人。

金旭凌晨四点才回到家，只在沙发上睡了三个多钟头，一大早就去刑侦大队，完事后又来孙丽娜这里了解情况，睡眠不足，表情自然带着倦意，眼睛里也有了红血丝。

"我来开车，"袁丁主动道，"师兄你说去哪儿，我跟着手机导航开。"

金旭也不客气，把驾驶位让给他，自己去了后排，等袁丁开导航上了路，他就闭目假寐，抓紧时间休息，竟是分分钟就低着头睡着了，还发出轻微的鼾声。

袁丁低声道："他这是连续加班几天了？"

尚扬道："派出所就是这样，想休息也行，熬到退休，或者熬到生病。"

"还是得劝他注意身体，不然一不小心旧病复发，可不是闹着玩的。"袁丁把张志明对他透露的情况，简短地对尚扬提了一提。

"难怪他现在变化这么大。"尚扬听他说吃激素药的时候就猜到不是轻症,倒也并没感到太意外,说,"大病一场,可能对人生也有了新认知。"

其实他觉得金旭现在这样也不错,至少积极开朗,比起以前阴阴郁郁的样子好了不少。

袁丁还有点想问问两年前,两位师兄重逢,是不是发生过什么事。

但尚扬心里还惦记着案情,不等他继续八卦,就说:"不知道是不是我想太多,孙丽娜是不是过于恋爱脑了?"

袁丁道:"怎么说?"

尚扬说:"她和前夫离异,至今也有两年多,以她的条件,追她的男的应该不少,图她漂亮或是图她金钱的,或者真就是喜欢她的,应该都有,她怎么偏偏就会上了刘卫东的当?"

袁丁思忖着说:"刘卫东不是很会演吗?她一个单亲妈妈,渴望找个靠谱男人,有个新家庭,刘卫东抓住她这个心理,投其所好,嘘寒问暖,她会上当也不足为奇。"

"你说的是大多数普通人,孙丽娜明显不是,"尚扬道,"她是个很有魅力,并且知道怎么散发魅力的女人。这样的人,从小到大会有前赴后继的爱慕者来向她示好,她对待追求者,不会像普通女孩一样轻易动心。人在被追求时都会产生喜悦感和满足感,外貌普通各方面平平,很少被追求的人,就很容易把这种喜悦满足感误解为喜欢,可是这对漂亮、追求者众多的人来说,只是像吃饭喝水一样寻常。而且竟然还是她主动向刘卫东求了婚?生怕刘卫东反悔一样,我真的不能理解。"

袁丁用一种酸溜溜的眼神瞥他,道:"你说的这些,我也不能理解。"

尚扬疑惑地看他,并不能理解他的不能理解。

"师弟和我这种普通人,当然不能理解你们这些漂亮的人。"后排金旭不知何时醒了,忽然插话进来。

尚扬从后视镜冷冷看他,预感他不是要说什么好话。

金旭道:"你们身边全是追求者,我们又没有,我们普通人确实就是很容易动心,有什么问题?"

袁丁:"……"算了吧金师兄,你哪里普通了?只是内涵我一个而已。

尚扬没太把金旭的嘲讽当回事,说:"能不贫吗?我是真想不通,孙丽娜绝对不是会被普通追求者感动的类型,可是我观察她也不像在撒谎。"

"我也不觉得她在撒谎,"金旭道,"她是不会喜欢普通的追求者,可是她自己是很看脸的。"

尚扬:"?"

袁丁直呼内行:"确实是!小姐姐全程只看你们俩,我和张副所长像两个透明人。"

金旭一哂,说:"那倒没有,她主要是被你们尚主任的盛世美颜迷住了。"

袁丁道:"尤其最后送你们俩出来,小姐姐看尚主任的时候,眼睛里有——星——星!"

尚扬:"……你们两个烦人不?能说点正经话吗?"

金旭正色道:"正经话来了。刘卫东这家伙,撒谎成性,赌博成瘾,没工作也没钱,但是长了一张好脸。"

"他很帅吗?我看照片上也就那样啊。"袁丁道。

"要看拿谁当参照物,你每天跟着你们尚主任混,再看别的谁,当然都是就那样。"金旭道,"客观地说,刘卫东在普通人里,算得上是个相貌堂堂的美男子。"

尚扬和袁丁见过刘卫东的照片,也在监控视频里看过他的大致身形。一个男的,一米八多的个头,再配上一张端正干净的脸,确实就能配得上帅哥的称呼了。

除了他演戏演得好,孙丽娜会迷上他,可能还真就是被他的皮相先迷惑到了。

"行吧,我明白了。"尚扬这么说着。

明白归明白,也不是很能理解。

孙丽娜这种情况,为了一张脸,而付出如此惨烈的代价,值得吗?

在他的择偶观中，外表是比较不重要的一点。

金旭还是满脸困倦，把后排车窗打开一点，想吹吹冷风以快速清醒，窗一开，呼一声风卷起来，他的短发立刻被卷得乱七八糟。

多数人没睡醒时被风这么劈头盖脸地吹一下，很难好看。

金旭却不会，他的相貌气质和这西北的烈风很配，在呼啸而过的风里多了几分粗糙的美感。

尚扬从后视镜看看，心中忽然想，如果骗子是长成这样，那孙丽娜上当受骗，他大概就比较好理解了。

金旭有所察觉，也朝前面看过来，两人在后视镜里对上了视线。

"你也是个美男子呢。"尚扬当即不吝啬地赞美道。

金旭："……"

袁丁："主任，你也说点正经话吧。"

尚扬道："偶尔夸一夸基层干警，也是我工作的一部分。"

金旭很快岔开话题说："其实我倒是更奇怪，刘卫东为何最后打给孙丽娜那一通道歉电话。"

如果说是为了继续欺骗孙丽娜，但刘卫东之后又收拾行装打算离开白原，这逻辑上就说不太过去。

但如果说他是真心向孙丽娜道歉，以这个人的行径人品来说，似乎也很难做到。

"有没有可能，他根本不知道贾鹏飞勒索了这小姐姐，"袁丁猜测道，"贾鹏飞是瞒着他干了后来这些事，他知道以后和贾鹏飞翻了脸，毕竟他才只到手七万块，贾鹏飞可是拿了十五万。两人内讧，然后刘卫东就杀了贾鹏飞？"

贾鹏飞用视频勒索孙丽娜数次，这过程中，刘卫东始终没有露过面，他究竟知道不知道，甚至说贾鹏飞这样做是不是出于他的授意，这目前还未可知。

尚扬道："孙丽娜被偷拍是在刘卫东的家里，应该还是刘卫东本人拍的，贾鹏飞怎么拿到这么私密的视频？"

金旭道："如果他俩很早就认识，关系还不错，刘卫东分享这种视频给他，当作是炫耀，也很合理。"

尚扬不解地问："你一直朝着他俩早就认识的方向推测，到底有什么原因让你这么觉得？"

"说不好，直觉吧。"金旭说，"我对刘卫东这人还是有点了解的，他不太可能找个不熟的人一起设局骗孙丽娜，最后还要分利益给对方。他和贾鹏飞应该在某些事上有利益纠葛，只是咱们现在还不知道到底是什么事。"

先前松山派出所的民警已经就刘卫东的行踪向他身边的人打听过，金旭等三人今天又走访一圈，得到的结果差不太多。

他的邻居都说和他不熟，大家对这种游手好闲还好赌的人，从来都是敬而远之。

他平时主要接触的人，就是他家附近一个棋牌室里的常客。

老虎机和水果机开销太大，也不能天天玩，赌徒手痒的时候，还是靠搓搓麻将打打扑克牌来打发时间。

牌桌上的人，个顶个爱吹牛皮，也知道对方嘴里没几句实话，因而想找个真正熟悉刘卫东的"朋友"，还不太容易。

比如说他半年来欺骗孙丽娜这位离异有钱女的事，他的几位牌友就只是模模糊糊知道，有个开花店的女人借给他几万块钱，他全拿去玩了，打了水漂。

"上次有警察来问过，我们知道的都说过了，听他说欠了别人好几万，还是还不起了，就想去外面找门路赚点钱，有十来天没来过，上次来还是13号。"棋牌室负责人被问过一遍，知道公安会问什么，不等金旭开口，自己先复述了一遍，最后还不忘补充，"我们棋牌室是正经棋牌室，打牌就是消遣，不玩钱的。"

不玩钱是不可能的,不过是没有豪赌,睁一只眼闭一只眼就算了,这种事本来也不可能杜绝。

金旭问负责人以及刘卫东的几个牌友:"刘卫东有提过贾鹏飞这个人吗?"

众人表示没有。

但当金旭把贾鹏飞的照片给他们看时,一个中年大姐说:"他是不是胳膊上文了条龙?我在楼底下见过他一回,他来给刘卫东送钱,我看见刘卫东把钱点了点装进兜里,有大几千块。"

贾鹏飞确实有花臂文身,能将胳膊裸露在外面的温度,说明这一定不是最近发生的事。

金旭问:"是什么时候?"

大姐想了想,果然说:"7月份,几号不记得了,反正我外孙还没放暑假,他一放假我就不能来打牌了。"

7月10日中小学放暑假,从那时候算到现在已近四个月了。

从棋牌室一出来,袁丁服气道:"金师兄的直觉也太准了,这两个人还真早就认识,早就有金钱上的纠葛。"

尚扬也不得不佩服金旭的直觉预判,说:"你看人还挺准。"

"运气好而已。"金旭随口道,又说,"他们俩到底什么时候认识,怎么认识,有什么其他矛盾,这些都还是未知数。"

尚扬道:"刘卫东已经上了去省会城市的长途车,半路上被贾鹏飞叫下了车,两人又凑到了一起,总不可能是贾鹏飞打牌三缺一,要找个牌搭子吧,能是什么理由?"

袁丁道:"会不会是,说要给他分钱之类的话?"

金旭道:"不能手机转账吗?还用得着半路下车那么麻烦?"

"照你这么说,刚才那位大姐看见贾鹏飞来给刘卫东送钱,也有点奇怪了,才几千块而已,为什么不手机转账?棋牌室一切开销都可以扫码。"尚扬道。

"对啊,贾鹏飞可能就是喜欢用现金,用不惯手机转账,也没什么问题吧。"袁丁附和道。

尚扬和金旭却是一对视,两人都想到了一点。

金旭道:"贾鹏飞老婆在镇上那间棋牌室见到孙丽娜那次,也是说去给贾鹏飞送钱,贾鹏飞还真是很爱用现金。"

尚扬道:"说明他平时的收入进账,多数是现金形式。"

袁丁迷茫道:"有什么问题?他不是老来市里打零工吗?老板发工资给现金,很常见啊。"

"先问问刑侦那边吧,"尚扬对金旭说,"贾鹏飞所谓的打零工,到底是在打什么工。"

金旭到旁边打电话。

袁丁琢磨了下,有点懂了,说:"主任,你们是怀疑贾鹏飞平时就在干什么不法勾当吗?"

尚扬道:"有这可能……"

金旭这电话打得极快,马上讲完了,过来说:"那边还在走访村民,说是发现不少线索,一时半会儿说不清楚,等晚上碰面再细谈。"

"贾鹏飞要是没当个打工人,来市里能干什么呢?"袁丁道,"偷东西?那还真是能和有盗窃前科的刘卫东当合伙人了。"

尚扬提议道:"这儿离刘卫东家不远了,我们去他家里看看?"

刘卫东住在燃气公司的家属院,是早些年盖的集体房,没电梯,房子面积也不大。

但这能让孙丽娜更相信他燃气公司质检员的身份。

时近黄昏,天凉了日头短,刚过下午五点,天色已经暗了。

加上刘卫东这房子采光一般,室内显得更加昏暗。

扑面而来,有一股燃烧过什么东西的味道,混着老房子几天没人居住的霉味。

"是不是电路老化，塑胶皮煳了的味儿？"袁丁道。

"不像，像是烧过纸制品。"金旭说。

"你们看这里。"尚扬在阳台门口道。

阳台上有一个破旧的搪瓷盆子，里面有物品烧剩的灰烬，烧的确实是纸，看灰烬痕迹，像是祭奠用的黄纸，还有纸钱。

边上有个玻璃口杯，里面半杯大米，插着一支已经燃到根部的香。

袁丁愕然道："他怎么在家里烧纸钱？又不是清明……难道是他爸的忌日？"

金旭道："不是，他父亲去世的时候是春天。"

尚扬奇怪地看他一眼，说："你对刘卫东确实很了解。"

金旭屈膝蹲下，打量那些烧过的祭奠用品，道："他这会是烧给谁的？"

"贾鹏飞吗？"袁丁道，"会不会是他在贾鹏飞死后偷偷回过家？给贾鹏飞烧了点纸钱。"

金旭好笑道："冒险回了趟家，就为了在自家阳台上给另一个浑蛋烧纸钱？"

袁丁一想也是，这可能性太低了，假设刘卫东真的要给贾鹏飞烧纸钱，在哪儿还不能烧？何苦回自己家里干这种事。

"烧过了纸钱，火盆还在这里放着没收拾，"尚扬猜测道，"说明他是在离家之前祭奠了某个人，等不及香燃尽就拿了行李出门，去了长途汽车站。"

金旭道："他的亲友中，最近应该也没人去世。"

正好隔壁邻居下班回来，金旭便出去询问邻居，看有什么线索可以提供。

尚扬和袁丁又把刘卫东的家里里外外仔细看了一遍。

金旭问完话回来，说："邻居说，前段时间闻到过好几次烧东西的味道，有一天起夜还闻到一次。"

袁丁奇怪道："刘卫东到底在祭奠谁啊？"

"他行李收拾得还挺干净，"尚扬道，"除了家电家具，家里一点值钱东西都没有，连件像样的衣服都没剩下，电闸和燃气阀也都合上了，他这像是打算出去很长一段时间。"

袁丁说："那他中途下了大巴车，就更奇怪了。"

金旭道："还有别的发现吗？"

"有。"尚扬道，并用微妙眼神看着金旭，说，"卧室有结婚照，他的前妻很漂亮。"

金旭道："都说了只是警民关系，漂不漂亮又关我什么事？还是你想追求人家，我介绍你们认识？"

尚扬暗自觉得金旭有什么事没有说，思考方向就朝着刘卫东那位前妻偏了一下，被金旭否认，他又寻思是自己想多了。

假如金旭真的和刘卫东的前妻有什么，以他对金旭的认知，金旭不会矢口否认，必定会大大方方承认。

多年前金旭还叫金晓旭，还是个阴沉内向的男孩，不讨尚扬喜欢，但尚扬那时就已经明确知道，睡在他上铺的金晓旭，是个非常靠谱的人，言必信，行必果。

"天黑了，下班吧。"尚扬道，"你回所里，还是去刑侦大队？"

金旭道："送你们回去，我再找我师父去，晚上要开个碰头会。"

尚扬却说："那还是一起吧，我们旁听会违反规定吗？"

金旭笑道："领导别开玩笑，您莅临指导工作，是我们的荣幸。"

尚扬知道他这动不动就来的阴阳怪气，确实都是在开玩笑，就还是板着脸，没给他好脸色。

回到刑侦大队，队里几乎没人，小城市出了人命大案，市里整个公安系统都如临大敌，能派出去的人都派出去了，忙着找线索，找知情人，以及四处找寻刘卫东的踪迹。

金旭找出三碗泡面来，当作三人的晚饭。

袁丁苦笑道："师兄，昨天你就说要请我吃点好的，明天我都要走了，这可真是结结实实吃了两天面。"

他这话一出，尚扬才反应过来，从他们和金旭碰面到现在才三十多个钟头，只是因为事情不断，几乎在连轴转，感觉上像是已经过去了好几天。

"谁叫师弟你运气好，赶上这么个好时候。"金旭道，"下次吧。"

尚扬问："吃完泡面怎么着？栗杰队长在哪儿？"

金旭说："他带队在贾鹏飞家那个村子里，我垫垫肚子就找他去。你还去吗？回来还没准到几点，很可能今天又睡不了觉。"

尚扬道："去。我留在白原又不是为了睡觉。"

十几分钟后，去贾鹏飞家的路上。

袁丁主动抢着开车，让两位师兄在后排利用去程稍作休息。

他明天就要回去了，白原这边的同事们还要这般鏖战，不知要多久才能结案。

从市区到贾鹏飞家有近二十公里。

出城开往郊区，夜路昏暗，大路平坦，袁丁跟着导航，顺利来到了目的地，贾鹏飞家所在的村庄。

快到村口时，迎面另一辆警车开过来，车里是认识的刑警。

金旭让袁丁把车靠边停了，放下车窗，向那辆车上问："怎么要回去？这边没事了？"

那边刑警在车里答他："刚才找到了死者的手机，开不了机，栗队让我送回去找技术科的帮帮忙。"

尚扬清醒了，在一旁听着他们说话。

金旭问："手机在哪儿找到的？"

对方答："他家隔壁院子，门边有个大水缸，手机丢在那里头，屏幕也被砸得稀碎，也不知道还能不能恢复了。"

金旭点头，不过多耽误他的时间，说："那你赶紧走吧。"

那辆车便开走了。

袁丁继续朝村里开。

尚扬道:"看来他的手机里一定有什么,是凶手不想让别人看到的。"

袁丁说:"花店小姐姐的视频?那更有可能是刘卫东了。"

"他要是真怕泄露出去被别人看见,从一开始就不会让贾鹏飞看。"尚扬又想到了另外一种可能,道,"除非……"

金旭接话道:"除非那视频本来就是贾鹏飞偷拍的,刘卫东并不知情。"

袁丁也附和道:"对啊,他和贾鹏飞早就认识,关系不浅,贾鹏飞很有可能去过他家,趁他不注意装了针孔。"

尚扬道:"有这个可能,刘卫东找他假扮成一起开棋牌室的生意伙伴,表面上两人狼狈为奸,其实贾鹏飞另有算盘,觊觎孙丽娜的美貌和金钱,但自己没有刘卫东的颜值,想学刘卫东的美男计,又没那个资本,于是偷拍了视频,好拿来威胁孙丽娜,让孙丽娜任他摆布。"

袁丁恶心地说:"这人渣也太垃圾了!"

"你觉得这推论成立吗?"尚扬问身边的金旭,说,"毕竟我们都不如你了解刘卫东。"

金旭像没听出他的某种试探,滴水不漏地答道:"成立,可是还是要看证据,希望手机数据能尽快恢复。"

尚扬道:"很官方嘛。"

金旭笑了笑,学着尚扬的语气说:"打官腔嘛,有些人更擅长。"

"把车也停这儿。"金旭看到刑警队的车停在村子里的一片开阔地上,让袁丁也停在了那里。

三人下车,向经过的村民问了路,便徒步朝贾鹏飞家过去。

这里有近七百户两千多名村民,是个规模比较大的村庄。

村子里房屋建筑有规格,一排排按着宅基地来建房,他们停车的地方在村子北面,明显新房居多,看大门和院墙,应该是在村里经济条件比较好的人家。

而贾鹏飞的家,在整个村子南面的最后面一排。

村里路灯不像城市里那么明亮，道路也狭窄，越往深处走，越是昏暗，除了村里中央的主干道，其他地方也没有装监控。

如果凶手是晚上在贾鹏飞家里行凶，再趁着夜色遁走，就不太容易被村民们看到。

贾鹏飞的死亡时间也确实是在天黑以后。

比较难以解释的是，凶手要怎么在不惊动村民的情况下，把贾鹏飞的尸体运出去，抛尸地点距离这个村子有五十多公里，开车要一小时。

尚扬和金旭都沉默着只顾走路，袁丁知道他俩都在心里推演案情，就也默不作声地跟在后面。

马上就到了，再转个弯就到了最后一排，贾鹏飞家就在路口第二家。

忽然，前面两人都停下脚步。

袁丁疑惑地想开口，看见尚扬抬手做了个手势，立刻明白了是叫他别出声。

他将视线越过两位师兄，朝前方看过去，只见转弯那里有个人，正贴在墙角，朝贾鹏飞家的方向张望，似乎在偷窥取证的警察。

金旭率先动作，大跨步上前，伸手抓他同时喝道："在看什么？"

那人回头，是个一米六多的矮个男的，反应很快，竟也十分灵活，像条泥鳅一样从金旭手下滑了过去，麻利地绕过金旭，拔脚就跑。

金旭一下没逮到他，却也不追，就站在那里看着他跑，表情还有一点幸灾乐祸。

那人迎面看见尚扬和袁丁分别在两边堵他，转眼把俩人一打量，虽然个头差不多都很高，袁丁那站姿和摆出来的起手式，一看就不好惹，另一边这位穿黑风衣的，看起来像是软柿子。

他直冲冲照着尚扬这边跑，打算虚晃一招绕过去，实在不行给尚扬一下子，再逃。

刚冲到面前，这软柿子忽一错身，他还没反应过来是怎么回事，脚底下被一钩一绊，整个朝前飞扑出去，砰一声摔在了地上，摔得眼冒金星。

袁丁过去把他当场拿下，押到亮处一看，是个十八九岁的年轻人。

他晕头转向地说："我……我是过路的，警察同志，我就是个过路的。"

金旭道："那你跑什么？"

他说："我以为……你们是坏人。"

金旭笑道："那怎么又知道我们是警察同志了？"

那人支支吾吾，颠三倒四地替自己辩解，越发显得可疑。

由袁丁押着，三人把他带去贾鹏飞家门外。

越少人进入现场越有利于线索的保存，金旭就在门口叫栗杰出来。

应该是进展不顺利，栗杰表情暴躁。

金旭把人交给他，说："不知道什么人，在那边偷偷摸摸张望——"

他还没说完，栗杰就眼睛一亮，目如鹰隼地打量那人，道："白天咱们见过面，你说你和贾鹏飞不熟。"

那人有点害怕栗杰，刚才那车轱辘话也不敢说了。

"这回想好了再说。"栗杰提溜着他的领子，去边上问话。

"看来有戏。"金旭道，"真有问题的人，熬不过我师父第二轮问话。"

尚扬乐观道："这也许还真是个突破口。"

金旭道："让他先问着，咱们了解这边什么情况。"

他把在院子里取证的另外一个刑警叫了出来，打听今天的进展。

贾鹏飞的家被刑警们查找了个底朝天，刑警们还走访了不少村民。

线索嘛，也是有的。

杀死贾鹏飞的凶器确定就是那把锄头，锄头上留有刘卫东的指纹。

贾鹏飞的面包车就停在自家院子里，监控里接走刘卫东的那辆车用的假牌照，还在车上挂着。

有村民在今年夏天的某个夜晚看见过，刘卫东被贾鹏飞开车带回来，并在贾家吃饭喝酒到半夜，这和贾鹏飞的老婆所说一致。

事发之后，贾鹏飞的手机一直都找不到。最后还是要感谢邻居家的小孩。

手机被砸花了屏幕，机身也被砸得弯曲，被丢在邻居家门内的水缸里，农村各家大门日常都会敞开着，极有可能是凶手趁门口没人，随手扔了进去。

那水缸里不是饮用水，是接的雨水雪水，春夏季会拿来浇院子里的小菜地，这季节没种菜，轻易不会有人去注意那破水缸。今天警察来村子里调查，邻居大人关着门不让孩子出来看热闹怕惹事，小孩被圈着无聊，扒着缸边玩，这才发现了手机。

只是不知道手机里的数据还能不能恢复。

仍旧可疑之处，也有很多。

村干部和邻居，乃至贾鹏飞的老婆，居然没有一个人能说得清楚，贾鹏飞究竟在城里打的什么工，每过一段时间他就会以要去打工为理由，离家个把月。

别人问起，他有时候说他在卖房子，有时候又说他在工地当包工头，有时候还会胡说八道讲自己在拉皮条，听起来统统是像在吹牛逼，根本没什么人信他。

他老婆常年被家暴，更是对他的事不敢管不敢问。

但据村干部介绍，这家伙虽然没钱盖新房子，却有钱抽几十块的烟，喝上百块的酒，村里商店的昂贵蔬菜、肉类和新鲜水果，他也是出了名的舍得买，花钱异常大手大脚。

关于他常使用现金的习惯，也在村民间得到了佐证。

同时他老婆也说，每次他从外面回家，都会带不少现金，具体有多少她也不知道，上万块总是有的。贾鹏飞对她和孩子都不大方，只乐意把钱花在他自己身上，放钱的柜子整天都上着一把大锁。

刑警们打开了她所说的那个柜子，里面有两万多块现金，全是百元面值。

向金副局汇报完情况，那位刑警又回院子里去。

他们正在对那辆面包车进行三百六十度的查验，希望能找出点什么蛛丝马迹。

金旭道："你要进去看看情况吗？我去拿手套和鞋套。"

"算了，我不会比经验丰富的刑警们更细心专业，进去也就是看个热闹。"这点自知之明尚扬还是有的，又想了想，说，"其实到现在仍然还不能确定，这里就是第一案发现场。"

贾鹏飞的尸身有斗殴伤，他死前和别人打过架，对方极有可能是凶手，但他家里完全没有留下打斗过的痕迹。

袁丁道："也许是凶手把现场收拾过一遍，痕迹都处理掉了？"

金旭道："不会，农村的现场环境和城市单元房的是两回事，如果凶手想要把痕迹掩盖，只会欲盖弥彰，痕迹会更容易被发现。"

尚扬赞同道："有道理。"

"贾鹏飞死亡离现在没几天，这几天里村里没有陌生车辆来过，如果贾鹏飞是死在家里，凶手怎么把他运出去？"金旭点出了核心问题。

"确实，总不能背着尸体出去吧，那也会被村民注意到。"尚扬道。

袁丁又猜测："可能是半夜里，等村民都睡了，他把车停在村外，然后背着贾鹏飞的尸体从村里出去。"

他这么一想，当即毛骨悚然，大半夜里，一个人背着尸体，从这伸手不见五指的村庄深处，一路黑漆漆地走出去……这也太可怕了。

所幸金旭很快否定了他这个猜想，说："应当也不会，从村里出去只有一条平路，要经过咱们刚才停车的地方，那里有监控，带红外功能的，夜里也会被拍到。"

尚扬也说："要是从四周其他小路出村，基本都要穿过农田，贾鹏飞再怎么也有七八十公斤，背着他走一段平路还勉强说得过去，走田间小道绕那么远，能做到的人太少了。"

这时栗杰问完了话，又提溜着那人过来，把人交给另外一个刑警，让刑警去给他做一份正式笔录。

栗杰明显神清气爽了不少,看来那人确实不是个路人甲,栗杰还真问到了有用的信息。

"他是贾鹏飞的什么人吗?"金旭问。

"沾点亲,该叫贾鹏飞表哥。"栗杰道。一个村子里土生土长的居民,多少有点沾亲带故。

尚扬道:"他都交代什么了?"

栗杰说:"他给他表哥打过一次工,知道表哥死了,心里害怕,想来跟警察自首,又害怕被抓。"

尚扬和金旭面露疑惑,袁丁按捺不住也问:"他给贾鹏飞打什么工?贾鹏飞究竟靠什么为生啊?"

"等下细说。"栗杰没直接回答他,反问道,"你们查刘卫东,都发现了什么?"

金旭道:"除了中午电话里说的,他和贾鹏飞合伙骗财骗色,下午在他常去的棋牌室和他家里,分别发现了一些东西。"

他把刘卫东和贾鹏飞早就认识,刘卫东在家里烧纸钱的事,对栗杰讲了讲。

"烧纸钱?"栗杰略一想,道,"那这就都能连上了。"

刚才那个被尚扬一招放倒的年轻人,是本村的村民,和贾鹏飞沾了远亲。

他不好好学习早早辍了学,进工厂在流水线上了几个月班,实在太辛苦了不想干,跑回了家里来,啃老觉得丢脸,出去干活又嫌累,羡慕贾鹏飞一年就出门几次,轻轻松松还那么有钱。

他跑去找这表哥,想让表哥带他一起也赚点轻松钱。

贾鹏飞刚开始不愿意,后来因为缺帮手,还是带他一起了。

"缺什么帮手?"尚扬奇怪道,"一个辍学高中生,能帮到他什么?"

栗杰道:"不需要什么专业技能,体力活,盗墓挖坟,胆子够大就行。"

尚扬："？？？"

袁丁："？？？"

金旭比他俩了解当地情况，马上明白了，对他俩解释道："不是你们想的那种盗墓，是掘坟盗尸。"

尚扬："……"

贾鹏飞这些年在外所谓的"打工"，就是与一些打着医学科研名头的不法机构合作，根据"客户"需求，选定合适的坟冢，盗出尸体来售卖给"客户"，一次成交额从几千块到十几万块不等。

刚才那个小表弟，跟着贾鹏飞挖过一次坟，那是位已经入土好几年的老人，成交额八千块，贾鹏飞很大方地给了小表弟一千。

这种事太缺德，一旦落网必定有牢狱之灾，贾鹏飞对身边的人瞒得死死的，之所以带那小表弟，是因为他那段时间肉吃多了，犯了痛风病，刚好接到"订单"，自己挖不了坟，怕钱打了水漂，不得已找了个小表弟帮忙，并且在苦力钱外多给了点封口费。

袁丁听得目瞪口呆。

"以前在别的省见过这种案子，简直就是丧尽天良。"尚扬问金旭和栗杰，"你们白原类似这样的报案，以前多吗？"

栗杰没回答，谨慎地看看金旭，多少有点怕在尚扬面前说错话。

金旭道："原北分局辖区里没有，听说县区偶尔会发生，但也不多。"

栗杰这才道："这种案子有特殊性，有的家属觉得被挖坟很丢人，不愿去报警，有的受害人家属还会找盗墓贼私了，出钱再把尸体买回去。"

尚扬道："如果刘卫东就是贾鹏飞盗卖遗体的同伙，因为分赃不均而痛下杀手，动机就有了。"

"不对啊，"袁丁道，"贾鹏飞痛风的时候，找的是小表弟去帮忙，如果刘卫东是同伙，他直接叫刘卫东去挖坟不就行了？"

栗杰道："小表弟说，贾鹏飞跟他提到自己曾经有个帮手，是隔壁省人，干了几票以后不想干了，回了老家，他没帮手只好自己一个人挖。这不像是在说刘卫东。"

"我还是倾向于他俩是盗尸同伙,"尚扬不太确定这个想法,在栗杰这老刑警面前班门弄斧,也缺了点底气,说,"我猜……刘卫东在家里烧纸钱,祭奠的很可能就是被他们掘坟盗尸而不得安宁的某位往生者。"

他说话时,金旭看着他,眼神专注,在听他说完后,便道:"我同意这个推测。"

袁丁在拍马屁一事上恐落人后,忙道:"我也站我们主任。"

尚扬:"……"

栗杰笑起来,说:"好吧,那我也站一下这队。"

尚扬没脾气道:"栗队,你也跟着一起嘲讽我,没这必要吧?"

"没有嘲讽你的意思,"栗杰一本正经道,"我这是相信徒弟的眼光。"

金旭道:"师父,尚扬和我刚才还讨论过,觉得这里很可能不是第一案发现场。"

栗杰道:"是觉得现场没有打斗痕迹?"

金旭示意尚扬来说。

尚扬便道:"贾鹏飞的遗体有明显斗殴伤,是死亡之前打过架或是被人打过,如果这就是凶杀现场,按道理说不该一点斗殴痕迹都没有。"

栗杰点点头,说:"我最初也觉得这里不像第一现场。但是白天查看了村里的监控,改变了想法。"

按照法医推定贾鹏飞的死亡时间,当天晚上,村里的几个摄像头都拍到了贾鹏飞的面包车,从村外开回来,经过村口回了贾家,然后这辆车就再也没出去过。

还有数位村民在那天都看到了面包车,并且有人看到了贾鹏飞坐在副驾,开车的是个陌生人。刑警们给目击者看了刘卫东的照片。

可惜当时天色已暗,目击者也说不清楚看到的究竟是不是照片里的人,毕竟村民对刘卫东并不熟悉,模棱两可地说好像是有一点像。

"不过村口的监控拍到了驾驶位上的刘卫东的脸,我们还在方向盘上采集到了两套指纹,一套属于死者贾鹏飞,另一套就是刘卫东的。基本上可以确定那天开车的是刘卫东,贾鹏飞坐在副驾上,两人一起从村外回到了贾鹏飞的家。"栗杰道。

之后可能的情况就是这样——

当晚因为一些事,要么是因为钱,要么就是因为孙丽娜,贾鹏飞和刘卫东发生了矛盾。

刘卫东趁贾鹏飞不注意,从身后偷袭他,用锄头把他打死。

然后又想办法把他的尸体运出去,扔在荒郊野外,以为短时间内不会被发现。

没想到那么快,就被几个骑行的驴友无意中发现了贾鹏飞的遗体。

袁丁认同道:"这很合理。就是不知道刘卫东会用什么方法把尸体弄出去。"

金旭提出异议:"那怎么解释这里除了那把锄头,没有别的痕迹?"

栗杰道:"贾鹏飞是先在外面挨了揍,然后和刘卫东一起回了村里,这也说得过去。"

"按一般人的行为逻辑,"尚扬道,"如果在外面已经狠狠打过一架,还有可能心平气和地带人回家吗?"

袁丁道:"他身上的伤也不一定就是和刘卫东斗殴所致,可能和他打架的是其他人呢?"

四人一时静默,都在心里复盘了一下案情,目前的推论都能说得过去,可又总觉得哪里差点意思。

对现场的取证工作还在有条不紊地进行中。

而贾鹏飞的手机也送了回去,请技术人员尝试恢复数据。希望能从手机里发现什么,例如孙丽娜的视频,倒是能对刘卫东的作案动机有个更有力的补充。

金旭忽问:"他们两个人的账户有什么问题吗?"

栗杰道:"贾鹏飞的银行账户多了十五万,分三次转进去的,转账人就是那个孙丽娜。刘卫东的账户没什么异常。"

刑警给贾鹏飞那个小表弟做完了笔录，栗杰过去看了看。

据这小表弟所说，贾鹏飞每次盗尸售卖，都会要求买家付现金给他，拒绝一切形式的转账。

因为账户实名，绑定了身份证，一旦对方报警，警察很快就能抓到他。

不但如此，贾鹏飞和买家约见的地点，都在深山老林或是荒郊野外，深夜见面，还会乔装一下，尽量避免被对方看到自己的样貌。

所以他才经常使用现金，出门"打工"也显得神神秘秘。

尚扬道："看来这个盗尸团伙的主脑就是贾鹏飞本人，从掘坟挖尸，到和所谓买家交易，全都由贾鹏飞来直接操作。刘卫东如果真的参与了，充其量也只是个帮手。"

金旭道："确实，除了从孙丽娜那里骗来的七万块钱，他没有其他大额进项，身边的人也没察觉到他出手变阔绰，说明他就像那个小表弟一样，只能从贾鹏飞手里分到一千或几千块。"

"棋牌室那位大姐夏天看见的那次，应该就是贾鹏飞在和刘卫东分赃。"尚扬猜测道。

"同意。"金旭道。

他到一旁去打了个电话，和那边简短寒暄了一两句，请对方帮忙看看全市范围盗尸相关的报案记录。

特别是今年六月到七月之间，有没有类似的记录。

挂了电话，金旭回来见尚扬看他，主动说："是在市局工作的一个朋友。"

院子里的刑警叫栗杰进去有事。

栗杰答应着，问金旭他们："你们三个怎么着？就在外边等着？"

金旭问尚扬："要不你和小袁回车上休息？越来越冷了。"

农村的夜晚比城市里又冷了不少，尚扬在自己风衣下穿了金旭一件毛衣，白天还勉强可以，现在确实冷得发颤，说："那你呢？要去做什么？"

金旭道："我打算去村委会，再看看监控。"

尚扬说:"那就一起啊。"

农村没有暖气,现在的温度对村民来说还不算太低,也没生起取暖的炉子,房子里也并不比外面暖和,村委会到了晚上又没人气,更像个冰窖。

接待他们的村干部是位大学生村官,就住在村委会后面的宿舍楼,过来给他们开了门,又提了一暖壶热水送过来,说有事随时叫他,才走了。

三人开始看监控视频。

贾鹏飞死亡那一天,村里几个监控拍到的视频,刑警们已经都看过一遍。

金旭等三人按照栗杰说的时间点,把面包车开进村里的那段反复看了看。

正如栗杰所说,面包车在晚上开进了村口,能看到车前排副驾上坐了贾鹏飞,还穿着死亡时的那件衣服,某运动品牌的山寨货,左胸口有一个激光反光的品牌 logo。

面包车进村不远,车子靠边停下,司机下了车,在路边小解。

那里刚好有个摄像头,拍到了这司机的脸,确实就是刘卫东。

而后刘卫东再次上车,继续驾驶着面包车,朝贾鹏飞家的方向开去,离开主干道后就拍不到了。

这村子一共有六个摄像头,金旭等三人把不同摄像头拍到的面包车的情形,都看了几遍,没有发现什么异常,和刑警们说的差不多。

刘卫东应当是更晚些的时候趁着夜色离开了这村子,还特意避开了摄像头能拍到的地方,一整晚六个监控摄像头,都没有拍到他是何时离开的。

夜越深,这里就越冷,尚扬刚开始还喝热水取暖,后来上了一次户外旱厕,冷就不必说了,卫生条件对他来说是个挑战,回来后水也不喝了。

冻得四肢冰凉,边看视频,他边忍不住搓手,妄图靠摩擦发点热。

金旭:"……"

他起身出去了一趟,很快就回来,手里多了一件军大衣,是从旁边没锁门的保卫室里拿来的，应当是为了让村干部值夜班时穿着能保暖御寒。

要说脏不一定有多脏，可也不会太干净。

尚扬看看那大衣，又看看金旭，表情分明就在说：你不是想让我穿它吧？

袁丁心道，嗐，尚主任是不可能穿的。

"算了。"尚扬果然道，"也没那么冷。"

金旭说："嘴唇都发紫了，还不冷？"竟也不管当事人的抗拒，抖开那军大衣，兜头盖住了坐在那里的尚扬。

"你！"尚扬手忙脚乱把大衣拽下去，露出一张愤怒的脸。

金旭重新在他旁边坐下，对他这怒气不以为然，嘲讽道："别是案子没破，领导先冻病了，你让我到时候先顾哪边？"

尚扬说："我才没有那么弱。"

"哦？是吗？"金旭忽往墙角看了一眼，道，"你看，那里有只老鼠。"

尚扬："！！！"

他差点原地弹起来，回头看也不敢仔细看，害怕把那丑陋生物看真切了，只一眼就马上转回了头来，梗着脖子不回头，怕墙角那边真有耗子。

金旭轻笑出声，说："怕什么就要多研究什么，这么多年了，你怎么一点鼠类知识都没有补习。村委会又没有粮食，它来这儿干什么？太冷了出来锻炼身体吗？"

尚扬："……"

他还是不太肯把那大衣穿在身上，仍旧只那样披着。

这种大衣在保暖功效上确实没话说，披着也让他渐渐暖和了起来。

三人又把那晚的监控看了一遍。

一直没进展，袁丁没了耐心，不知不觉小鸡啄米打起了瞌睡，已经快夜里十一点了。

"领导。"金旭道。

"嗯。"尚扬还略微记恨刚才的事，冷冷淡淡。

金旭已经恢复了一本正经的神情，认真道："你有没有觉得，刘卫东好像是故意在这里停下，好让监控拍到他的脸？"

尚扬皱眉，问："为什么你会这么觉得？"

金旭道："马上就到贾鹏飞的家了，在路边方便应该是实在忍不住，那这泡尿会这么短吗？"

尚扬无力吐槽，再一想，金旭这个猜想好像也并不是无端臆测。

他是没见过刘卫东本人，就孙丽娜的讲述，以及他在刘卫东家里看到的生活细节，可以得出一个结论——

尽管刘卫东好赌成性、游手好闲、无耻啃老、骗财骗色……相当不是个东西，然而表面上是个干净体面的帅哥，应该不会随意在有监控摄像头的路边小解。

"为什么呢？"尚扬道，"他有什么动机这么做，故意让摄像头拍到他自己？一个马上要杀人的人，会特意暴露在监控下？"

金旭抱起手臂，说："真的是刘卫东杀了贾鹏飞吗？"

尚扬意外道："所有证据都指向了刘卫东。"

金旭道："是所有表面证据。"

尚扬顿了顿，在脑海中迅速回顾了一遍，说："他们两个极有可能是盗墓同伙，根据小表弟的说法，贾鹏飞吃肉，帮手们喝汤，长期下来有矛盾在所难免。这点你认同吗？"

金旭点点头。

尚扬又说："围绕着孙丽娜，不管是为情还是为钱，这两个男的也很有可能发生冲突，我这说法对不对？"

金旭道："对。"

"所以刘卫东有充足的杀人动机，"尚扬指了指监控电视里的画面，道，"贾鹏飞死亡当天，和他在一起的人是刘卫东。刘卫东几天前还出现在抛尸地点附近，杀死贾鹏飞的凶器上也有刘卫东的指纹。这么多证据加起来，逻辑链也完整，还不够说明什么吗？你推翻这个结论，就仅仅因为刘卫东……尿短？"

金旭一下笑起来。

尚扬板着脸，继续说："贾鹏飞死后，刘卫东就像人间蒸发一样，这太像畏罪潜逃了。"

金旭也正经回来，道："警务用语规范这一块，你确实拿捏得很好，这几年在研究所没白干，说话相当严谨。你想想你刚才的用词，'极有可能''很有可能''太像'。现在能做出的所有结论，都不是板上钉钉的，看起来很完整的逻辑链，一旦有一个扣松开，就彻底断了。"

尚扬："……"

金旭又笑起来，说："怎么了？你现在的表情好像一个没考好的小学生。"

"为什么你总是在嘲笑我？"尚扬一脸悻悻。

他和金旭在公大读的是治安学，他俩都不是学刑侦的，他不如金旭切切实实当过几年刑警，但他也是有一点刑侦经验的。

早几年刚工作的时候，他还像袁丁这样初生牛犊，全国各地发生了大案要案，部里总要派小组下去督办，他经常在督办组里当小兵，说起来也算是参与过数次重大刑事案件的侦破工作。

只是细想下来，都是边角料的辅助工作。

后来这几年，他不是在研究所里搞研究，就是被派出去搞研究，真正到一线办案的时间很少，有时候回忆起当初，也感慨自己竟然曾经是办过大案要案的一名公安。

怎么说呢，就是天天搞研究，越来越像个"领导"，不知不觉就把对自己的滤镜开得越来越大，就越来越不自省。

就像眼下这桩抛尸案，他这一套一套推理下来，自我感觉非常良好，认为离真相越来越近。

结果金旭这几句话打下来，他心里连声咯噔，很不爽的同时，又知道金旭是对的，就更不爽了。

他说金旭嘲笑他，也不单是指现在，公大时期他就经常遭到金旭的嘲笑和鄙视，有时候是因为早上赖床不想出早操，有时候是因为训练走神被教官拎出去踹了几脚，有时候是因为期末考他的成绩稀烂。

那时候他嫌弃金旭气场阴沉一身负能量，金旭也看不惯他整天不学无术想方设法地偷懒。

不过呢——

这次重逢，他最初惊讶于金旭的巨大改变，也真的隐约担心金旭变成了一个油腔滑调的警痞子。

现在看来是没有，是他多虑了，金旭的本职工作做得很不错，也保持了一个前刑警的专业性。

"走吧。"金旭起身，说，"看看我师父他们搞完了没有。"

尚扬把披着的大衣搭在金旭刚才坐的那张椅子的后背，不打算穿着它去见人。

他把打瞌睡的袁丁叫醒，三人再度去贾鹏飞家，和刑侦大队的人会合。

西北的初冬，星夜肃冷，整个村子已经进入了沉睡。

一路过去，全靠月光照路。

刑侦大队的数人聚在贾鹏飞家院子中央，低声开着会，倒不是说为了保密，是怕吵着左邻右舍。

栗杰看见金旭等三人来了，示意他们自己从旁边拿鞋套，让他们进来一起听听在讨论什么。

"你们在监控里看出什么了吗？"栗杰问。

"刘卫东有点可疑。"金旭没有详细说那个猜测，他有自己的考量，问，"你们什么进展？"

栗杰拧着眉道："不知道该说是有了一个大进展，还是该说找到了一块大绊脚石。"

刑警们把停在院子里的那辆面包车，里里外外又重新检查了一遍，就差要拆车了，才终于在后备厢铺着的暗红色地毯上，发现了两处血迹。

血迹黑红和地毯几乎融为一体，先前谁都没有注意到。

而这两处血迹经过初步检测，和贾鹏飞的血型一致，进一步确认DNA的检测要稍后回去请法医帮忙。

按照出血量来说，肯定不是日常手指划破不小心滴在了车里那么简单。而且贾鹏飞的遗体上除了脑后致死伤，也没有其他出血伤口。

栗杰道："从血迹位置来看，应该是死者被蜷着身体塞在后备厢里，后脑勺伤口的血流到了车内地毯上。"

尚扬愕然道："怎么会……"

一位中年刑警道："这辆面包车在死者死亡当天回来村子以后，就没有离开过。本来尸体怎么运出去，就有点说不通，现在更是像走进了死胡同。"

尚扬有点迷茫，没有太明白这话里的意思。

栗杰解释道："在发现血迹前，我们已经在考虑，侦破方向应该是他俩在天黑后从小路离开了家，然后贾鹏飞在外面被杀掉，继而再被抛尸。这也是和你们讨论过以后做的判断，这里确实不太像第一现场。"

尚扬点了点头，明白了。

跳出这里是凶杀第一现场的思维桎梏，即将要调整办案方向的时候，车里血迹的发现，使得事情再次发生了变化。

这也是为什么栗杰会说，不知道该说是有进展，还是又多了绊脚石。

金旭道："也就是说，凶手至少曾经试图要用面包车抛尸。"

尚扬说："但最后又因为某种原因而放弃了？"

众人也都同意这个结论，毕竟面包车一直停在这里。

"也有可能，是成功了。"金旭道。

包括尚扬在内的所有人都看着他，等他继续说下去。

金旭道："那天和刘卫东一起回来的人，监控自始至终并没有拍到他的脸，我们推断他是贾鹏飞，只是因为他坐在贾鹏飞的面包车里，身上又穿了贾鹏飞死亡时的那件衣服。如果他根本不是贾鹏飞呢？"

众人哗然。

尚扬顺着金旭的思路推理下去，说："如果这个假设成立，那么当时，真正的贾鹏飞很有可能已经死亡。"

那么，和刘卫东一起回来的人是谁？

一时间在场众人都说不出话，寂静的乡村院落里，只有深夜寒风经过的沙沙声。

这个思路，让现有的许多推论都变得更合理，但同时也带来了其他的谜团。

之前一直无法解释的谜题，刘卫东到底是怎么在不使用交通工具的情况下，把贾鹏飞的尸体从贾家运出去的，顺着金旭提出的这个思路，推翻刘卫东和贾鹏飞曾一起回来的假设，一切就说得通了。

刘卫东杀了贾鹏飞以后，把尸身塞在面包车的后备厢里暂时藏起来，或者就直接抛去了那片无人荒草之中。

然后他带着第三人，一起回到了这个村子，把面包车停在贾鹏飞家里，等夜深人静村民都休息后，两人再从小路悄悄离开。

第三人究竟是谁，刘卫东和这个人，又为什么要回来这一趟？

这变成了新的问题。

栗杰不愧是位老刑警，一旦接受了新思路，反应就相当敏锐，说："为了制造贾鹏飞回过家的假象，也为了把抛尸工具面包车送回来，既能迷惑其他人，也能干扰警方的工作。"

一个大活人回了家，尸体却出现在距离家五十公里的地方，无法解释抛尸手法，这确实对警方是个很大的干扰。

在场一位刑警提出不同想法："这就有点画蛇添足了吧。村口主干道的监控把刘卫东拍得一清二楚，咱们一开展调查，侦破方向立刻很清晰，就是要寻找线索来证明刘卫东是凶手。那这套迷惑人的手法，好像也没什么太大意义。"

另一位刑警附和道:"同意。还有个问题,凶器,就是那把锄头,被发现的时候,就放在那小房子里。"

他指了指这小院的角落,那里有个简易小房,里面摆的是杂物以及各种务农工具。

正常来说,凶手应该直接把凶器处理掉,想办法销毁或者扔到不容易被发现的远处,而不是就放在死者家里,这警察一搜就能搜到的地方,而且刘卫东还在上面留了自己的指纹。

刘卫东被当成杀害贾鹏飞的重大嫌疑人,第一个盖章线索,就是那把沾血并且有他指纹的锄头。

案情仿佛陷入了迷雾重重的僵局,从昨晚发现尸体到现在,包括栗杰在内的不少刑警,已经连续工作超过二十四小时,所有人都疲惫不堪。

栗杰道:"今天就先到这里,大家解散回去睡一觉,明天早上再继续。"

他吩咐来得比较晚的两位刑警同事把现场保护起来,然后和其他人一起回去暂作休息。

栗杰也住在分局家属院里。

"师父,"金旭叫他,说,"坐我们的车?就直接回家了,省得别人还得绕路送你。"

栗杰便和其他人告别,过来坐金旭等三人来时开的那辆警车。

袁丁一看这情况,一个副处,一个副局,一个刑侦队长,得了,还是他当司机最合适。

正要去驾驶位,被尚扬拦住,尚扬说:"我来开吧,看你困成什么样了,路上把车开到沟里去,白原市刑侦队伍当场被你毁掉半壁江山。"

金旭和栗杰都笑起来。

回市里的路上,金旭和栗杰在后排继续聊起了案情。

"还有个情况,"金旭把他对那段监控的怀疑对栗杰说了出来,"刘卫东开着面包车进村以后,特意在一个有摄像头的地方下过一次车。我总觉得这个举动,是他担心监控拍不到他的脸,才故意这么做的。"

栗杰道:"你意思是,他故意把警方的注意力朝他自己引导吗?这是图什么?"

副驾的袁丁很想发表意见,又有点不太敢插话,心里着急,忍不住抓耳挠腮。

尚扬注意到了,道:"你是有什么想法?"

金旭也道:"说说吧,这里又没外人。"

袁丁才道:"我就是瞎想。"

金旭笑着说:"真相被揭开之前,所有瞎想都有可能是真相的一部分。"

袁丁被鼓励,怯意减轻了不少,说:"刘卫东有没有可能,是想替真正的凶手顶罪?"

栗杰道:"怎么说?"

"就像我金师兄说的,刘卫东的这一串举动,很像是为了吸引注意力,生怕警察查不到他。"袁丁道,"如果他就是真正的凶手,这就不合理了,所以我想,他可能是为了维护凶手,用这些手段,使警察把更多的怀疑放在他身上。"

金旭问:"那你觉得他想维护谁?"

袁丁试探着说:"花店……孙丽娜?她被贾鹏飞勒索得忍无可忍,失手杀了他,刘卫东出于愧疚或者是真爱,愿意替她顶罪。当时面包车上那个假扮成贾鹏飞的人,应该就是穿了贾鹏飞衣服的孙丽娜。"

金旭不接话了,从后视镜里看向尚扬。

尚扬与他对上视线,莫名地就明白了,金旭的意思是让他亲自给袁丁泼冷水,这样打击袁丁积极性的程度会轻一点。

"你这想法有一定道理,"尚扬对袁丁道,"只是不成立。"

袁丁问:"为什么?"

尚扬道:"贾鹏飞死亡的周六,那一整天,孙丽娜都在花店里工作,没有离开过。她没有凶杀的作案时间，也不可能同一时间，既在花店，又出现在贾鹏飞家那个村子里。"

袁丁确实只顾着逻辑推理，完全忘了这一点，失望道："哦。"

尚扬单手握着方向盘，另一只手拍了拍袁丁的肩，表示安抚和鼓励。

金旭说："不过师弟说的确实有道理，刘卫东想为之打掩护的人，虽然不是孙丽娜，但也应该另有其人。他的行为很不合理，袁丁师弟的前半段推理，是目前最能解释得通的一种可能。"

栗杰也道："确实是。但我有另外一个猜测，刘卫东敢于暴露在摄像头下，还有可能是心存侥幸，认为贾鹏飞的尸体不会被人发现。"

金旭露出若有所思的表情，尚扬没跟上这对师徒的思维，问："这话怎么说？"

"我师父意思是，"金旭解释道，"刘卫东不是想替别人顶罪，他的目的也不是希望警察怀疑到他是凶手，而是认为尸体被扔在那种地方，不会被别人发现，没人知道贾鹏飞死了。我们现在已经清楚，刘卫东和贾鹏飞还是比较熟悉的，他一定了解贾鹏飞的社会关系，知道贾鹏飞失踪后，村里人和他老婆都只会以为他又出门去打工，短时间内不会有人找他，等过一段时间，终于有人发现他失踪，扔在荒郊野外的尸体早就腐烂、被动物啃噬，能不能剩下点有用的线索都不好说。"

尚扬稍稍跟上了些，还是有不明白的地方，道："这和他刻意暴露在监控下，有什么关系？"

金旭说："领导，你有一点笨。"

尚扬要发作，顾及栗杰在场，又忍住了。

"刘卫东认为这不会很快被定性为凶杀案，"金旭道，"监控里贾鹏飞回了家，面包车也留在家里，过一段时间发现贾鹏飞失踪，警方开始找人，和贾鹏飞一起出现在监控里的刘卫东，会被警方问话，到时候他可以和警方说，他那天只是去贾鹏飞家里做客，待了一段时间就走了，他走后贾鹏飞去过哪里，他一概不知道。贾鹏飞活不见人死不见尸，这种案子通常会被当作失踪案暂时结案。"

每年失踪的人不计其数,有时候草草结案也是无奈之举。

尚扬道:"可是有凶器,凶器上还有他的指纹,留下这么明显的凶杀线索,说得过去吗?"

"确实,这是最大的疑点。"金旭道,"师父,这点你怎么认为?"

栗杰道:"一时半会儿也想不通,问题可能还是出在第三人身上。这个人会是谁呢?"

尚扬道:"无论他或她是谁,和刘卫东合谋杀人抛尸的嫌疑很大,应该不会是刘卫东随机找的帮手。"

"那小表弟不是说,贾鹏飞先前有个一起挖尸的帮手吗?是隔壁省的人。"金旭道,"明天先查查这个人,我再去市局打听下,今年都有哪几起遗体被盗的案子,可能会有点线索。"

第四章
JIN JIA XUAN QU LE NA LI

回到了分局家属院。

门卫大爷把电动抬杆门打开,朝车里看了看,继续把尚扬误认成女孩,责备地说:"小金怎么能让女朋友开车?"

一车四人:"……"

栗杰和金旭不住同一栋楼,在院子里停好车,他就和另外三人道别,问了句:"家里睡得下吗?小袁,要不你去我家睡?"

尚扬回答栗杰:"睡得下。栗队,你快回去休息吧,明天再见。"

于是栗杰走了。

第二天一早,袁丁要回去了,晚上从省会机场飞,上午就得走。

金旭让他留在自己家多睡一会儿,这两天每个人都缺觉。

但用袁丁自己的话说,"跟了一天两夜的案子,最后想再多看两眼。"

于是三人下楼,与栗杰会合,一起去刑侦大队。

分局家属院离分局很近,但刑侦队是设在另外一个地点,有十几分钟的车程。

甫一出发,栗杰就和他们分享了一个好消息——

贾鹏飞的手机数据,成功恢复了。

众人顿时精神一振,现在案情卡在一个不上不下的境地,急需新线索的出现。

栗杰说:"等下到了,就先去技术那边看看,希望能从他手机里找出点有用的东西。"

今天又担任司机的袁丁对此非常乐观,一边跟着导航转向,一边说:"智能手机这玩意儿,比父母老婆女朋友都要了解当事人,一定能在手机里找到不少目前还没能掌握的线索。"

金旭赞同道:"这倒是。别的不说,有可能能从微信记录里查到贾鹏飞的所谓客户们。贾鹏飞的小表弟不是说,他会用微信和买家联系吗。"

假如能找到买家,就有可能找到刘卫东也参与盗墓的证据,毕竟目前他是同伙的说法还仅仅只是推测。

"我以前还想象过,"袁丁感慨道,"假如我倒霉遇到什么意外,失去意识前做的最后一件事,是先把手机里所有信息都销毁,不然我要面临的就是生物性和社会性的双重死亡。"

尚扬问他:"你手机里有什么见不得人的?"

袁丁道:"能说的话,还能叫见不得人吗?再说了,谁手机里还能没点秘密?"

尚扬想了想,说:"我的手机里没有。"

袁丁看看金旭。

金旭道:"谁会把秘密放在手机里,你是没心吗?"

袁丁:"……"

尚扬被逗到,笑了一笑,没太往心里去,又说起正经事:"在贾鹏飞手机里如果能找到孙丽娜说的视频,也更能证明,刘卫东具备了杀人动机。"

金旭也严肃起来,点头道:"确实是。另外昨晚回来,睡前我仔细想过手机这个问题。贾鹏飞死亡以后,他的手机应该落在了刘卫东或假扮成贾鹏飞的第三人手里,他们把尸体扔到了荒郊野外,却把手机扔在贾鹏飞邻居家的水缸里,这么做的意图是什么?不想被发现的话,不是应该销毁或随手扔到远处去?"

栗杰道:"从那水缸的位置看,很有可能是那两人离开贾鹏飞家的时候忽然发现手机还在身上,过于慌乱,随手找个地方一丢,说不定扔进水缸里后还后悔想再捡出来,但又怕惊动邻居,只得不了了之。"

这是他以他多年做刑警的经验做出的比较合理的行为推测。

真实凶杀案里的凶手,能像影视剧里那么缜密的不多,现实中精密布置的谋杀案也很少,大部分凶手都是激情犯罪。

有时候破案抓到凶手,听听他们作案以及毁灭证据的各种逻辑,简直让刑警们啼笑皆非。

到了刑侦大队,栗杰迎面被其他同事叫住,要跟他汇报一点事,几分钟就好。

栗杰就让金旭等三人稍等,等他听完再去技术科。

袁丁跑去上洗手间。

尚扬和金旭在刑侦队的院子里站着晒太阳,前天晚上下了一场小雪后,昨天和今天都是万里无云的好天气,今天比昨天还更暖和些。

"你精力真够可以的。"尚扬有点犯困,略有些羡慕地对金旭说,"昨天跑了一整天,一沾枕头我就睡死过去,连梦都不做。你居然还有力气睡前想案情?太拼了兄弟。"

金旭道:"睡不着,只能想案情。"

两人有一搭没一搭地聊着闲天,袁丁上完洗手间回来,栗杰也忙完了,过来叫他们一起去技术部门。

贾鹏飞的手机里有两段不雅视频,一段被删掉的,又被技术人员恢复,另一段就正常保存在手机里。

被删掉的是在刘卫东家里,偷拍到了孙丽娜和刘卫东在一起。没被删掉的,只有孙丽娜一个人露了脸,拍摄的人只被录到了声音。

数人站在一旁,静默了数秒。

其中袁丁涨红了脸,没好意思看。

这涉及公民隐私,栗杰很快便要求技术人员把视频关掉。

"第二段里不是刘卫东的声音。"金旭是在场唯一和刘卫东接触过的人,道,"手机里还有其他视频音频吗?有没有录到贾鹏飞自己的声音?"

技术人员道:"有,手机里装了短视频App,机主本人发过几段日常,有说过话,我们已经做过声纹比对,第二段不雅视频里的男声,就是机主本人的。"

也就是说贾鹏飞在侮辱孙丽娜的时候,还拍摄了视频,是为了取乐还是为了以后再次勒索,就不得而知了。

栗杰道:"被删掉的那段,我想应该是刘卫东拿到这手机后,自己删的。"

这推测合理,只删掉了第一段,第二段视频和刘卫东无关。

"是不是由此可以推测,刘卫东对孙丽娜确实没几分真心?真喜欢她的话,会把两段一起删掉吧。"尚扬道。

正常男性对喜欢的女性一定会有强烈的独占欲,很难忍受这种视频的存在。

尚扬道:"如果贾鹏飞真是被他杀的,那也和感情无关,纯粹就是为了钱。"

他有点替孙丽娜感到悲哀,遇人不淑,往往就是灭顶之灾。

"可惜微信里没有盗墓的聊天记录,"栗杰翻了翻恢复出来的手机信息,道,"贾鹏飞还挺警觉,收钱只收现金,交易靠微信,交易完就删了对方。"

尚扬道:"那他和刘卫东加过好友吧?他俩都聊过什么?"

栗杰道:"他俩微信没说过话,应该是怕被监控到关键字,不过这反而证明两个人确实有猫腻。他俩电话倒是阶段性打得很勤,查过通话记录,好几次半夜通话，我猜很可能是半夜里挖坟或者交易。我以前经手过这种案子，这帮人都相当警惕，交易地点选得很隐蔽，还会换来换去，怕买家是警方为了钓鱼假扮的。"

他又对尚扬和袁丁简单讲了几句这种案子的细节，两人听得频频皱眉。

金旭在边上问技术："他手机里有装网购 App 吗？还能不能查到购买记录？"

技术回答："有，能。"

贾鹏飞在淘宝上买过针孔摄像头。

袁丁道："还真是他偷拍的，刘卫东好歹是他的合伙人，他这么搞人家，出来混连点道义都不讲。"

金旭又请技术把支付宝转账记录导出来。

"孙丽娜转账给他，用的是支付宝。"金旭道，"刘卫东杀他如果是为了这笔钱，不会只杀人不要钱。"

贾鹏飞手机里没有银行 App，要转账只能通过微信和支付宝，微信里没有记录，那就寄希望于支付宝里留下了点蛛丝马迹。

记录导了出来。

账单里最新一条，是转账给一个商家账号但转账失败的记录，金额恰好是十五万，失败的原因不是余额不足，而是密码待输入。

转给个人账号不会留下转账失败记录，只有转给商家账号才会如此。这可以说是凶手百密一疏。

数名公安的眼睛都亮了起来，这是除了凶器以外，最具决定性的证据。

技术把那个收款账号打开，商铺名字叫"五金店"，对方手机设置不显示真实全名，真实姓名那里是"××军"。

不是刘卫东的"东"。

金旭直起身，说："第三人，出现了。"

有了支付宝账号，想要查到账号对应的自然人，从技术上说不是一件难事。

比较麻烦的是取证要走正规流程,需要各方尤其是支付宝一方的配合。从以往的经验来说,常常需要办案警察到H州,当面提供合法合规的手续材料。

企业自然有自己的综合考量,这无可厚非。可是西北过去山高路远,等查到了,只怕破案的黄金时间也过去了。

栗杰提议说:"小金,你去找市局经侦的人帮帮忙?我记得他们以前有个案子,派人去过,走这套流程应该有经验,问问他们怎么能快点,省得浪费时间。"

金旭点点头,道:"可以。发通缉令吗?"

栗杰道:"发吧。"

现在要通缉的重大嫌疑人,当然只有刘卫东。他具备作案动机,有凶器当作物证,还和他人一起伪造了死者安全回到家中的假象,通缉他没问题。

尚扬考量了许久,最后还是说:"H市那边我有认识的同行,请他们帮帮忙,也许能稍微快点查到那个账号的情况。"栗杰大喜,忙道:"最好是能远程提供下协助,再专门过去肯定是要误事的。"

尚扬去旁边打电话,数分钟后回来,说:"对方愿意帮忙,毕竟是一桩命案,他们也知道拖得越久越没好处。说是有专门负责和警方打交道的部门,刚才他给了我联系方式。我把号码给你们,这样就方便你们直接对接。"

栗杰一迭声道:"太好了!这就太好了!"

尚扬把手机号码给他,他向尚扬表示谢意,又对金旭道:"要给你记一功。"说完匆匆走开,去处理余下来的事。

尚扬是金旭的同学,留下帮忙也是在帮金旭的忙,按这个逻辑,这功劳记在金旭头上没毛病。

袁丁忍不住小声吐槽道:"记功劳这么随意的吗。"

尚扬说:"你工作上好好表现,我也给你上报表彰你。"

袁丁："……"

金旭一本正经地说："师弟，你知道我上次立集体功是什么案子吗？"

袁丁配合地做出好奇表情。

金旭道："非法捕猎。"

袁丁震惊道："这么刺激！持枪偷猎？！"

尚扬很怀疑地说："我怎么没听说过白原有什么珍稀野生动物？"

"不珍稀，但好吃，"金旭道，"野生林蛙。"

袁丁："……"

尚扬："……"

袁丁无语道："抓个偷林蛙的就能立功？这和帮群众找猫有区别？我们实习生又不是傻子，师兄你别骗我。"

"你这态度当公安可不行，公安工作无小事。"金旭又看尚扬，道，"领导，我说得对吧？"

尚扬已经懒得理他。

金旭继续对袁丁解释说："那伙嫌疑人非法偷捕了上万只野生林蛙，这在类似案件里，是特大级的。"

袁丁看尚扬，尚扬点了点头，表示金旭说得没错，基层派出所破获这种规模的案子，立功受奖是一定的。

这类案子听起来似乎很简单，真要抓到嫌疑人，从开始布控到抓获，整个过程投入的时间会很长，难度也并不低。

根源是在多数老百姓的意识里，抓几只林蛙算什么违法行为？更别说数量巨大还能构成刑事犯罪，多数群众对保护生态环境的重要性缺乏认知，就难以认同这是犯罪。

偏偏破这种案子最需要的还是要发动知情群众提供线索。最后警方能破案，工作量可想而知相当大。

金旭道："我为这案子付出了很多。"

尚扬理解道："走访群众确实很辛苦，我就很不擅长。"

"不是说这个,群众是最可爱的人。"金旭道,"是说那案子告破,把一万多只活的林蛙解救出来,我就林蛙PTSD了,再也吃不下,正规养殖的也不行,牛蛙都不行。蛙蛙那么可爱,我却不能吃。"

尚扬:"……"

袁丁本来觉得抓偷捕林蛙挺没劲,不酷也不帅。

但又想了想见过听过的基层警察工作,找猫开锁淘粪坑,干这行确实得把"公安工作无小事"时刻记在心里。

这其实很难。

金师兄在校期间专业成绩很好,听说毕业时省厅就想直接调他档案,但他非要回白原这五线小城,是怎么想的呢?

栗杰很快回来,和那边沟通得很顺利,表示:"可以远程配合,那边帮忙走个手续,中午之前能拿到账号归属人的资料。"

尚扬皱眉道:"怎么还要等到中午?不能快点吗?"

金旭道:"已经很快了。希望部里老爷们没事都下来走走,以后就能更快。"

他这话说得逾矩,栗杰觉得当着尚扬这么说不好,道:"别扯闲话了。"

接着立刻交代任务:"你不用去找省侦帮忙了,直接去市局查盗墓案的资料,看看有没有跟咱们这案子有关的线索。"

金旭道:"好,昨天就为这事通过气,过去能直接拿到报案资料。"

"然后你就在市局等着,刚才市局打电话说,让和省厅督导组碰个面,汇报下情况。"栗杰道,"我开会不行,官话一说多了就烦。"

金旭一听也皱眉:"督导组要来?"

"10·26抛尸案"引起了全社会的广泛关注,三十多小时前,尸体被发现的当晚,白原警方就组成了临时专案组。

原北分局刑侦大队长栗杰任组长,稍后,分局副局金旭担任了副组长。

而省厅派出的督导组,会在今天抵达白原市。

栗杰把向督导组汇报的任务交代给金旭,自己准备带队再去一次抛尸现场，扩大搜索范围，看看有无遗漏的线索。

分工完毕，准备解散。

"栗队，我今天就要回去了。"袁丁看大家要走，赶忙抓紧时间和栗杰告别。

栗杰还挺喜欢他，说："回去有事？没事留下帮帮忙，这案子正缺人手。"

袁丁自嘲地说："忙是帮不上，还给你们添乱。我在研究所还是个实习生，必须得回去上班了。"

栗杰道："有机会多办几次案，我觉得你是当刑警的好苗子，就是缺点锻炼。"

袁丁受宠若惊："真……真的吗？"

等栗杰带队走了人，袁丁还不可思议地问金旭："金师兄，栗队不会只是随口说说吧？"

"我怎么知道？"金旭不怀好意地说，"要不我把他手机号给你，你自己找他问问。"

袁丁哪里好意思，说："算了！栗队快忙死了。"

他也到时间该出发去车站。

尚扬道："你回大好好工作，别趁我不在就偷懒。"

正好有警车出去办事，会经过火车站附近，金旭就让人家顺路把袁丁捎过去。

袁丁走前悄悄对尚扬说："我吧，人之将走其言也善……总之，你注意安全。"

尚扬道："你放心，抓凶徒的时候也轮不到我上。"

金旭离得好几米远，偏偏耳朵尖，远远地高声道："师弟安心走吧，你们主任交给我。"

袁丁依依不舍又忧心忡忡地走了。

"跟我一起去市局吗？"金旭问尚扬，说，"就跟人介绍说你是新来的菜鸟小片警，太嫩了什么都不会，金所长好心带带你。"

他的语气里明显带着逗尚扬玩的意思。

尚扬被太阳晒得一脸懒洋洋的倦意,拒绝道:"不去了。"

金旭道:"困了?那你回去睡觉,我家钥匙你有。"

"不是,"尚扬道,"懒得跟你们市局的人碰面。"

他现在在白原参与办案的事,知会过原北分局的负责人,那位局长八成会把这事和市局其他人说一声。

如果他去了市局,于情于理都该和市局领导打个照面说些场面话,不然着实不合适。而且省厅来的督导组里,没准还有认识他的人。

那还不如索性就别去。

金旭不再说这个,问:"那我去市局,得抓紧时间。你自己打车回家睡觉,我不顺路,就不送你了。"

"大白天的睡什么睡?我去松山派出所……"尚扬顿了一顿,自黑道,"喝点热水,等你忙完过去找我。"

金旭上了警车准备走,尚扬又想起什么,走过来,金旭不急着踩油门,把车窗放下,等着听他要说什么。

尚扬走到车前,微微弯腰俯身,凑近了车窗,低声对车里的老同学叮嘱道:"等下在市局,见到督导组的人,别像在我面前一样什么话都说。记住了吗?"

金旭像小学生回答师长问题一样慢慢吞吞地说:"记住了,谢谢领导。"

他出发去了市局。

尚扬也从刑侦队里出来,打了辆车去松山派出所。

他没把去松山所的目的和金旭说得那么清楚,既是不想耽误金旭时间,也是因为他心里有个模糊的谜团。

刘卫东的户籍所在地在松山所辖区内,松山所应当有他的户籍档案,松山所的民警之中应当有人知道刘卫东的一些情况。

尚扬想尝试去解开心里一个方向不明的疑团。

他总觉得金旭和刘卫东的关系，不像金旭自己说的那么简单，刘卫东并不仅仅是金旭抓过的一个盗窃犯。

他怀疑过金旭和刘卫东的前妻——那位女医生，这两人之间也许是有男女关系。金旭直接否定了他这个猜测。

本着对金旭人品的信任，尚扬还是愿意相信金旭和女医生是清白的。

一旦推翻男女关系的设想，其他的疑点就更多。

例如金旭不但清楚知道刘卫东父母离异，还知道刘卫东和刘母吴凤兰关系不好，甚至还知道刘父的逝世时间。

每次根据线索推断刘卫东的行为动机，金旭都会表现出他对刘卫东这个人相当程度的了解。

可是他又从不提及除了盗窃案以外，他和刘卫东之间还有什么交集。

这让尚扬渐渐感到疑惑，在刘卫东家里勘查的时候，他当面向金旭提出过这方面的质疑，金旭很明显就是避而不答，转移话题，不欲谈起。

分明是有秘密的表现。

这次重逢，他不再是个阴郁感十足的人，差点让尚扬忘了他原本就是个秘密很多的人。

不过这个秘密和本次凶杀案应该没有直接关系，不然以栗杰敏锐毒辣的眼光，不可能看不出什么。

但尚扬心想，万一和凶杀案有关系呢？有任何线索都应该挖掘一下，对吧？负责任的公安都应该这样做。

松山派出所。

民警们忙碌而有条不紊，如同过去的每一天。

张副所长出去办事没在。

前天尚扬和袁丁来时，接待他俩的那位年轻民警在。尚扬记得这位小警察姓李。

民警小李也认出了尚扬，忙迎上来，还以为他又来找金旭，热情地要再次带他去楼上所长办公室等。

"那天不知道你和我们所长关系那么好，还以为就是普通同学，现在大家伙都知道了，你们不是一般关系！来了松山所，那你就是到家了，别跟我们客气，我们所长藏着好茶，他自己都舍不得喝，我拿出来给你泡上。"

尚扬先前还吐槽过金旭基层待久了，变得话痨嘴碎，这下见识到真话痨，完全一句话都插不上，根本招架不住这热情，连声道："不用不用……"

小李继续热情输出："再拿两份最新报纸杂志给你看，金所长平时坐班少，我们有新报刊也不往他办公室送。尚主任你平常爱看什么？我们所里有《人民公安报》《现代世界警察》《警察文摘》……"

尚扬内心咆哮起来：你们基层是真以为我们整天就是喝茶看报，什么也不干吗？！

他不得不抬高音量："真不用了！金旭知道我来了你们所，我不是来喝茶看报的，我在协查'10·26抛尸案'。"

小李站住脚，变脸飞快，一秒认真："那有什么我们能帮上的，你尽管说。"

尚扬只觉得耳朵边还嗡嗡响，道："能帮我找个比较了解刘卫东的同事来吗？如果人家忙的话，我可以等一会儿。"

"刘卫东啊？那不用找别的同事，"小李道，"他在我们所辖区浑得比较有名，我们都知道他。失联后他妈来报案，当时就是我受理的，查到他去了长途车站的也是我。你想知道什么，问我就行。"

这两天尚扬跟着金旭一起深入案情，对嫌疑人刘卫东也建立了一定的了解。

刘卫东其人，长得不错，会哄女人，滥赌鬼，纠缠前妻，从情妇手里骗钱，有参与盗墓犯罪的较大嫌疑。

即使最后两点的知情人还不多，但作为当地比较出名的浑蛋，也是名副其实。

"以前刘卫东在燃气公司当质检员,在我们白原,这算是很不错的工作了,待遇福利都好,约等于铁饭碗,说出去也体面。"民警小李介绍说,"不过他学历其实挺一般,上了个3+2形式的大专,能进燃气公司,全凭他老丈人是燃气的老员工,单位照顾,才让他进去当了合同工。"

后来还因为偷丈母娘的金首饰,被燃气公司开除了。

尚扬道:"我听你们所长说,刘卫东的父亲是去年春天因病去世的。"

小李满脸愤然道:"说是因为生病,其实就是被刘卫东活活气死的,他把老头儿给自己攒的棺材本都赌没了,养这种儿子还不如养条狗。"

"那,"尚扬适时问出,"你们金所长连这个都知道,他是和刘卫东很熟悉吗?"

小李微微诧异于这个问题,答道:"倒也谈不上熟不熟吧。前几年刘卫东偷东西,是被我们所长抓的。哦对了,他前妻是金所长的主治大夫,你跟金所长这么要好,肯定知道他生病的事对吧,治了挺长时间才好。刘卫东一直怀疑他老婆和金所长有点什么。"

"所以……俩人到底是有什么还是没有?"尚扬对金旭的病不是很清楚,想问,又感觉现在不是打听这个的好时机,先搞清楚刘卫东的事再说。

小李义正词严道:"当然没有了!我们所长是个正经人。"

尚扬道:"他们离婚了,金旭就是和陈医生恋爱,也没什么不正经。"

小李道:"他俩离婚前,他就怀疑金所长是男小三,那时候所长还没当上副局,刘卫东还给我们分局写过检举信,说金所长作风有问题,插足他家庭,公报私仇什么的,乱写一通。"

尚扬道:"公报私仇?金旭抓过他,他单方面仇视金旭说得过去,检举金旭对他公报私仇?"

小李明显对此只是听说,本身也一知半解,道:"所以才说他是乱写嘛。"

尚扬又向他问起,刘卫东除了好赌,还有没有其他行为不对劲的地方,试图找到一点刘和贾合伙盗墓的线索。

可小李对此更不清楚了。

两人正说着话，刘卫东的通缉令下来了，各派出所负责下发到辖区内所有地方，要保证传达给每位一线警员，覆盖全部社区。

所里人都动了起来，小李也得去自己负责的片区下发通缉令。

"你去忙，"尚扬道，"我正好看看报纸杂志，喝喝茶。你们所长的好茶放在哪儿？"

小李挠挠头，出去了一下，片刻后拿了个牛皮纸文件袋送过来，里面装的是刘卫东的档案资料。

同一时间，市局，档案室。

金旭面前摆着的几份文件，就是今年以来，白原市范围内所有的坟墓被盗案。

一共有三起，其中有一起，是和隔壁省公安的联合行动，蹲点抓了现行，卖尸和盗尸的几个人现在都还在看守所里等待法律最终的制裁。

另外两起都是无头公案，是在坟墓被盗掘一段时间后，被人发现赶忙报案，现场证据早就破坏殆尽，一点线索都没有，只能暂时搁置。

这两起中，第一具被盗遗体是位去世数年的中年人，骸骨在开春前后被盗挖窃取，报案家属清明上坟才发现，警方经过实地调查，发现距离坟墓被挖开已经过去了一个多月。

第二桩就离得近了，被盗走尸体的是位年轻女孩，死亡时间 9 月底，尸体被盗发生在小长假结束之后，10 月中旬报案，但报案人不是家属，而是村委会干部。

金旭看到这里，道："这就奇怪了，家属不报案，村委会居然越俎代庖？"

他在农村出生长大，知道农村的风俗习惯，村委会在这种事上，一般不太可能越过家属强行插手。

档案室的同事道："我记得好像是说，这女孩家里没人，就一个哥哥，还出门打工不在家，村委会联系不到他，怕拖得久了更不好找回来，才做主报了警。"

金旭看档案，说："才十九岁，怎么死的？"

"自杀。"同事又拿了另一份归档好的档案给他看，说，"也是村委会报的警，县里刑侦去现场看过，没有他杀痕迹……这女孩怀孕两个月了。"

金旭便不再追问下去，这是另一个案子，况且也不在原北分局的管辖范围内。

他说："9月底自杀，等于是刚埋就被偷了，村委会发现得也还算比较早，一点线索都没有吗？"

同事道："这个县，那几天一直下雨，挖开的坟坑都被冲平了，能留下什么线索？"

金旭道："时间倒是对得上。她用什么方式自杀的？"

"什么方式？"同事又看了眼档案，道，"上吊。"

金旭把文件都装回了对应的牛皮纸袋里，说："行，那我走了。"

管档案的同事："什么就行了？有线索吗？"

金旭没回答，大步流星地走了。

有了点线索，但好像没什么太大用。

9月底自杀而死的女孩，入土后也不得安宁，尸体大概就是被贾鹏飞和刘卫东合伙盗走的。

据刘卫东的邻居所说，刘卫东的家里传出烧纸上香的味道，就是在小长假之后。

上吊的死者，凸眼暴舌，死相十足可怕。

贾又尿又坏的刘卫东，十之八九是被那位死者过于狰狞的遗容吓到了，也许还出现了惊吓后遗症，所以才会在那之后，在家里烧黄纸上香作供地祭奠她。

金旭又想到一个问题："这具遗体，被卖掉了吗？"

贾鹏飞和"客户"交易是收的现金，刑警们在他家里只找到两万多块，银行户口里也没有大额进项。刘卫东和不知名的第三人杀死他以后，如果搜刮掠夺了他家里的钱物，没道理独独剩下那两万块，而且他家里也没有被翻箱倒柜搜掠过的痕迹。

所以，遗体很可能没有被卖掉，是刘卫东接触不到"客户"还是别的原因，目前还不得而知。

那现在会在哪呢？

刘卫东躲起来不露面，有可能也正着急想办法怎么"处理"这具遗体。

此时此刻，尚扬翻看刘卫东的档案，有了意料之外的发现。

这个发现也印证了他的怀疑。

刘卫东现在的户籍所在地在原北分局松山派出所辖区内，但这是因为燃气公司在附近，他的户口才落在了这里。

他出生在白原市另一个区，童年在市区长大，小学六年级父母离异，他被判给了父亲，而他父亲在乡镇中学当老师，他被父亲带去了乡下，就读于他父亲工作的鹿鸣镇中学。

尚扬和金旭同窗四载，对鹿鸣镇这个名字，并不陌生。

那是金旭的家乡。

金旭和刘卫东，是初中同学。

尚扬心里的疑团变得更大。

究竟是出于什么原因，金旭才一直隐瞒他和刘卫东的同学关系？

不对，这层关系不可能隐瞒所有人。

金旭是"10·26抛尸案"专案组的副组长，刘卫东是头号嫌疑人，按章程，在刘卫东失联案和抛尸案两案合并，成立专案组的时候，他俩曾经是初中同学这件事，从组长栗杰到其他所有参与办案的公安刑警，应该就全都知道了——

除了空降来的尚扬。只有他一个人在状况外，被蒙在鼓里。

他从金旭的办公室出来，派出所里像在打仗一样，到社区传达通缉令的小李等人已经走了，还留在所里办公的几位民警，也个个都忙得恨不能长出三头六臂来。

尚扬看了一圈，找不到可以让他询问下更具体情况的人。

就在这时，金旭本人打了电话来。

"有一个好消息，一个坏消息，你要先听哪个？"

尚扬："……无聊。"

金旭自作主张道："那我就先告诉你好消息，那个支付宝账号的相关信息查到了。"

尚扬一听，忙问："是什么人？"

"接下来就是坏消息了，"金旭道，"这账号绑定的身份证，是个叫周爱军的农村老头儿的，他六十来岁，刑侦人员已经核实过，他前两年中风，留下残疾，生活都不能自理，不具备作案条件。"

尚扬道："那个支付宝账号，不是他本人在用？"

金旭道："应该是被人盗用了身份证，具体情况还要再查查看。你还在所里等我吗？先去吃点东西，我们所食堂还行。"

尚扬问："你什么时候能回来？"

金旭说："省厅督导组的人快到了，我得向督导组汇报下情况，完事才能走。"

尚扬本来想直接问他与刘卫东的事，听他说督导组马上就到，暂且按下质问的念头，心里终究不爽，冷淡道："那你好好准备，认真汇报。我也有别的事，挂了。"

金旭道："你先吃饭去，别饿着肚子等——"

尚扬不听完就挂断了。

金旭只得把手机收了起来。

督导组的车刚进白原市区，还要十几分钟才能到市局。

利用这段时间，金旭又把"周爱军"的支付宝信息仔细琢磨了下。

这账号的交易记录有点不同寻常，10月还没过完，当月流水已经达到了九十多万，进出款项的数额最低几千，高的则达到数万。

是用来非法套现的账号吗？

有些不法商家和个人，在国家明令禁止的情况下依然顶风作案，违法提供信用卡白条套现服务，这账号有点像是专门用来干这个的。

不过金旭很快又排除掉了这个可能，这流水不太符合这类案件的规律。

干这个的不法分子都挺鸡贼，知道是在钻法律空子，一般都会有几个甚至几十个账号，以及数台POS机，才能共同完成这么大金额的操作，所以有点风吹草动就马上不敢了。他们不太可能一个月内套现近百万，还全都集中在一个账号上操作。

这种操作，更像是……地下钱庄。

这莫非是一个放高利贷的"马甲"账号？

刘卫东是个多年赌徒，借过高利贷不足为奇。

他认识的某个非法放贷的家伙，和他一起算计贾鹏飞从孙丽娜那里勒索来的十五万，合谋杀害了贾？

等向督导组汇报完了，就去证实下这个猜测，找到"周爱军"本人。支付宝账号的正常使用，不单单要用身份证注册，还涉及身份证对应的银行卡，本人不可能完全不知情。

当然，去之前，要先回所里把尚扬带上。

松山派出所门外，尚扬拦了辆出租车。

"去鹿鸣镇？"司机师傅听出他不是本地人口音，以为他不了解情况，说，"去那里很远的，我来回要三个多钟头。送你去汽车站，你坐公交车，能直达，几块钱就能到了。"

尚扬道："公交太慢，我赶时间。包车可以吗？办完事再送我回这里。"

出租车一路出了市区，朝着鹿鸣镇的方向行驶，道路宽敞通畅，路上看见了好几辆城乡公交车。

如司机所说，几块钱，近两个小时的公交车程，能顺利到达距离白原市区近百公里的鹿鸣镇，鹿鸣镇倚着山，翻过山，就是另一个自治区。

说起来也还算方便，如果尚扬不赶时间，这样平坦畅通的公路，新能源公交车，整个旅途也不会太辛苦。

但在数年前，没有这样的公路和这样的公交车，金旭想要回家，没有这么方便。

他在寝室里对其他同学提过一次，说从首都回家，要坐二十多个小时火车到省会，四五个小时火车到白原，两个多小时火车到县里，如果幸运的话，能赶得上一天只有一趟的去鹿鸣镇的公交，就可以再坐半个多小时到镇上，最后走七公里山路，回到他家所在的小村子，赶不上公交的话，就只能全靠两条腿。

尚扬当时在下铺听到这像是历险记一样的回家旅程，简直不敢相信，忍不住把脑袋从下铺探出去，朝上面问："真的假的？村村通公路好多年了吧？你家怕不是住在原始部落？"

他记得金旭没有理他，似乎是居高临下地冷漠瞥了他一眼。

后来，他从别处陆续听说了金旭更多的事。贫困生，孤儿，入学时连一件行李都没有，穿着洗得褪色裤腿短一截的高中校服就来了，柜子里除了公大发放的生活用品，什么，都没有。

他渐渐意识到金旭没有任何夸张，是他自己井底之蛙，对农村状况一无所知。

大四毕业前夕，他和金旭因为某些事动了手，结结实实打了一架，都挂了彩。

午夜时分，两个鼻青脸肿一脸惨状的男生，在寝室楼的天台上，在针锋相对了四年以后，在即将各奔前程的时刻，在公大的夜空下，终于还是和解了。

他们四年中第一次心平气和地与对方聊了天。

尚扬至今清楚记得金旭告诉他的——

大一开学那天，金旭领到饭卡，窗口的老师告诉金旭，里面有直接进去的给贫困生的生活费，以后每个月都会有。

"从学生处出来,我找了个没人的地方,对着西边磕了头,跟我爸妈说了声,我上大学了,国家养我,我不会饿死了。"

从他们上大学算起,十几年了,金旭的家乡发生了翻天覆地的变化,鹿鸣镇依山傍水,建成了旅游度假村。

金旭家那个小村子的村民们都从水电不方便的山上搬了下来,融入了新的村落。

出租车把尚扬载到了鹿鸣镇。

这镇子比尚扬想象中的要小很多,说是镇子,规模和贾鹏飞家所在的那个大村庄差不多。

现在是旅游淡季,镇上到处都是饭店特产店,能想象得出旺季时来旅游的人不少。

尚扬独自进了镇子,问路旁玩闹的小孩:"你们镇中学在哪里?"

小孩给他指了路,中学很好找,就在路旁,校舍建设相当不错,干净敞亮,能看到里面的塑胶跑道。

这显然是一所新建的中学,不是金旭从前读过的那一所。

门卫室的保安从里面出来,问尚扬:"你找谁?"

尚扬出示了证件。

保安道:"警察都来过两三回了,怎么又来?你等下,我给校长打个电话。"

失踪的嫌疑人刘卫东曾经跟父亲一起住在鹿鸣镇中学宿舍楼里,这是他生活过数年的地方,无所逃窜的话也有可能逃回这里躲藏,栗杰派人来查过一次,县里的刑警也来过。

中学老校长亲自出来,把尚扬带进了学校里,到自己的办公室去。

尚扬看出校长的紧张,说:"我只是来了解下刘卫东的情况。"

校长拿出在信笺上写好的"情况",足有好几页,说:"上次那几位警察同志来问过以后,我就把当时和他们说过的事都记了下来,年纪大了忘性大,不写下来回头我自己都记不住。"

尚扬没想到就这么捡了个现成，倒是省事不少。

刘卫东的父亲在这学校里教了二十几年书，因为交通不便，夫妻聚少离多，最后他还和老婆离了婚，把正好该读初中的儿子刘卫东也从市里带了过来，父子俩就住在教师单身宿舍里。

那栋旧宿舍楼前几年就拆了，何况没拆时，刘父退休后搬回市里去住，把所有东西都收拾干净带走，他们住的那间宿舍，早就让别的单身老师住了进去。

因而刘卫东如果潜逃回这里，也是没处可躲的，他毕竟不是鹿鸣镇的原始村民，在镇上没有宅基地和房屋。

和他关系较好的那些初中同学里，出去打工的比较多，只有两个男生留在鹿鸣镇，一个务农并开农家乐，一个就在本校当老师，两人都已经结婚生子，没从事违法活动，也不会窝藏嫌疑人刘卫东。

尚扬一目十行地看完，问校长："刘卫东那一届，有个叫金旭的学生，您记得吗？"

校长想都不想，"不记得。"

尚扬道："他当时应该还叫金晓旭。"

校长道："真不记得，学生太多了。"

尚扬："……"

校长分明是记得有这么个人的，就是以前不记得，被警察上门问询后，还能想不起来吗？

或许就是知道金旭现在的职业和职务，不想多说，怕给自己惹麻烦。

"那一届学生的花名册还在不在？"尚扬道，"能让我看一下吗？"

校长把名册找了出来，尚扬更加确定自己的猜测，十几年前的毕业生花名册，如果不是最近刚用过，怎么会这么快就找到？

尚扬翻开，发现刘卫东那一届学生只分两个班，刘卫东在一班。

他把一班的名单从头看到尾，没有"金晓旭"，他只得又看了二班的，仍然没有。

莫非金旭初中留过级？按上大学的年份来算，尚扬和他，都与刘卫东是同一届才对。

忽然间，一个想法从尚扬的脑海中晃了过去。

公民如果改名字，仍然会在身份档案里留下曾用名，但如果二次改名，就会把第一个曾用名覆盖掉。

在使用"金晓旭"之前，也许金旭还有别的曾用名。

尚扬把两个班的名单又快速看了一遍，发现了两个班里唯一一个金姓的，是二班名册中的——

"金嘉轩"。

和省厅督导组一行人打了照面，金旭就暗道，尚扬没来是对的，督导组里还真有熟人。

是一位公大的师兄，比金旭和尚扬高两届，本省省会人，是同省老乡，在学校时就和金旭认识。

师兄毕业后回到省会市局刑侦支队工作，后来调进了省厅刑警总队，现在已经是省内有名的刑侦专家。这次他在督导组里任督察专员，足见省里对"10·26抛尸案"的重视。

这两年金旭升职升得快，一年之中总会去省厅开会或学习几次，隔三岔五也能见到这位师兄，对他还是比较熟悉的。

他向包括这师兄在内的督导组全员汇报了目前掌握的情况，表示接下来要去调查死者贾鹏飞手机支付App里，那最后一笔交易记录的来龙去脉。

督导组成员们简短而低声地讨论了片刻，决定安排那位刑侦专家，即金旭和尚扬的那位师兄，也直接参与到侦破工作中去，务必尽快破案，给死者家属一个交代，也给社会各界一个交代。

专案组副组长金旭带队，与督导组专家一起，一行人从市局出发，去往抛尸现场与在那里再度勘查的栗杰会合。

而那位名叫"周爱军"的涉案人,刚巧住得离抛尸地点不远。这究竟是不是巧合,也得等见面问询过才能知道。

路上,金旭给尚扬发消息,简单说了情况,问他介不介意和师兄碰面,要不要也来现场,让他自己拿主意。

和他同车的督察专员师兄开玩笑地问:"小金在给谁发消息?有女朋友了?"

"不是。"金旭关掉手机屏幕,与师兄聊起了案情。

鹿鸣镇中学,校长办公室。

尚扬看到金旭发来的消息,回了一句:不去了,等你们忙完再说。有人敲门:"校长找我?"

老校长介绍说:"杨老师,这位是尚警官,有事想找你了解一下,关于刘卫东的。"

这位杨老师拘束地走进来。

据老校长说,杨老师是刘卫东在镇中读书期间关系最好的同学之一。

这帮初中时交好的男生里,现在还留在镇上生活的,就只有杨老师,和另一位开农家乐的男同学,叫冯波。

警察来过两次,杨老师也知道刘卫东卷进了大案,这位年轻警官少不得也还得再去找趟冯波,便主动对尚扬道:"尚警官,下午我没课,干脆我带你到冯波家里去吧,他家就住在旁边。"

尚扬本来还想,等和杨老师聊完,可能还要再去找冯波,这下倒是方便不少。

去冯波家路上的几分钟里,杨老师大致把他们和刘卫东的关系介绍了一下。

初中时,几人都在这所镇中读书,学校当时的旧校舍在鹿鸣镇的另一边。杨老师是二班学生,刘卫东和冯波同在一班。

镇上学生少，老师也少，体育课都是两个班一起上，所以他们也常是混在一起玩。

杨老师道："这几年来往很少了，他还在燃气公司工作的时候，经常回镇上来，他父亲刘老师退休了也还记挂学校，他也常陪刘老师回来看看，他刚结婚的时候还带他老婆回来过。后来他不上班了，也就没再回来过，联系得也不多。"

在燃气公司做质检员是份还算体面的工作，还娶了当医生的漂亮老婆，刘卫东之前回这小镇子，多少是有点荣归故里的意思。后来什么都没了，自然也不愿意再回来。

"上次见面还是去年刘老师去世时，学校组织去市里吊唁，和刘卫东见过一次。"杨老师道，"还有个事，我跟前两回来的警察都说过了，就10月初，10号，刘卫东给我打过电话，说想借点钱，他赌博我们都知道，我就没借给他。"

说话间，到了冯波的家里。

冯波开农家乐，院子敞亮，淡季没什么客人，见警察又来问话，倒也配合，还招呼老婆沏茶，带尚扬和杨老师到屋里坐下，他家里装了地暖，能看得出来经济条件不错。

"刘卫东也找我借过钱，当时镇上的人都听说刘老师得了癌症，他说是给刘老师看病用，我觉得能帮一点是一点，就借给他了，分了几次，不到两万块，后来刘老师不在了，他也不提还钱的事，我也就算了，两万块看清一个人，也算值。"冯波如是说。

杨老师和冯波的意思都很明确，他们和刘卫东在最近两年几乎断了联系，刘卫东要躲也不会来找他们，他们不会帮刘卫东逃脱警察的追缉，如果有任何线索，一定会主动报告。

尚扬猜测这些话他们已经和警察说过了两次，知道警方会问什么，所以才讲起来这么顺畅，加上心里确实也没鬼，非常坦荡。

"好，这些情况我了解了。"尚扬问，"你们还记得二班的金嘉轩吗？"

杨老师和冯波都是一愣，看了看对方，表情都起了变化，明显没有刚才那么自如。

尚扬道："这不一定和案子有关，我只是随口问一问，你们不用太紧张。"

杨老师道："我们听昨天来的刑警说了，金嘉……金副局长现在负责查刘卫东的案子。"

尚扬："……"

"金嘉轩"果然是金旭初中时的曾用名。

"10·26抛尸案"现场，督导组的专家们和带队在现场二次勘查的栗杰碰了面。

金旭把浙江那边反馈的信息和栗杰简单说了一声，道："周爱军的家就在附近村子，我过去找他问问情况。"

栗杰皱眉，低声道："你就把督导组扔给我应付啊？"

金旭说："那现场找线索这事，你放心交给我？我干这个不如师父你。"

"迷惑领导的本事我不如你。"栗杰一语双关地嘲讽他，说，"尚扬人呢？"

金旭说："不知道，他也不怎么理我。可能回我家睡觉了，他这两天没睡好。"

然后说："我先去了，你这边也抓紧点，争取别让督导组在白原过夜。"

栗杰道："我看你是着急破了案好回家。"

金旭一笑："目标一致，走了。"

到周爱军家只有两公里左右，金旭沿着抛尸现场旁边的乡村公路一路直行。

这条路未免太顺畅了。这是金旭进了周爱军家村口时的第一个想法。

从抛尸的荒草地过来，约两公里沿线都是普通非工业级摄像头，如果趁着夜色从这村庄驾车出发，把尸体扔到荒草地里，只要谨慎地避开行人，就不会引起任何人注意，再一路关掉车灯缓行，路旁那些监控也完全拍不清楚。

如果周爱军不是一个残疾人,以现在的线索看,他还真是挺有嫌疑的。

周爱军偏瘫,是中风的后遗症,右半边身子不能动,说话都说不太清楚。家庭条件很普通,儿子儿媳去了南方打工,女儿在省会上师范大学,几亩地靠他老伴儿一个人耕种。

周爱军夫妻俩都没有智能手机,家里只有一部老人机,用来和孩子们联系。

金旭问周爱军有没有注册过支付宝,老两口都很茫然,根本不知道那是什么,在金旭解释说是能用来在网上买东西的网络钱包后,才稍稍明白了一点,但表示没注册过。

金旭又问:"身份证外借过吗?办过银行卡没有?"

周爱军的老伴儿说:"没有,身份证咋能借给别人。"

周爱军"啊啊啊"地想说话,他老伴儿道:"说不清楚就别说了,警察同志忙正事,不跟你聊天。"

她向金旭解释说,平时家里少有人来,周爱军自己只能终日卧床,偶尔来了客人就拉着别人说个不停,"没一句有用的"。

虽然她说得嫌弃,但周爱军身上干干净净、卧床几年也没有褥疮之类的毛病,脸庞也红润,可见还是被她照顾得很好。

周爱军却忽然急了,用能动的左手拍打老伴儿的腿,含糊不清地说:"身份证……证……借过……借过!"

老伴儿:"什么?"

金旭忙问:"身份证是不是借给过别人?"

周爱军好半天才把话说明白,村里有人来找他借过身份证,说是要开加工厂,因为周爱军有残疾证,雇用残疾人的话可以减免税费。他让周爱军把身份证借给他办个证明,还给了周爱军两千块好处费。

老伴儿诧异道:"你没跟我说过这事啊?"

家里条件不好,女儿一边读书还一边当家教、商场临促。周爱军收了那两千块，等女儿暑假回来，偷偷给了她，没有跟老伴儿说。

他老伴儿抱怨了几句："学费都是国家管，师范生还发补助，你给她做什么？你有钱吃药啊？"

金旭道："这个开加工厂，借走身份证的人是谁？"

周爱军含含糊糊说着，金旭听不明白。

老伴儿听懂了，替他说："我们村有个食品加工厂，工厂小老板来借的。"

金旭和刑警队同事从周爱军卧床的房间出来。

在院子里，他问周的老伴儿："申请低保了吗？你们俩的农合医保也都记得要按时交。"

"有，都有，村干部都帮着办好了。"

金旭点点头，道别走了。

鹿鸣镇。

"刘老师是二班班主任，两个班的语文都是他教。他儿子刘卫东是初一开学快俩月了，才从市里转过来。市里小孩儿嘛，又是老师家的孩子，跟我们村里人当然不一样，他自己也知道。人家长得干净，洋气，普通话说得还好听，以前村里的小孩儿谁见过这样的。"冯波道，"不夸张地说，当时我们这俩班学生都把他当成个哪儿来的小王子，都想跟他玩。"

杨老师道："对，众星捧月，一点都不夸张。"

刘卫东在这种环境里，日渐嚣张，俨然成了两个班学生的统帅。

他因为父母离婚的事，和刘老师关系并不好，叛逆心理作祟，也不好好学习，整天就是玩，还带着其他同学故意捣乱，把刘老师气得够呛。刘老师离了婚以后觉得亏欠儿子，又舍不得打，管也管不住。

唯一该管也能管刘卫东的人都管不了，之后刘卫东也就越来越放肆。

"金嘉轩学习好，人也老实不惹事，就是有点轴。"杨老师道，"随堂测验，刘卫东想抄他答案，他不让，刘卫东就记恨上他了。"

十二三岁的小孩，三观都还没有稳定建立起来，好起来都仿佛是小天

125

使,坏起来,行径比恶魔的还要骇人听闻。

那时金嘉轩的父母亲早就已经去世。

他妈妈死得早,死于妇科慢性病,因为条件不好不舍得去看,几乎算是拖死的。

两年前父亲不在了,死于肝癌,癌症病人去世时,肢端肿大,村里不少帮忙的大人都见过,有的回家说话也没避着小孩。

就有个和金嘉轩同村子的学生,大约是为了讨好刘卫东,把从大人那里听来的这些都和刘卫东说了。

刘卫东这人,因为父亲是语文老师,家里有不少文学书籍,小时候也算是囫囵吞枣地看过几本书,平时吹牛还爱给自己立个博览群书的人设。

"他跟别人说,"冯波尴尬地回忆道,"金嘉轩的爸有那种病,他妈是被他爸……"

尚扬没明白,道:"什么?说他爸传染什么病给他妈妈?"

杨老师道:"不是,他就是嘲笑金嘉轩的名字,想说他也有他爸的毛病,遗传的,也是要死老婆的命。"

尚扬:"……"

冯波以为他还没明白,索性道:"刘卫东添油加醋地说,金嘉轩的妈是被他爸弄死的。"

尚扬:"……"

冯波道:"就……天天带几个人一起欺负人。那时候金嘉轩长得矮,打也打不过,家里又没大人,这事跟老师也张不开嘴。课间和放了学还老被堵在厕所里,听说经常被扒裤子……不过这事我可真没掺和过。"

话是这样说,但从他的神情,尚扬不太相信他没参与过。

杨老师相比起来就坦然很多,颇为佩服地说:"后来中考,金嘉轩是那年镇上唯一一个上了市一中的,我在三中上的高中。听说他给自己改了名,后来还去了首都上大学。"

尚扬道:"他……是很努力。"

冯波道:"尚警官,别怪我多嘴,刘卫东活不见人死不见尸的,不会是被杀了吧?"

尚扬皱眉,看了他一眼。

杨老师道:"冯波,别乱说话。"

冯波大约是真的有这个怀疑,不自在地挪了挪位子,说:"我要是被那样欺负过,报复回去也正常。我听刘卫东说,他后来当了官,还搞了刘卫东老婆呢。"

尚扬吸了口气。

杨老师以眼神示意冯波不要再胡说八道。

冯波不服道:"随便说说,不犯法吧。"

尚扬起身,说:"谢谢你们,有情况及时和警察联系。"

杨老师道:"尚警官,这就走了?"

转身离开前,尚扬用眼角看着冯波,道:"金嘉轩不是你以为的那种人,有人活在阴沟里,一辈子只能看见脏老鼠。但也有人,不管在哪儿,永远仰视星空,心向光明。"

离开鹿鸣镇,尚扬坐着来时的出租车一路回到白原市区,已近傍晚,道路两旁的路灯都已经亮了。

尚扬拨了金旭的手机,响了一声便被挂断,猜想他是正在工作,改为发微信消息,问:在哪里?

金旭回:市局。

去市局就意味着有可能要和市局领导、省厅督导组碰面,尚扬着实是有点怕麻烦。

最后,他还是对出租车司机道:"师傅,送我去市公安局。"

此时此地,在这样一个冬日黄昏,在陌生的西北城市,在听了一个寥寥数语但又字字戳心的陈旧故事以后,他心里产生了一种想要再次认识金旭的急切感。

这急切感,他难以形容是因为什么,总归不是出于同情。

可能更像是好奇，这位相识了十几年，睡过上下铺的同窗，拥有怎样不被人了解的内心世界，才能跨越命运的残忍与不公，穿过这许多年的凄风冷雨，成为今天这样一个人。

市局，大门外。

尚扬对门岗执勤民警说："你好，我是松山派出所的，来找金所长。是他让我来的。"

他撒了个小谎，也不向门岗出示工作证，如果对方问起，他准备说他忘了带。

门岗看看他，竟没起疑心，说："金副局和省里专家回来有半个多小时了，应该都在三楼会议室。"

尚扬："……谢谢。"

他试探着抬脚，要迈进门去，又不太确定地看门岗，这就让他进去了？站的什么岗？

其实他的身姿模样，门岗打眼一瞧就知道他是同行，只不过以为他是新人，尚扬长得显小，身上也没老公安的气质。

"刚从警校毕业吧？是不是第一次来市局？没事，"门岗还笑着逗新人，说，"让你们金副局多收拾两回，胆儿就大了。"

尚扬心想，还说不定谁收拾谁。

市局三楼，大会议室的门打开。

省厅督导组的各位专家，市局的几位主要领导，还有"10·26抛尸案"专案组的骨干成员们，从会议室里鱼贯而出。

"准备下发警情通报，"一位市局领导说，"这案子不到四十八小时就侦破，在同类案件里算得上很可以了。"

众人点头称是，一行人从走廊匆匆走过。

一线刑警还要去忙收尾工作，责任领导则要去处理舆情，以及向上级单位做详细汇报。

栗杰和金旭落在最后面，栗杰这两天来，也算是迎来了轻松时刻。

唯独金旭，还是一副若有所思、带着怀疑的样子。

栗杰看领导们都走光了，才低声道："怎么？还觉得嫌疑人口供有问题？"

金旭道："还是觉得不太对。"

"他的证词和我们掌握的证据都能对得上。"栗杰顿了顿，道，"你和刘卫东从前的关系，是不是影响到了你对他的判断？"

金旭动了动嘴唇，最后道："也许吧。"

栗杰拍了拍他的肩，说："别想了，剩下的事都交给我们，你回去好好睡一觉。"

金旭点点头。

两人继续朝外面走，冷不丁看到一个人出现在走廊转角处。

金旭："……"

栗杰低声："嚯。"

"恭喜两位神探，这么快就破案了。"尚扬双手插在风衣兜里，望着他俩，微微一笑，明显是听到了刚才领导们出来后的那几句话。

"还不算完，剩下不少事等我去干。"栗杰笑起来，与金旭一起走上前。

他看了金旭一眼，再对尚扬道："不过我这徒弟是没什么事了，给你，带走吧。"

尚扬对这位老刑警很有好感，开玩笑道："栗队好大方，徒弟都能当土特产送我吗？"

栗杰大笑，还要再说两句，金旭催他："有事就快走，别磨蹭。"

"好大的官威。"栗杰笑着吐槽了一句，还真就和尚扬摆了摆手，走了。

余下尚扬和金旭，长长的走廊里，两头空空荡荡，忽然间像是说句话都能有回音。

金旭有点疑惑地看尚扬，敏感地察觉到尚扬的态度好似有了点不同，但还不知道是什么原因。

尚扬没有想聊他的那些过往,也不想让他知道自己去过鹿鸣镇,对案情进展也很好奇,暂时收起了来时的情绪,问道:"说说吧,凶手是谁?刘卫东?"

金旭观察着他的表情变化,迟疑了数秒,才说回正题:"算是。"

尚扬道:"算是?不是说破案了吗?"

"人证物证齐全,所以说破案了,只等把刘卫东缉拿归案。"金旭道,"目前情况是这样的,刚才会上,也是这么汇报的。"

尚扬听出了言外之意,是说他觉得还有疑点,问:"上午分开以后,你和栗队都找到了什么新证据?是不是又有新证人出现?"

金旭把警服的领带松了松,道:"换件衣服吃饭去,边吃边说,午饭都还没顾上吃。"

第五章
JIN JIA XUAN QU LE NA LI

来了白原近十天,尚扬差不多就吃了十天面,终于在"地头蛇"的带领下,吃到了地道特色美食。

最具地域特点的菜有是羊羔肉,精选三十到四十五日龄的小羊羔,上笼清蒸,只用基础调料,保留小羊羔肉的原味,细嫩多汁,肥而不腻,无腥尤膻。

这菜一上来,尚扬就拍照发给了袁门。

袁门秒回了一排"裂开"表情。他坐了大半天车到省会,又从火车站转去机场,现在正在候机。

为羊羔肉"裂开"以后,他又发了一堆抱怨牢骚,表达自己不想走以及关心尚主任一个人留在白原的安全问题等的屁话。

尚扬没再理他,嫌他烦。

金旭道:"刚才从市局出来,门岗是管你叫小弟了吗?"

他们从大门口经过,门岗对金旭说了句"金副局再见",又对尚扬说了句"小弟，没事常来"。

"可能是吧，"尚扬吃羊肉，懒得细说，道，"用你教我的招混进去的，自称是松山所的新人。"

金旭笑着看他的脸，说："这招也就你能用，脸比这小羊羔都嫩。"

尚扬道："这听起来不像好话。"

金旭道："总比你说我土要好。"

尚扬和栗杰开玩笑的时候，说了句金旭是土特产。

"我土吗？也还行吧。"金旭不确定地看了看自己。

"看在你破了案的分上，给你留点面子，不点评这事。"尚扬小小毒舌了一句，道，"讲讲吧，到底什么情况？"

金旭便讲给他听："中午不是跟你说，H市那边反馈了那个支付宝账号的信息？我就去找人了。"

当时从周爱军家出来，他带着人又去了村子里的食品加工厂。据周爱军所说，他的身份证唯一一次外借，就是加工厂的老板为了逃税，用周爱军的身份证及残疾证，签了一份假用工合同。

他们到了加工厂，见到了这位作坊工厂的老板，刚开始他还支支吾吾不愿意承认自己为了少纳税采取了不法手段，按当地收入和政策，加工厂"聘用"周爱军，一年能减免税款或者说从中获利近四万元。他只给了周爱军两千块"好处费"。

在金旭的讯问下，他最终才肯承认，是借过周爱军的身份证，但表示绝对没有用周的身份证注册使用过支付宝账号。

事情的进展卡在了这一步，金旭和同事只好先离开，结果从老板办公室里一出来，迎面遇见个年轻人，这人一看见金旭，转身就想跑。怎么可能让他跑掉？金旭和同事前后围堵，把这人按住了。

"是什么人？"尚扬问，"你们出外勤应该没穿警服？他跑什么？"

金旭道:"是没穿警服,但以前清查黄赌毒专项行动的时候,他被抓回过分局,见过我。"

尚扬又问:"黄赌毒?他是哪一类?"

金旭道:"都沾点。"

这年轻人名叫于涛,以前是个在市里一些擦边娱乐场所看场子的马仔,看的场子,黄赌毒多少都沾点,碰上严打和专项整治行动,他总会被抓进去几次。

是以于涛很认识金旭这张脸。

最近几年白原公安对不法经营场所屡屡重拳出击,这些场所人多开不下去,要么关张要么转做正行,马仔们也都陆续丢了饭碗,不得不另谋生路。

于涛经亲戚介绍,来给食品加工厂的老板开车,小型民营私企人事结构混乱松散,司机顺便还兼职秘书助理,跑腿儿打杂什么的也干,偶尔还要赶鸭子上架,把会计出纳的工作也干了。

他以前待的场子鱼龙混杂,需要很会来事儿才能待得住,因为这个,现在的老板也很信任他,很多加工厂里杂七杂八的事,都乐意交给他去办。

例如拿周爱军的证件去办理相关减免税款的手续。

尚扬恍然道:"周爱军的支付宝账号,是这个于涛申请了并且在用……难道他就是和刘卫东一起回了贾鹏飞家的第三人?"

金旭道:"对,把他就地抓到,刚问了几句,他就全招了。"

于涛交代,刘卫东杀了贾鹏飞后,找他一起抛尸,并提出由他穿上贾鹏飞的衣服假扮成贾,他和刘卫东一起开着贾的白色面包车回到贾的家,意图造成贾回家以后离奇失踪的假象迷惑警方。

这和先前刑警们的猜测基本一致,也差一点就误导了警方的调查方向,让警方纠结于贾鹏飞的尸体是怎么从家中被运出去这一点上。所幸发现了留在面包车地毯上的血迹,及时把即将跑偏的思路拉了回来。

事实上据于涛说,他和刘卫东也并不知道车里还留下了这样致命的证据。

"他和刘卫东什么关系？刘卫东找他抛尸，他就肯去？"尚扬奇怪地问。

金旭道："食品加工厂的账非常混乱，那老板很信任于涛，他就偷偷挪用公家账上的钱去赚外快，当高利贷主，只借短期，利息非常高，刘卫东找他借过几次钱，俩人就这么认识的，刘卫东利滚利欠了他几万块，还不了，找他的时候，说贾鹏飞支付宝里有十五万，事成了就能还他钱，所以他就去了。"

尚扬想了想，说："刘卫东现在躲在哪儿？"

"于涛说不知道，他们俩本来想把孙丽娜给贾鹏飞的那十五万转到周爱军的支付宝里，然后再慢慢分，但可惜的是，贾鹏飞用了部低端手机，面部识别不灵敏，人死了以后，手机识别不出死人脸，没有密码，转不了账。"金旭嘲讽地说，"他俩还为此互相埋怨，最后闹掰了，刘卫东就走了。"

尚扬："……"

金旭问："怎么，是不是你也觉得哪里不对？"

尚扬道："照于涛的说法，人是刘卫东杀的，误导警方的主意也是刘卫东出的，他只是为了钱帮忙演了一场戏，倒是把自己择得干干净净。"

他顿了一顿，问道："你是怎么想的？"

从鹿鸣镇回来后，提起涉及刘卫东的话题，他不自觉会担心触及金旭的糟糕回忆。

金旭却想也不想地说："我不觉得刘卫东有这脑子和胆子。实话说，从一开始我就不太相信他能做出杀人的事。"

尚扬："……"

他一时说不出话来，难以评价金旭对刘卫东的评价。

一个人要如何才能不带恶意地去看待，另一个曾经持最大恶意对待过自己的人？

金旭皱起眉，问："怎么了？"

"没怎么。"尚扬认真道，"你确实不土，我觉得你很干净。"

金旭却误解了尚扬的意思，低头闻了闻自己，道："是不像你一天到晚香喷喷的，个人卫生还是可以的。你怎么还是这么爱嘲笑别人？"

尚扬奇道："我什么时候爱嘲笑别人了？你还说过我爱欺负身边的人，我又是什么时候有过这种行为了？"

他百分百确信自己没有欺负过同学，当然幼儿园时期的"恃武行凶"不能算数。

"还说没有？"金旭道，"头一次在澡堂子见，是谁笑话我用香皂洗头的？"

尚扬："……"

在学校澡堂里，他是对金旭说过，你为什么要用香皂洗头？

但那是由于年纪小见识少，不明白同学为什么这么做，而不是想嘲笑。

"陈芝麻烂谷子的事也翻出来说，"尚扬道，"你是这么记仇的人吗？我看你不像啊。"

金旭闻言，抬头端详他的表情，隐约察觉到什么。

他跳过了这个话题，说："你有没有把你对于涛的怀疑和栗队讨论讨论？"

金旭也就自然地聊起了正事，道："说了，刘卫东这个人，不是什么好东西，但是胆子不大，是个怂货，除了骗女的拿手，其他事上都不太机灵。说他失手杀人，并不是绝对不可能，但说他杀了人还有脑子能想出布迷魂阵，迷惑警方查案方向？他没这本事。"

尚扬点了点头，没有反驳他。

金旭疑惑地说："尚扬，你有点奇怪。"

尚扬道："聊正事，别扯闲话。"

"反正办案和定罪都要讲证据，"金旭道，"我刚说的这些都算是主观上的判断。于涛的供词从逻辑上都能成立，和现有客观证据吻合，暂时找不出什么漏洞。"

于涛的供词能够成立，仍然是建立在证据之上。

他说是刘卫东杀了贾鹏飞。杀人凶器,那把锄头上,确实留着刘卫东的指纹。

他说是刘卫东杀人后,找他假扮成贾鹏飞,为了给日后查案的警方留下有迷惑性的线索。刘卫东本人还真就故意在监控下露过脸。

至于刘卫东杀人的起因和经过,于涛说,刘卫东是在杀人以后找到他,对他的说法是:为了一个叫"丽娜"的女的,两人起了争执,刘失手打死了贾,想出这么一个瞒天过海,仿佛贾是在家里神秘失踪的戏码,一个人完成不了,才找了于涛帮忙,还承诺分钱给他。

"丽娜"即孙丽娜的相关情况,于涛表示他不清楚。

而刘卫东和贾鹏飞挖坟盗尸的事,于涛干脆更是一问三不知,说在此之前从没听说过刘卫东私底下还干这种损阴德的营生。

这是一份完美的供词。

"10·26抛尸案"除了凶手还没能缉拿归案,因为这份供词,整个脉络都已经变得非常清楚,几乎一目了然。

羊肉吃得一身燥,从饭馆出来,金旭和尚扬站在门口稍稍吹了下冷风。

尚扬看了眼消息,说:"袁丁上飞机了。"

金旭随口说了句:"小师弟人不错。"

尚扬道:"说得像你有妹妹要介绍给他似的。"

金旭一笑,说:"你下午去哪儿了?没回去睡觉吧?"

"市内走了走,逛了逛。"尚扬敷衍地答道,问,"你想回去补觉吗?"

"不想。"金旭神情严肃起来,说,"想去趟刑侦队,把线索规整规整,再复盘一下。"

尚扬欣然道:"我猜也是。走吧。"

一到刑侦大队,就发现仍持有怀疑态度的不只是他们。

栗杰和督导组专家正在再次讯问至关重要的嫌疑人兼证人,于涛。

在讯问期间,不方便再让金旭进去,金旭带尚扬到隔壁观察室去旁观了片刻。

隔着单向玻璃，仍然能感觉到讯问室弥漫着一种持续胶着的拉锯战氛围。

暂时还没有取得实质性进展。

于涛有二十七八岁，并不是尚扬想象中"马仔""放贷的"的样子，没有奇怪的杀马特发型，长相也不凶狠，大众脸，穿着很干净周正，乍看还很像是个正派人。

不过想想也是，若非如此，加工厂老板不会这么信任一个司机。

"这个人心理素质挺好的。"尚扬评价道，"栗队在里面气场全开，我看了都脚软，这于涛居然一点都不慌。"

金旭道："你脚软是没睡好，让你下午补觉，你跑去逛街。"

旁边执勤负责仪器记录的刑警笑了一声。

尚扬："……"

他忽然发现讯问室里，坐在栗杰旁边那位穿制服的刑侦专家，有点眼熟，道："这警监是谁？"

金旭说了师兄的名字，尚扬很快想起来了，忍不住又看了一眼金旭。如果金旭毕业时没有放弃省厅抛去的橄榄枝，现在至少也能做到师兄的职位了。

"不听了，走。"金旭感觉这场讯问不会很快有结果。

"去哪儿？"尚扬问。

金旭一手搭在他肩上推他向外走，说："找个地方，给你烧热水喝。"

短短两天多，尚扬被他内涵得已经麻木，听了竟也没什么感觉。

栗杰的办公室。

白板上都是栗杰列出来的线索，证人名字、证据链，栗队长粗中有细，现有的东西在白板上列得一目了然，应当是刚才讯问于涛前，和督导组专家先讨论过了。

金旭站在白板前，视线在几处列出的证据上来回游移。

他身后，尚扬坐在那里，端着保温杯，一脸"我怎么真的来喝热水了"的表情喝着热水。

"看出来什么了吗？"尚扬问。

"我师父写字真难看。"金旭答。

尚扬："……"

他把白板上的信息浏览了一遍，注意到角落里的一个名字，"段双双"。

他示意看那名字，问金旭："这是10月被盗走尸身的那个女孩？"

金旭道："对。"

尚扬叹息道："好好一个姑娘……也不知道现在被扔在了什么地方。"

金旭回头看他，说："你也觉得刘卫东会把这遗体随便扔掉？"

尚扬说："很难说，你不是说刘卫东很可能是被她的遗容吓到，才在家里又烧纸又上香的吗？那他还会有胆子去靠这个赚钱？十之八九会随便找个地方埋掉，还能方便自己逃跑。"

金旭却皱着眉，说："她在刘卫东眼里不是一具单纯的尸体，是一笔钱，数额不低的一笔钱。如果刘卫东真能为了十五万，就下手杀掉贾鹏飞，他会把这笔钱随便扔掉？他不会舍得扔了，他只会尽快出手。"

尚扬道："但刘卫东在这条违法犯罪的产业链上，只负责体力工作。交易这一环，贾鹏飞亲自去和那些所谓的客户联系。刘卫东应该没有客户源，他要怎么出手？"

金旭沉思片刻，说："还有一种可能。"

尚扬道："什么？"

金旭道："如果刘卫东也已经死了……"

尚扬背后一寒，说："你想到了什么？"

"假设刘卫东已经死了，"金旭道，"那于涛毫无疑问，就是在说谎。"

确实，于涛现在所说的一切供词，都建立在刘卫东畏罪潜逃的基础之上。

尚扬道："你怀疑于涛杀了刘卫东？"

"其实我从下午第一次讯问完他，就有个猜想，"金旭道，"他的供词很可能是在颠倒黑白，他把他和刘卫东在这起凶杀案里的角色对调了过来。他说主犯是刘卫东，自己是从犯，如果一切是反过来的呢？他才是这个杀人抛尸小团伙的主谋。"

尚扬愕然道："这……"

金旭继续说："下手杀贾鹏飞的是他，主谋抛尸的是他，出主意把贾鹏飞的车开回去，合伙演那出戏的也是他。等一切完了，他再动手把从犯刘卫东也杀掉，这样一来，贾鹏飞的十五万，加上卖尸的一大笔钱，就都归他一个人。"

尚扬勉强提出问题："那他看到你的时候为什么要跑？如果他不跑，应该没人会怀疑到他一个路人甲的头上。"

金旭道："他可不是路人甲，我们已经查到了食品加工厂，距离查到他才是周爱军身份证的经手人，也就只差一步，他心里不会一点数都没有，知道早晚躲不过去，不如'狼人自暴'，暴得好了，不但能瞒天过海，还能算他有自首情节，换个轻判。"

尚扬："……"

"这个计划里从一开始，凶手打的如意算盘，是贾鹏飞的尸体在腐烂前不会被发现,他希望警方将来认定贾鹏飞是平安回到家以后,离奇失踪。"金旭道。

"可惜百密一疏，"尚扬朦朦胧胧抓到了什么，说，"凶器暴露了刘卫东的指纹。"

金旭一笑，说："你别忘了，贾鹏飞不是死在家里，那凶器又怎么会出现在家里的？"

尚扬被问住，望着金旭，等待他的猜想，或者说是，解答。

金旭道："有没有可能，于涛担心我们警察太笨，查不到刘卫东，所以他好心把沾了刘卫东指纹的凶器放在那里呢？"

尚扬被这个猜测震到，马上想到一个新问题："如果刘卫东不是凶手，凶器上的指纹怎么解释？"

金旭道："那是把锄头，除了种地，还能挖坟。"

尚扬："……"

刘卫东参与掘坟，在一把锄头上留下指纹，确实再正常不过了。

而于涛杀人时只要戴了手套，就不会留下指纹……对了！

"面包车！"尚扬猛然想起一点。

"什么？"金旭这下慢了半拍。

尚扬道："贾鹏飞的面包车里，只有刘卫东和贾鹏飞的两组指纹，于涛假扮成贾鹏飞那天，就算没摸过方向盘，上下车总会碰到车门或把手，车里怎么会没有提取到他的指纹？只能是因为他当天一直戴着手套。"

"可见他确实比刘卫东有脑子多了。"金旭原本没想到这点，笑着对尚扬道，"领导，你可太聪明了。"

尚扬不像平时要和金旭抬句杠，他双眼发亮，真心实意地赞美道："金副局，你才是真聪明，你太厉害了。"

金旭说："我说的那些都只是推理，没用的，但你想到的这点，才是证据。"

"你跟我还商业互吹个什么劲？"尚扬哭笑不得，又想了想，道，"我说的这点也没什么用，只能证明于涛戴了手套，还是证明不了他才是主谋。"

金旭哄小孩儿一样说："努努力，好好想，想到了再请你吃次羊羔肉。"

尚扬笑着说："还是你努努力吧，等破了案，我请你吃最嫩的小羊羔。"

他喝了口水，问："栗队他们还得审多久？"

金旭道："难说，遇上这类难啃的，审一通宵都有过。"

尚扬盼着栗杰那边能问出什么，但也知道这急不来，审问是场严峻的攻防战，哪一方先着急，哪一方就输了。

他说："你要在这儿等是吗？我陪你吧，忙是帮不上，可回去也是睡不着。"

这案子的侦破已经迎来了最后的拐点，今晚很可能就是最后一战。

"你在这儿，就已经帮了我的大忙。"金旭望着窗外，把刚才的话回想了一遍，捕捉到了纷乱思绪中的刹那光亮，道，"假如我们猜测的都对……于涛才是杀人抛尸的主犯，可是本该成为证据的凶器、面包车上，都没留下他的指纹。"

尚扬道："他应该事先就计划好了，所以杀人和抛尸的全过程，一直戴着手套。"

金旭道："这未必需要周密计划，有些人在犯罪上就是很有'天赋'。"

刚才隔着单向玻璃看到的，于涛面对讯问经验丰富的刑警们时表现出的镇定，已经让尚扬感到了不可思议。他确实有可能是金旭说的这种人。

尚扬道："还有个地方，我觉得有点说不通。如果刘卫东只是个从犯，他为什么会故意在摄像头前露脸呢？就算是为了让警方将来找到他，然后再发挥演技把警方往沟里带，可是这么做，是不是也太冒险了？根据你对他的描述，他又是个没胆子的人，他会做这种冒险的事吗？"

"他是没胆杀人，但他应该很有胆冒险。"金旭显然早就想过这个，对尚扬解释道，"他是一个重度赌徒，这种人会有一种常人难以理解的侥幸心理，命都要赌没了，还是坚信下一把一定能全赢回来。做错事以后，正常人的心理是后悔，想办法补救，赌徒们不会，他们往往会继续错下去，连续犯错既能掩盖先前做错事产生的愧疚心理，同时还能用'这次我一定能逆风翻盘'的奇怪自信催眠自己。"

尚扬一想，说："这种心理并不少见，不少人会这样。"

金旭道："所以隐性赌徒是很多的，只是每个人的自控力有差异，面对的诱惑有大有小。刘卫东是典型的自控力极差，虚荣心又极强的人，这样的人沾上赌博，一般都很难再回到正路上。"

他又说回案情："假设刘卫东真的只是从犯，他故意被摄像头拍到，除了赌一把的心理，我猜还有一部分原因，是于涛承诺分给他的钱足够多。只是去监控下露个脸，这钱挣得比骗孙丽娜还轻松。何况贾鹏飞横竖又不是他杀的，将来真相真被查到，他顶多把于涛供出来，没想到于涛可能当时就已经计划好，离开贾鹏飞家以后，第二个要杀的人就是他。"

"其实他也未必真的就被于涛杀了吧？"尚扬道，"也许他只是在哪儿躲着，不敢露面。"

金旭点头道："活着当然更好，等找到还能用法律制裁他。"

尚扬听他语气自如，又看他神色坦然，看来应当是真的已经把小时候那些事放下很久了。

这份豁达，和在职业上表现出的正直无私，一样是难得的品质。

"不过我确实不太乐观，"金旭又道，"于涛要是真下出了这么一盘棋，还会让刘卫东活着？"

尚扬陷入沉默，他知道金旭说的是对的。

"于涛下午被我审，刚才被我师父审，这两次里他的表情，以及说的话，都好像明明白白在说，"金旭挑眉，那张帅脸上的痞气之中多了一点郁闷，道，"你们警察拿我没办法，我什么证据都没给你们留下。贼……"

他最后说的是一句方言脏话，尚扬能听得懂。

金旭说："用语不规范，领导轻点骂。"

尚扬："……"

这么多年，他实际在一线工作的经验太少了，真正接触过的犯罪分子也少得可怜，纸上谈兵的那些所谓"公安经验"，也就拿来唬唬袁丁够用。他擅长的领域是公安队伍和治安管理的建设与研究。

拿来搞刑侦，一下子就显得什么用也没有。

尚扬道："很少听你说家乡话，还挺好听的。"

案件上提供不了帮助，说几句漂亮话，鼓励下一线干警，总归是没闲着吧。

而且关中方言自带的气质，和金旭本人确实也很契合。

"接着刚才的说吧，"尚扬道，"如果于涛真是一点破绽都没留下，栗队那边要是也审不出什么来，那我们岂不是真的拿他没办法了？"

金旭道:"也不是一点破绽都没有。"

他用手指指向白板,尚扬跟着看过去,他指的是凶器的照片,那把锄头。

尚扬疑惑地说:"它只能证明是刘卫东杀了人。"

"它是什么时候被放在贾鹏飞家里的,这就是个很大的破绽。"金旭个高腿长,一靠桌子就差不多是坐在桌边,他抱起手臂,一边思考一边说,"不会是于涛和刘卫东一起开着面包车回到贾家那天,刘卫东是不聪明,可也不是傻子,于涛还不至于当着他的面把沾血的凶器放回贾家。那么它被放回去,只能是那天之后的事。"

尚扬道:"你的意思是说,那天之后,于涛自己又去过一次贾鹏飞的家,为了放那把锄头?"

金旭道:"他被刘卫东带着去了一次,晚上还走过出村的小路,过后再自己趁晚上去一次,也算轻车熟路。"

他停顿数秒,抬头,和尚扬一对视,同时知道,他们想到了同一点。

周家庄,村子里多数人都姓周,包括因中风而偏瘫的周爱军,和开设食品加工厂的周老板。

下午时金旭来过这村子,去了周爱军家,还在食品厂抓到了于涛。

时近午夜十二点,周老板一家人都已经入睡,院门忽然被敲响。

周老板以为是村里邻居来找他喝酒打牌,外头冷,他裹了老婆的紫红色长款羽绒服出来边开门边骂骂咧咧:"大晚上的,谁啊?!"

门一开,他哑了火,外面是下午见过的金警官,带着另一位他没见过的年轻公安。

"不好意思,这么晚来打扰你。"金警官开门见山地说明目的,"你司机于涛,平时都帮你开哪辆车?车在哪儿?"

于涛当司机,替周老板开的是一辆国产SUV。

他不是本村人,家离得有点远,平时就住在加工厂,车一般就停在加工厂院子里。

周老板前面带路，金旭和尚扬后面跟着，三人一路朝加工厂走去。

"他下午被你们带走以后，这车也没人动过，"周老板从出门到现在，第一百零八次撇清关系，"不管他犯了什么事，我真的一点都不知道。"

金旭道："你先想想怎么应付税务吧。"

他指的是周老板为了减免税款而虚假雇用残疾人。

周老板道："好多企业这么干，我们做点小生意不容易。跟周爱军签的合同也就到年底，我保证明年再也不干这种事了！"

金旭冷笑道："你这一年省下来几万块，才分他两千，这合适吗？"

周老板悟了，道："明白，明白。"

这寥寥几句，也让尚扬明白了个大概，他想说点什么，最后还是作罢了。

金旭又问："于涛平时挪用公账上的钱当高利贷本金，这事你知道吗？有参与吗？放高利贷是违法行为，应该知道吧？"

"不知道，没参与，知道违法。"周老板穿着女士羽绒服，本来就有点滑稽，被问得头上直冒汗，看起来就更狼狈了几分。

尚扬道："于涛最近有什么反常的举动吗？"

他一直没说话，猛然开口，周老板便看了他一眼，说："没什么……哦，他跟他对象分手了，这算不算反常？你也是警察吗？"

尚扬："……"

金旭道："尚警官问你话，谁让你反问了？"

周老板尴尬地擦擦脑门上的汗，老实道："没见过长这么洋气的警察。"

尚扬："……"

金旭竟还笑着附和起来："是吧？这样的我也只认识这一个。"

尚扬道："金警官，请说正事。"

金旭问周老板："于涛的对象也是你们村的吗？"

"不是，"周老板还在偷觑尚扬，道，"他俩好像在县城认识的，我还见过那姑娘两回，他俩一直挺好还说想结婚，不知道为什么分了，我问于涛，他也不愿意说。别的就没什么反常的了。"

说话间到了加工厂外，隔着围栏门，就看到那辆SUV停在院内。

尚扬和金旭对望了一眼。

于涛要把杀人凶器，即那把沾血的锄头放回贾鹏飞家里，必定不会背着锄头步行几十里夜路。

最大可能是先开车到离贾鹏飞家不远的地方，然后下车，徒步沿小路进村，把锄头放在贾鹏飞家后，再走小路出来回到车上，避开工业摄像头，悄悄驱车离开。

他自己没有汽车，平常能开的，也就是作为司机，为雇主周老板开的这辆了。

看厂的保安也被吵了起来，和周老板在一旁围观。

他们不知道两位公安要找什么，但也都积极表现，一对一帮忙打手电筒，看金警官和尚警官把这辆车的里里外外看了个遍。

"这里。"尚扬站在车尾，指着SUV打开的后备厢，示意金旭来看。

"这是……"金旭过来，望向尚扬说的地方。

这车型，后备厢和乘员舱之间是连通的，从后备厢能看到后排座椅的椅背。

尚扬把手电筒直照向椅背，那里有一处被硬物顶进去的圆形凹陷，比一元硬币大两圈。

两人站在那里，大概想象得出，这后备厢里曾经被强塞进去一把长长的锄头。

锄柄的顶端抵在后排椅背的后方，几十里路的时间，在真皮上形成了一个回弹不了的印记。

"叫技术部门的来，"尚扬道，"也许能找到其他更直接的痕迹。"

金旭皱眉道："他不会让血蹭到这辆车上的。"

和锄头实物做比对，也许能证明椅背上的凹陷是锄柄造成的,但这……想定罪还是不够有力。

尚扬道："他会用什么东西把锄头包起来，避免在车里留下证据，对吗？那只要找到外包装……唉。"

不管是塑料袋还是其他什么，一定早就处理掉了。

身后的保安突然开口道："我知道于涛是用什么包锄头的。"

金旭和尚扬齐齐回头看他。

周老板也一脸愕然。

那五十多岁的保安道："真的，那天我在门岗看见他出来，没看清楚他是拿了个什么放车里，远看着是个长把的东西。我当他是偷拿厂里新买的管子，就过来看了看，看见是把锄头，用塑料袋包着头，他放得不稳当，我还帮他又往里头推了推。后来他就开车走了。"

金旭和尚扬越听越是震惊。

保安道："他是咋啦？"

"所以，"金旭道，"你碰到的是锄柄还是锄头？"

保安道："柄，抓着给它别结实了，怕在车里晃。"

金旭道："哪天的事？"

保安想了想，说："前天，天快黑了。"

那个时间，荒草地里的尸体刚被发现不久。

尚扬正带着袁丁，从白原火车站去往抛尸现场。

金旭站在草丛中，意外地发现死者并不是最初以为的刘卫东。

死者还没被确定身份。

白原当地微信群和朋友圈里，郊区发现无名男尸的消息已经传开了。

而真正的凶手，决定赶在警方去死者家里侦查之前，把沾了替罪羊指纹的凶器，送到警察即将侦查到的地方。

警方在那把沾血的锄头上，一共提取到了三组指纹，其中两组分别属于死者贾鹏飞和疑凶刘卫东，还有一组他们毫无头绪，之前一直被当作是有一名路人甲碰过这把农具而已。

没想到就是这位保安无意中留下的指纹。

这无意之举，足以推翻于涛一切的谎言。

"太好了。"尚扬道。

除此以外,他一下子不知还该说什么,只有案件告破前的心潮澎湃,他抬起手,鼓励似的拍了下身旁金旭的背。

金旭对他笑一笑,英俊的眉眼间似有千言万语,最后说道:"真是太好了。"

刑侦队和技术科的同事接到金旭的通知,很快赶了过来,给周老板和保安做完笔录,又对那辆SUV进行现场取证。

他们这些一线公安人,连续加班是常态,半夜从被窝里被叫来干活,也个顶个的精神抖擞。

在场所有公安里,只有尚扬格格不入,深感羞愧。

他平时每天都要睡满八个小时,这三天睡的加起来还没平时一天的多,现在困得上下眼皮打架,灵魂离家出了走。

金旭还在向证人问话,问完了保安和周老板,还有两名住在工厂里的工人也被叫起来,他们和于涛算是邻居,正好一并问了,看看有无其他线索。

别人也都在各忙各的。

尚扬硬撑了一会儿,实在撑不住,又冷又困,厚着脸皮,悄悄回到警车上,想稍稍休息片刻,被车里暖气一吹,就这么睡着了。

不知过了多久,他在梦里被绊了一跤,猛然睁开眼,发现周遭的嘈杂声已经停止,车里车外都很安静。他睡得头昏脑涨,有点搞不清楚情况,把车窗放下来一些,冬夜的冷风呼一下吹得他清醒了。

人呢?停在旁边的其他警车呢?车窗外只有黑漆漆的夜和如泣如诉的寒风。

"醒了?"车里冷不丁响起金旭的声音。

尚扬吓了一跳,这才发现金旭在前排副驾上睡,是刚被他开窗的声音惊醒。

"其他人呢?"尚扬反应过来,朝前面看了眼仪表盘上的时间,快到五点半了,他竟然就这样睡了两个多钟头。

"他们做完分内事就回去了。"金旭也把副驾的窗打开一点透气,道,"领导睡得那么香,大家伙哪好意思叫醒,投票推选出了最倒霉的这个,留下来等领导自然醒。"

尚扬:"……"

金旭把自己说笑了,随即正经解释道:"有了新线索,专案组暂停了对于涛的审问,要等天亮再继续。回去也是趴办公桌上眯一觉,还不如车里睡得舒服。没被你睡觉耽误事,别有心理负担。"

尚扬很有心理负担,问:"你向栗队和督导组汇报过这边的情况了吗?"

"说了,刑侦队也发现了新情况。"金旭开门下车,从驾驶位那边再上来,准备开车,说,"回市里先吃个早饭,天一亮还有硬仗要打。"

路上,他把刑侦同事们发现的新线索,对尚扬讲了讲。

于涛家在白原市下辖的另一个县的农村,父母已不在人世,唯一的姐姐嫁去了外地,没有比较亲近的亲属,中学读到一半就辍学出来混社会。

刑警昨晚到他的家里去看过,多年没人住的房子都塌了顶,周围邻居也都很久没见过他。

警方经由村委会联系到了他姐姐,他姐姐表示姐弟俩关系也一般,联系不多,她家里事情繁杂,也很少回白原来,算起来都一年多没见过弟弟于涛了。

但他姐姐提供了一个新情况,上个月,也就是9月中旬时,于涛曾经给她打过一个电话,说谈了个可心的女朋友,计划结婚,想在县城买套房子,问她借点钱。

她嫁得不好,手头也不宽裕,考虑到弟弟除了她这姐姐也没人帮衬,承诺说会帮他想办法筹措一点。然而区区两天后,于涛又发了个微信,说不用帮他筹钱了,这婚不结了。

这和食品加工厂的周老板提到的情况一致。

于涛有个在谈婚论嫁的女朋友,前不久分了手,原因不明。

"会是因为他买不起房子,女方提出了分手吗?"尚扬猜测道,"这事刺激到了他,导致他迫切想搞到一笔钱,才选中了刚从孙丽娜那里勒索到十五万的贾鹏飞。可是十五万也不够买房吧?"

金旭嘲讽道:"大人,这里不是首都。白原市区的房价也才刚过五千,他们那县城,有十五万都能付一套小面积的全款了。"

尚扬点点头,道:"哦……这样啊。"

金旭侧头看他一眼,发现他还是有点没睡醒,否则被呛不会是这反应。

尚扬又道:"那于涛就是为了有这笔钱能买房结婚,才对贾鹏飞下手的吗?"

"本来刑警们也是这么想的,"金旭道,"逻辑上说得通。可惜于涛就算有了这笔钱,也结不了这个婚。"

尚扬问:"为什么?他前女友另结新欢了?"

金旭道:"死了。说起来,还是个熟人。"

尚扬:"……"

他彻底清醒了,失声道:"难道是……段双双?"

清晨,朝阳爬了上来,今天又有一个明朗的好天气。

"10·26抛尸案"嫌疑人于涛,被公安第三次讯问。

在新的证据和证人面前,真相已经趋于大白,于涛终于放弃了强硬的诡辩。

专案组组长栗杰和副组长金旭,坐在讯问桌的另一侧。

于涛看了看昨晚见过的栗杰,再看看抓他归案的金旭,突兀地笑了起来。

隔壁观察室里,尚扬隔着单向玻璃,心里感到一阵紧张。

如金旭判断的一样,于涛是个天赋型的犯罪分子,受教育水平低,成长中缺乏三观健全的成人引导,成人后对法律和生命都缺乏敬畏之心,道德感薄弱,但思维非常敏捷,心理素质极强。

"金警官,"音响里传来隔壁的声音,于涛道,"其实我听说过你。"

金旭道:"你昨天说过,以前被抓进来,远远地见过我。"

于涛道:"那是另外一回事。我听刘卫东提起过你,说别看你现在风风光光,以前活得还不如一条狗。"

栗杰喝道:"注意你的言辞!"

"讲事实而已,"于涛充满恶意地看着金旭,说,"你跟其他警察说过吗?三天两头被一帮男的扒裤子,听说这样的人长大很容易心理变态,还能当警察?"

观察室里的尚扬:"……"

栗杰把手里的本子摔在桌上,刚要发作,金旭却示意他没关系。

于涛嘿嘿一笑,用一种极其蔑视的眼神看金旭,说:"昨天你审我的时候,我就在心里想,表面上看起来,金警官很想抓到凶手,想把失踪的刘卫东找出来,其实心里怎么想的呢?有没有偷偷盼着……盼着刘卫东最好是已经死透了?"

他朝前倾身,用诡异的蛊惑语气说道:"有吧,肯定有。"

金旭冷不丁道:"他死透了?你杀了他?"

于涛一怔。

金旭道:"怎么杀的?时间,地点。"

于涛笑一声,道:"你就是盼着他已经被我弄死了,对吧。"

"我怎么想,根本不重要。"金旭语气如常,说,"如果他还活着,我会把他找出来,他犯了什么罪,就该受到什么惩罚,你也一样。如果他被人杀了,我会抓到凶手,替他讨回他应得的公道。"

于涛眯了下眼睛,阴恻恻地说道:"不愧是当副局长的,会说漂亮话。"

金旭像听到什么荒唐笑话一样笑了笑,说:"漂亮话谁都能说,但抓你回来的是我。痛快点招了吧,被你搞的这出折腾得好几天没睡好了,你麻利点,完了我就能回去补个觉。"

单向玻璃这面,尚扬悬起来的心落了回去。

于涛这是自知脱不了罪，临了还要恶心恶心办案警察。

然而金旭心里没鬼，坦荡得很，遇到这种情况也不为所动，还能反将一军，重新把主控权夺回来。

观察室的门被推开，督导组那位师兄匆匆走进来，显然是听说了消息，立即赶来旁听。

他一看到尚扬马上就认了出来，大惊道："你怎么来了？"

他以为尚扬的到来，表示来了更高一级的督导组。

尚扬忙道："不是，我在休假，来西北找金旭玩，正好赶上了这案子。"

"金旭昨天怎么也不说一声你在这儿？"师兄松了口气，过来坐下看看玻璃那面，里面正一问一答，暂时说的还都是已知的情况。

尚扬上学的时候爱玩，一度热衷交际，和这位师兄有过交往，但这么多年不见，加上现在这情形，也没有叙旧的氛围。

但片刻后，他便感觉到师兄似乎在悄悄打量自己，忍了一忍，还是客气地问道："怎么了吗？"

师兄用开玩笑的语气低声道："你和金旭和好了？"

尚扬："？"

他和金旭原本的关系是有多不好，连数年不见的非同届师兄都还记得。

单向玻璃另一侧的讯问室里，面对无法再自圆其说的现实，于涛全招了。

"你和死者贾鹏飞什么关系？"

"没关系，以前不认识。"

"你和刘卫东又是什么关系？"

"我是他的债主，他朝我借过高利贷，利滚利欠了三万多。"

"是他介绍你和贾鹏飞认识的？"

"不是，我和贾鹏飞约见面，刘卫东也去了，纯属巧合。"

"你和贾鹏飞见面干什么？不是不认识？"

"找他买尸体。"

"你想买的，是段双双？"

"……"

"是刘卫东杀了贾鹏飞，还是你动的手？"

"我杀的。"

"为什么杀他？"

"想杀就杀了。"

"为了段双双，还是为了那十五万？"

"……"

"怎么杀的？"

"用锄头敲他脑袋，当场死了。"

"刘卫东当时在场吗？"

"在，但他没注意到我要杀人，等他看见，贾鹏飞已经死了。"

"他什么反应？"

"吓尿了，要报警，被我打了一顿尿了。"

"你胁迫他帮你布局，迷惑警方？"

"没胁迫，我说那十五万给他十万，当是封口费。"

"他还活着吗？"

"没有，死了，我杀的。"

真正的凶手摘下了伪装的面具，他所表现出的对于生命的漠视，让讯问和旁听的数名警察，都感到一阵心有余悸。

而他所交代出的犯案经过和动机，也让观察室里的尚扬从感到匪夷所思到不寒而栗。

于涛和段双双曾是一对恋人。

于涛工作的食品加工厂给市里一家超市供货，偶然的机会，他认识了在这家超市做收银员的段双双。两人家境类似，同样是父母早逝，早早辍了学，十几岁就从农村独自出来打工，相似的经历，让于涛对段双双产生了怜惜之情，青年男女迅速坠入爱河，一度走到了谈婚论嫁的地步。

而分手的原因，是两人感情稳定后，第一次发生关系时，于涛愤怒地发现段双双已非完璧。他认为自己一直在被这个看似清纯的十九岁女孩蒙骗，遂毫不留情地与她分手。

几天后，段双双在农村老家悬梁自尽。

她的兄嫂回家将她草草落葬，就赶着回了市里打工赚钱。

入土还不到十天，她的坟墓被挖开，遗体被人偷走。

先前于涛对警察说，他根本不知道刘卫东私下里在偷偷做盗卖尸体的买卖。

实际上，刘卫东从他这里借了高利贷还不上，从几千块利滚利滚到了三万多，被他威胁要砍手砍脚，刘卫东情急之下，曾经告诉过他，自己有来钱的买卖，只要手头的尸体卖出去，一有钱马上就还他。

刘卫东为了让于涛相信自己有能力还钱，还对他描述过当时盗取和交易另一具尸体的经过，并嚣张地声称白原市及其周边所有县区农村，这类"生意"的市场，都由自己和贾鹏飞等人组成的小团伙垄断。

因而当于涛得知段双双的遗体被盗以后，第一时间就想到了有可能是刘卫东一伙人所为。

虽然愤恨于被前女友欺骗，但他对这个女孩仍抱有感情，不能忍受她死后，遗体还要像件货物一样被欺侮。

他给刘卫东打了数次电话，刘卫东大约以为他是催债，都没有接。他只好直接去找盗尸团伙的另一人贾鹏飞。

在此之前，贾鹏飞并不认识于涛，于涛声称需要一具尸身，还说是刘卫东介绍来的，他愿意出二十万。

贾鹏飞半信半疑，担心是警方钓鱼，忙给刘卫东打电话问个究竟，刘卫东正在去省会的大巴上，听贾鹏飞说这单能卖到二十万，顿时心痒难耐，半途下了车和贾鹏飞会合，决定交易完这一票再走。

财能壮人胆，他把被段双双遗容吓出的恐惧都忘了七分。

而其实，贾鹏飞在接到于涛电话前，就已经和"老客户"联系上了，只是因为于涛出价更高——他和刘卫东一合计，于涛是个放高利贷的，还因涉黑进过局子，绝无可能给警方做这种线人。而且于涛也出得起这笔钱。

所以贾鹏飞决定把段双双的遗体交给于涛。

10月24日傍晚，在远离村庄人烟的农田中，冬小麦刚播下不久，地里无人耕作，冬天昏冷的夕阳挂在天边。

一辆白色面包车停在田边路上，贾鹏飞拿了把锄头，装模作样地锄草，刘卫东蹲在田埂上，两人正为孙丽娜的事争执。

一辆SUV缓缓驶来。

一场命案即将在此地发生。

贾鹏飞死于猥琐男的一时嘴贱，他为了让于涛满意，说自己为了美化段双双的尸体而做了哪些"工作"。

于涛被他激怒，突然动手暴揍他。

贾鹏飞挨揍时，刘卫东在另一边沉默不语，也全然不理会贾鹏飞喊他帮忙的叫声。

后来，于涛听他说起，贾鹏飞在于涛到来之前，刚刚向刘卫东炫耀过如何与孙丽娜发生了关系。

直到于涛抄起锄头，已被打趴下的贾鹏飞原本还在骂骂咧咧，骤然便没了声音。

刘卫东吓蒙了，拔腿想逃，被于涛追上来一脚踢翻在地，挨了顿揍。

于涛并不是有预谋地杀人，但在贾鹏飞死已成事实的当下，他飞速想到了一个计划，能让本就和贾鹏飞毫无瓜葛的自己彻底置身事外。

他以抹掉刘卫东的欠债、另给一笔钱为诱饵，让刘卫东不要把他失手杀人的事声张出去，并以在场只有他们三人，他戴了棉线手套，锄柄上没有他的指纹，如果被发现，他大可以栽赃给刘卫东为由，威胁刘卫东和他一起抛尸，再一起把贾鹏飞的面包车开回贾家，故布疑阵，扰乱警方视线。

刘卫东既贪财又胆小，加上刚刚得知贾鹏飞竟靠着偷拍他和孙丽娜的不雅视频而从孙丽娜那里勒索到了钱，不但同意配合于涛，还又打起了那十五万的主意。

而后两人把尸体塞进面包车的后备厢，刘卫东趁机偷偷拿了贾鹏飞口袋里的手机，想要吞掉那十五万。

不料被于涛发现他鬼鬼祟祟的举动，他怕再挨揍，只得坦白了他与贾鹏飞围绕孙丽娜展开的一系列欺骗和敲诈，并说知道贾鹏飞的支付软件设定了面部识别密码。

原本计划得滴水不漏的于涛，在此时犯了致命的错误，对这笔意外之财动了心，长期放贷让他对使用他人名字注册的支付宝从事非法活动没了会被追责的警惕。

可惜的是贾鹏飞的手机识别不了死去后已经僵硬的面部，最终转账失败。于涛也没想到转账失败还会留下记录。

之后，贾鹏飞的尸体被扔到附近一处人迹罕至、比人还高的荒草丛里。

于涛换上贾鹏飞的衣服，由刘卫东驾车，两人一路来到贾鹏飞家所在的村子。进村后，于涛让刘卫东下车假意小解，在监控下露脸，理由是方便将来警察能找到他，这样他就可以做证称贾鹏飞当天回了家后没有出门，营造出贾鹏飞在家中离奇失踪的假象。

从小路离开贾鹏飞家以后，两人再度回到抛尸地点，把衣服穿回了尸体身上。

就在于涛默默计划着怎样趁刘卫东不备好将他灭口时，贾鹏飞的手机收到了微信消息，是先前那位约好了要买尸体的"客户"，贾鹏飞因其出价较低而选择了肯出二十万的于涛，没想到钱没到手，命先没了。

这位"客户"发来的消息里表示，愿意多加些钱。

于涛装作见钱眼开，愿意把前女友尸身卖掉，指挥刘卫东回复，同意将尸体出售给对方，并约定交易地点和时间。

刘卫东也参与过几次卖尸，学着贾鹏飞的方式，把时间定在26日凌晨，地点选在一处山坳里，现金交易，十万整。

他满心狂喜，虽然错失了孙丽娜那十五万，但能赚到这笔钱，还能得到一笔于涛给他的"封口费"，拿到钱后就远走高飞，永远离开白原市。

于涛一边翻看和"客户"的微信记录，一边假作随意地问，我都不找你追债了，你怎么还着急要走？

刘卫东道，挖过十来个坟，没见过你前女友那么可怕的死相，吓得我整天做噩梦，感觉不太好，市里还有个警察跟我有仇，我不快点走，没准哪天就查到我头上，我不想坐牢。

于涛问，怎么会跟条子有仇？

刘卫东便说了，公安局有个姓金的副局长，是我初中同学……

待他说完，于涛道，如果这姓金的条子找你麻烦，岂不是会拖累到我？

刘卫东笑，不会，我……

他究竟想说他如何，没人知道了。

于涛用贾鹏飞的手机猛击刘卫东的头部，趁他眼冒金星不及反应时，再用塑料袋套住他的头，在脖子后方勒紧，活活将他闷死了。

26日临近傍晚时，几位骑行驴友发现了荒草地里的男尸，警方已经赶去现场侦查，这一消息被好事群众在当地微信群和朋友圈里散播开来。

于涛原本想过几天再把凶器——那把锄头放回贾鹏飞家里，但没想到贾鹏飞的尸体被发现得这么快，只得匆忙把藏在他住处的锄头拿出来，趁警方还没确认死者身份，先一步放回贾鹏飞家里。

结果在厂区院内被保安撞到，还在凶器上留下了能直接指证于涛一切证词都是在说谎的关键性指纹。

观察室里，尚扬长呼了一口气，真相虽迟但到。

他为这三天来付出了极大努力的一线刑侦人员感到由衷的高兴。

单向玻璃那一侧。

栗杰问："是你把贾鹏飞的手机扔进邻居家水缸里的？"

于涛道："是，本来想把锄头和手机都放在他家里，太慌了，给忘了，放完锄头出来，才想起手机还在我身上，想再翻墙进去，听见警笛声，着了急，就随手扔进了那缸里。"

栗杰："……"

也即是说，刑警们和他竟是前后脚，只差几步，就能当场抓到凶手。

"尸体呢？"金旭面无表情地说，"刘卫东的尸体，你怎么处理的？"

于涛抬眼看向对面的两名警察，慢慢露出一个诡异的笑脸。

观察室里。

师兄不禁道："这人恐怕是有点反社会人格。"

尚扬也皱起眉，说："他能把尸体怎么处理？像处理贾鹏飞尸体一样随处扔掉的话，白原市的荒山野岭面积大了去了，找寻尸体的工作量可不小。"

师兄点点头，道："希望栗队和小金能从他嘴里问出来。"

可这要怎么问？他这分明就是想在伏法之前，恶意地刁难一下这帮条子。

栗杰控制着脾气，额上青筋都暴了出来。

金旭却懒洋洋地打了个哈欠。

尚扬满头黑线，朝身边省厅督导组的师兄解释道："他这几天为了找线索，忙到半夜三四点才能回去眯上一会儿……"

"知道知道，当然能理解。"师兄一脸好笑地说。

隔壁。

金旭漫不经心地开口道："食品厂，你的房间里，我们发现了十万块现金，是段双双的卖尸钱吗？"

于涛闭口不答。

金旭道："这买家花了十万块，买大送小，还挺划得来。"

于涛一愣，道："你说什么？"

157

金旭故作惊讶道："你不知道吗？段双双死前有了身孕。"

于涛满脸呆怔，突然发起狂来，但审讯椅将他牢牢困在原地，他只能徒劳地大吼大叫："这个臭婊子！老子为了她杀人！都是为了她！她还怀了别人的野种……"

他蓦然安静下来。

他与段双双发生关系的当时，就发现了她不是处女，他羞辱她并提出分手，几天后段双双自尽而死。

他听说后，觉得很欣慰，认为段双双心里有他，是被他嫌弃后羞愧难当，才选择了死。这让他被欺骗的心得到了安慰，想把段双双的尸身找回来，也是因为已经原谅了她，把她当作自己所爱的女人。

可是，段双双竟然怀了孕，这孩子不可能是他的。

这是让他生气抓狂的原因。

但他始终是个聪明人，马上又意识到，如果段双双水性杨花，随便和别人发生关系有了孩子，又怎么会为他自尽？

"她很有可能曾遭遇过性侵害，"金旭道，"据她的小姐妹说，她曾经透露过被人欺负，但不肯说是谁，后来和你谈起了恋爱，以为自己找到了依靠，结果又被甩了。回老家前，她在药店买过验孕棒，我们有充分理由可以认为，她是因为发现自己有了身孕，才选择回到老家自尽。"

栗杰看了他一眼，马上意识到什么，配合地说："县里刑警其实早就掌握了她被侵害的线索。"

于涛双眼发红，道："是谁，是谁欺负她？"

金旭道："不知道。"

于涛怒骂道："怎么会不知道！你们警察就是废物！"

金旭的食中二指之间转着一支中性笔，他用一种嘲弄的语气说："你都不知道谁送你的绿帽子，差点喜当了爹，谁才是废物？"

于涛被气得脸都绿了。

栗杰假意呵斥："小金，注意态度。"

金旭便配合地坐端正，道："其实段双双死前，县刑警就怀疑她自杀的动因是被侵害，但她家里人不同意对尸体解剖，执意要下葬，你也知道农村有些事，我们警察管不来，最后只能当作悬案。可是现在情况不同了，她的尸体被卷进了刑事凶杀案，如果我们能找回她的尸身，就能对她进行尸检，为她肚子里的胎儿做DNA检测，就能知道到底是谁侵害了她。"

于涛双手用力抓着审讯椅的边沿，表情有些狰狞。

金旭一派轻松地转了转笔，说："你把贾鹏飞手机里和客户联系的微信记录都删了，我们现在找不到她的尸体，不如你提供点线索，她到底被你卖到哪儿去了？"

单向玻璃的这一面。

尚扬满头雾水，段双双遭遇过性侵害吗？卷宗里完全没提过这件事。

而且现在的关键，不应该是找到刘卫东的尸体吗？为什么金旭要一直追问段双双的尸身在何处？

师兄却笑了起来，说了句："小金要是没被上交给公安，现在一准是个惊天巨骗。"

尚扬："？"

讯问室里。

于涛比尚扬更快明白过来，说："金副局，你在诈我，是不是？"

金旭只是看着他，并没有说话。

这是一场无声的较量。

于涛明知道金旭在诈他，但又拿不准金旭到底哪句话是真的，哪句话有夸张的成分。

总归整件事不可能全是金旭凭空捏造出来的。

最后于涛认了输，道："我知道我出不去，不能给双双报仇了。希望你能说到做到，抓到欺负过她的人。"

金旭淡淡道："这不用你说，我是警察，打击罪恶是我的工作。"

于涛静默片刻，说："我没有卖掉双双的遗体。"

直到这时，尚扬才忽然间反应过来。

于涛对段双双怀着非同寻常的情感，他不会把她的遗体卖给别人，但从他住处又搜出了卖尸得到的十万元现金。

于涛不肯交代刘卫东的尸体在哪里，金旭应当是立刻就想到了一种最诡异的可能，便以退为进，换了个方向，逼于涛亲口承认了段双双的尸身没有被出售。

那么，被于涛卖掉的，只能是他可以支配的另外一具尸体。

周家庄，食品加工厂。

栗杰带队，押着于涛，来到了加工厂的小型冷库里。

在于涛指认的地方，刑警们把冰柜打开，最深处做了隔层，卸掉那层板子，露出了一具女尸。

她因自缢而死，又被不法分子从坟墓中挖出，几经辗转，被藏在了这里，脸上和身上都被冻出了一层白霜，双目圆睁不能闭合，嘴巴也张着，像还有什么未尽之言要向这个世界诉说。

久经沙场的刑警们都不禁被这骇人的表情惊得向后退了半步。

被押在人群外的于涛，目光平静而温柔地看着"她"。

稍后，段双双的尸检报告表明，她曾有过不止一次的堕胎史，法医也成功取得了她腹中胎儿的 DNA 样本，比对结果令人震惊。

不久，段双双的哥哥因为长期侵害妹妹被捕，他将得到应有的惩罚。

而刘卫东的尸身下落，将牵出一系列非法遗体买卖案。

这些，都是另外的案件了。

受到社会各界关注的白原市"10·26抛尸案"经由警方六十多个小时的日夜鏖战，正式宣布告破。

忙到晚上，送走了圆满完成任务的省厅督导组，只剩下自己人。

栗杰很是高兴，道："晚上一起吃个庆功饭！我来请客！"

一众办案刑警十分感动然后拒绝了他，都表示："太困了！要回家睡觉！"

于是大家当场解散，各自回家去睡觉。

凶手归案，人证物证齐全，案情尘埃落定，剩下的工作主要是报告与文案撰写之类的，明天上班再做也不会耽误什么事。

天亮后，尚扬神清气爽地醒来，发现金旭的家里只有他自己在。

刚过七点，就去上班了吗？

尚扬出来想先喝点水。

金旭开了门从外面进来，楼道里直往家里灌冷风，尚扬端着杯了，大声："快关门！"

金旭反手关了门进来，一身从外面带回来的寒气，脸也有点红。

尚扬看他手里提着早点，笑道："正好饿了，我洗个手就来。"

金旭摆好早点与碗筷，在餐桌边坐下，像个等开饭的小朋友。

尚扬洗过手，出来也坐下，准备吃早饭。

"抛尸案……"他还想问问后续的事。

"领导，都结案了，能不聊它了吗？"金旭皱起眉。

尚扬木着对一线干警的关爱，说："好好好，不聊不聊。"

"你不换件衣服？"金旭道。

尚扬穿着短袖短裤，仿佛当年读书时在宿舍里刚起床的样子。

金旭道："着装不规范。"

尚扬说："休息时间案子都不让问，你又和我讲着装规范？少来了，咱俩有什么模样对方没见过的吗？"

大学四年上下铺，早上同起，晚上同睡，确实如此，彼此之间什么样的打扮，对方没见过？

洗澡都是在同一个澡堂子，人多时间紧的时候，几个男生还常常会共用一个淋浴头。

联想到澡堂子，尚扬也想起一事。

"有件事我要向你解释下，"他认真地说，"当初问你为什么用香皂洗头，是我以为你忘了带洗发水，还想把我自己的借你用。"

金旭没想到他此时会提起这个，笑了一笑，问："哦。那怎么最后没借给我？"

尚扬道："你忘了？我刚跟你说了一句话，你理都没理我，扭头就换到另一边去洗，我哪还有机会借给你？"

他又不无控诉地说："类似的事可不止一次！刚开始我对你示好过很多次，你从没给过我好脸色，后来我才不往你身边凑了。以前我们亲近不起来，这都要怪你，我最初对你很友好，你不会都忘了吧？"

他说着这些事，心里其实很高兴。

过了数年以后，他重新认识了从前不了解的金旭，有机会与这名老同学聊起这些充满青春气息的往事。

以前的龃龉经过岁月的涤荡，似乎也都变成了有趣的回忆。

"实话实说，"他又问，"我给你的初印象，是不是不怎么样？"

那时他既中二又叛逆，从小被身边的人捧着长大，刚入学公大还没被教官们敲打过，难免拿着点讨人嫌的骄矜架子。

后来回想当时的种种丢脸事迹，他自己都觉得不好意思。

而那些特质，恰恰会被金旭不喜欢，甚至可以说极度厌恶。

从鹿鸣镇回来那一天，他就已经想过这个问题，自以为这足够解答为什么他与金旭学生时代莫名就气场不和，问题应该就是出在这里。

金旭却道："不是，我对你的最初印象很好。"

尚扬不信，说："老实承认讨厌我吧，我又不会把你怎么样。"

金旭笑道："那还真不是，你是不记得了，刚开学那天，你是第一个主动问我叫什么的人。"

尚扬："有吗？"

"我坐了几十个钟头火车到学校，脏得要命，自己都觉得自己一身臭烘烘，也没衣服穿，就穿了套高中校服，短了不合身，普通话还说得特别难听。别人看我八成就像看个又高又蠢的傻子,其他同学都没理我。"金旭讲别人的事一样讲出自己那时的窘境,泰然自若,显然并不放在心上,而后道,"你过来问我叫什么,我当时心想……"

尚扬饶有兴味地听着,好奇他想了什么。

金旭开玩笑地说:"我想,这要是个姑娘多好,怎么偏是个男的?"

尚扬埋头吃饭,不想和金旭聊了。

金旭收起笑容,端起碗把粥喝了,结束了这场回忆过去的聊天,说:"我要上班去了。你今天计划做什么?"

"局里或者派出所有需要我帮忙的事吗?"尚扬道。

金旭道:"没有。"

"那我想去看石林,"这是当地有名的自然景观,尚扬道,"下次再来没准什么时候,没事的话,我就去看看。"

金旭道:"你自己行吗?"

这样问完,他却也只得道:"可是我没时间陪你去。"

尚扬说:"不用人陪,我又不是小孩儿。"

他留在白原的几天,天公作美,天气总是很好。

金旭忙了几天抛尸案,派出所里积压了一大堆事等着他去做,别说给尚扬做地陪,连和尚扬一起吃饭都没时间。

尚扬只当是来了白原度假,在市内租了一辆车。

第一天自驾去看了石林,第二天去逛了湿地公园,参观了一处红色旅游景区。还拍了照片发在朋友圈里,回研究所打杂的哀丁羡慕得嗷嗷叫。

第三天……尚主任累了,开车太累了。

白原市旅游资源还挺丰富,却也没能带动起经济发展,这和景点分散关系太大了,开车三小时,参观三十分钟,还要再开三小时返程。

这一天,他在白原市区内兜了一天风,看了看当地风土人情,尝了尝特色小吃,买了点东西,也还挺有意思。

下午时，金旭打电话问他在哪儿，说延迟了三天的庆功宴，定在了今晚，叫他也一起去吃个饭。

"我不去了吧，不合适。"尚扬道。

"我师父让我叫你一定去，他的面子你也不给吗？"金旭道。

"这……"

"都是你认识的人，刑侦大队的，还有两位市局参与办案的，你都见过。"

办案那三天里，尚扬和各位都见过面，别人也都知道他还在白原没回去，他也算是为这案子做了一点微小的工作，分享下庆功的喜悦也无不可。

想了想，尚扬道："好吧。什么地方？几点？我自己过去。"

当晚。

这帮西北汉子……太能喝了！

尚主任现在极度后悔。

他原本想，随便吃点饭，稍稍喝几杯也可以，没想到这边喝酒的杯子比碗都大。

刑侦队的各位简直是给足了他面子，排着队转着圈地来与他喝酒。

刚开始他还没上头，勉强听得明白这些警察是在说"谢谢照顾金副局"这样的场面话。

他也要应着："我们是老同学，当然要互相照顾。"

后面喝到上脸又上头，晕晕乎乎伸手去扯栗杰的脸，道："栗队你怎么长了两个鼻子？"

栗杰："……"

金旭过来按住尚扬，阻止他继续祸害栗杰的脸皮。

"我就走开一下，你怎么喝成这样？"金旭难以置信道。

"你问我我问谁？"尚扬感觉脑子似乎清醒了一点，拍着金旭的肩，说，"白原公安队伍里的同事们，都对你太好了，每个人都来跟我说请我好好照顾你，他们对你真不错。"

金旭："……"

尚扬的手搭在他肩上停住，说："我也真心为你高兴，你现在这样，真的很好。"

这次参与侦破案件，让他对金旭这个人产生了翻天覆地的全新认知，这认知从好奇到敬佩，最后甚至说得上还有了一点仰慕。

金旭道："我怎么好了？"

尚扬对他笑，努力调动着思维想把话说得更清楚，道："你有自己真心喜欢的工作，还有一帮志同道合的同事，关键是你自己，你是个纯粹的人，没有什么能再伤害到你。金……金旭，我真的为你感到高兴，我太高兴了。"

金旭："……"

他们从未聊过与鹿鸣镇中学有关的种种。

那天讯问过嫌疑人，尚扬也没有来问过金旭，嫌疑人那句侮辱他的话到底什么意思。

当时他就想过，尚扬一定是已然知道了些什么，只是小心装作不知道。

因为他没有聊，尚扬一定知道他不想往事再被提起，于是依旧装作不知道。

深夜，庆功宴结束，众人散了各自回家。

尚扬和栗杰两人都喝得有点大，勾肩搭背，说着鸡同鸭讲的话，在分局家属院的楼下道别。

"栗队，回见了您呢。"尚扬道。

"叫什么栗队？叫师父！"栗杰已经走开了，还回头喝了这么一句。

"想当师父还不容易？"尚扬与金旭一起上着楼，说，"下了班兼职开滴滴，人人都叫他师傅。"

金旭："……"

他开家门的时候，尚扬一副没见过用钥匙开门的模样，好奇盯着他手里看。

"看什么?"金旭道。

"没看什么。"尚扬道,"你的钥匙好多啊。"

金旭无语道:"你是醉了?还是清醒的?"

尚扬道:"一阵一阵的。开门啊,等什么呢?"

他对着那门大声命令:"芝麻开门!"

金旭:"……"

他把门开了,尚扬扶了把墙走进去,差点被门槛绊倒,金旭想扶他,他自己站稳了,摆手示意没事。

"哈哈,睡一觉就好,别管。"他说。

开了灯,客厅茶几上,摆着一大束扎好了的鲜花。

金旭:"……这花?"

尚扬在沙发上重重坐下,两腮酡红,眼神有点发直,说:"今天路过无忧花店,进去买了束花。"

金旭想了下才想起来"无忧花店"是孙丽娜的店,道:"你可别惹下什么风流债。"

尚扬道:"想多了,真就是路过,她看见我了,我就进去打了声招呼。"

顿了一顿,道:"她还向我打听你了。这妹子真是看脸啊。"

金旭:"……"

尚扬严肃地看他一眼,道:"你确实长得很帅,让我很嫉妒。"

金旭道:"你这么帅了,还说什么嫉妒?"

尚扬竟苦恼地说道:"我的鼻子不太好看。"

金旭:"……"

尚扬胡搅蛮缠地问道:"我觉得你跟上学时候长得不一样了,你该不会整过容吧?"

金旭:"……"

尚扬又有点清醒,感到头脑不太灵,尴尬地说:"我得睡觉了,不然撒起酒疯来，那可太难看了。"

他慢慢站起来，看着旁边并排的两扇卧室门，一下想不起自己究竟是该睡在哪个门里。

金旭道："都行。"

尚扬便点头："哦，谢谢。"

他踉踉跄跄进了主卧里，金旭在外面一脸哭笑不得。

夜晚过去，黎明到来。

金旭出门去上班时，醉酒的尚主任还没醒。

日上三竿，尚扬头痛欲裂地爬起来，太久没喝这么多，简直是要命。

等等……等等。

他脑海里浮现出了昨晚的碎片式画面……顿时恨不得以头抢地，羞愧而死。

这无疑是在老同学面前社死，死得还很难看。

松山派出所。

金旭正与张志明副所长商量工作，手机里有条微信消息进来。

金旭拿过来看了一眼，表情顿时一怔。

尚扬：家里有急事叫我回去，我临时买了车票，列车已经出发，来不及当面道别，谢谢这次的盛情招待，以后如果去了首都，记得联系我这个老同学，到时请你吃饭。

还敢更官方吗？金旭被活活气笑了。

列车上，尚扬坐在窗边的位子上，措词酌句地发了那条告别消息，既尴尬又矫情。

为了避免难堪，他选择了跑路。

手机一振，金旭回复了他。

金旭：好，很快就去，你等着。

Like Shadow Chasing Down The Flame

第二案 ——————————— 影子追着光梦游

02

第一章
JIN JIA XUAN
QU LE NA LI

一个多月后。

首都机场。

刚落地的尚扬在行李转盘前等着拿行李,他关掉手机的飞行模式,查看在天上的两个小时有什么新消息。

有研究所领导发来的,和工作相关的信息。

有他妈告诉他,狗狗今天拉的粑粑正常,肠胃炎应该好了。那狗原本是尚扬的狗,但他一直出差,多数时候都是他妈在养。

还有袁丁,问他是不是今天回来,天气冷,要多穿两件衣服。袁丁实习期满,已经不再跟着尚扬,而是调去了其他部门,是袁丁自己向上面申请,说想去一线。

他又向下翻了翻,还有几条广告,而后,手指停住。

一位前几年认识的朋友,说有件私事想找他帮忙。

从机场回单位的路上,他把该回的消息都回复完,最后给这位朋友回了电话。

对方讲了一件让他感到很意外的事。

下午近六点，处理完了回到单位后的一些杂事，尚扬收拾好东西，出门下班。

隆冬时节，天黑得很早，还不到六点就已经和夜里一样，北风呼啸，他把羽绒服的帽子扣在头上，将自己捂得严实了些。

出大门时，门岗不确定这位是哪位，对他敬了个礼，他一瞧，今天执勤的门岗比他警衔还高，只好把帽子摘下来，立正，回敬了一个。

"尚扬！"刚礼毕，就有人在叫他。

他循着声朝西看过去，一个穿了一身黑的高个子，站在门外绿化带的边上，戴着帽子和口罩。

尚扬："？"

门岗道："在这儿等了有半小时，我让他登记下进去，他又不肯，这么大个子，还挺害羞。"

那人把口罩摘下来，露出一张十分俊美的脸，对尚扬一笑。

尚扬："！"

对方又把口罩戴了回去，还真有点不好意思。

尚扬快步走过去，一脸迷茫地问："金旭？你怎么在这里？"

金旭的口罩挡着半张脸，挑了挑眉，眼睛里盛满了笑意，道："我不是说过，年底会来学习吗？"

"还真忘了！"尚扬既惊且喜，道，"你哪天到的？"

金旭道："两三天了。你干脆把我铐进去问吧，非得在这儿审我吗？"

尚扬也有点冷，把羽绒服帽子扣回头上，与金旭大眼瞪小眼了片刻，大概明白金旭之所以等在门口，可能是不太好意思进单位里面去。

那位执勤门岗奇怪地打量他俩，也不知这两位在门口杵着，是几个意思。

"那去我住的地方聊？就几步路。"尚扬说。

他租房住，就在单位后面，离了只有七八百米。

他带着金旭从博物馆边上经过，金旭朝那恢宏建筑看了一眼。

尚扬道："想参观吗？排队的人很多。不过碰上有特别展览，部里偶尔也会有组织参观的活动。明天我问问，最近有的话加你个名额，能走绿色通道。"

金旭道："再说吧。"

"这几天学习很忙吗？在哪个单位？"尚扬问了句。

金旭说了在某区分局，道："不忙，就是见识见识首都公安的先进工作方式，确实是比我们小地方像样多了。"

尚扬不自觉地说："其实问题也还是很多，只不过表现在其他地方——"

"少说两句，"金旭道，"回头灌一肚子风。"

尚扬便闭了嘴，片刻后，又忍不住："你这阵子也没动静，我还以为你在忙什么大案子。"

金旭道："没案子不好吗？我就不盼着有案子。"

尚扬道："也是。"

他们已经走远了些，博物馆和那栋大楼被抛在身后。

尚扬道："对了，我给班长打个电话，让他过来一起吃饭。"

他们的大学班长在母校公大任教，同时还在分局挂职，实践和理论两不误。

"正好我有点事想找他说一下。"尚扬拿出手机来，心里想起了在机场回单位的路上被朋友托付的那件事，需要找一位有执法权、有一定办案能力，并且为人还非常可靠的警察来帮忙，班长就很合适。

他给班长打电话，叫班长到他家来一起聚一下，金旭不作声地听着。

"对，是金旭来了……"尚扬把手机给金旭，示意他和班长说句话。

"是我。"金旭接过，一本正经地说着不正经的话，"你是不是很忙？忙就改天再来，我又不急着见你。"

尚扬劈手又把手机夺了回来,对电话那头的班长道:"曲燎原,是不是兄弟?是就必须来。"

班长曲燎原在那边一阵笑:"你俩怎么回事?到底带不带我一起玩啊?要不你俩再商量一会儿?"

金旭抬高音量与班长隔空交谈:"你有事就别来了!来日方长,我要学习一个月!"

尚扬道:"别听他的,我找你还有正经事。"

曲燎原答应一会儿就过来。

尚扬的住处,和金旭的"狗窝"比起来,是另一种干净整洁。

金旭住的地方,整洁程度活像是主人每天都在接受军训检查。

而尚扬这里,有沙发上设计感十足的几何抱枕,一整面墙的落地书架,不起眼处的藤条扩香器,这就是一个少见的精致派单身男性的家。

"没有大号拖鞋,凑合穿一下,"尚扬拿了双自己码数的拖鞋给金旭,道,"很少有男的来。"

金旭一边换鞋,一边问:"所以是经常有女的来?"

尚扬道:"对。我妈。"

金旭顺势问起:"你跟你爸还在冷战?这冷战真够久的。"

上次在白原,两人聊起过一次尚扬的父亲,当时袁丁在场,只提了一句就终止了。

但现在,显然尚扬还是不大想聊起自己这糟糕的父子关系,刻意讽刺地说:"干什么?你也想通过我,找他请个安吗?"

金旭就识趣地不再问了,看到客厅角落里有宠物食盆和饮水器,但没有看到宠物,说:"你不在家,你妈把狗接走了?"

"你怎么知道是狗?"尚扬故意道,"我养的是猫。"

"因为沙发和窗帘都没有被抓得起球,"金旭又指那书架,道,"像这种敞开式书架,你敢在上面放那种玻璃摆件,还说养了猫?骗我。"

尚扬笑起来,道:"你来我家破案了是吗?那可不是玻璃,是水晶。"

金旭走近了看那水晶摆件。

是一只彩虹色的水晶小马。

金旭随口道:"这不就是玻璃吗?有什么不一样?"

尚扬想说当然不一样了,二者的主要成分……都是二氧化硅。

最后他说:"比玻璃贵。"

"行吧。"金旭笑道,"不过还是很漂亮,这像你会买的东西。"

"这回你就看走眼了,"尚扬说,"那是过生日的时候,朋友送我的。"

"你这朋友还挺了解你。女的吗?"金旭道。

"男的,发小。"尚扬道,"晚上吃火锅?我来点个外卖。"

曲燎原来了,一进门就直接问尚扬:"金旭呢?在哪里?"

尚扬一指餐桌的方向。

金旭正在那里收拾刚送到的火锅外卖,把菜品一一摆好。

"班长。"他对曲燎原露出帅气的微笑。

曲燎原一脸茫然地问:"……你是谁啊?"

他上一次见金旭,也就是两年前和尚扬一起去西北那次,他也完全没想到金旭会脱胎换骨成如今这样一个帅炸天的模样。

"我知道你瘦回去了,没想到你还偷偷整了个容。"三人围坐在一起吃火锅,曲燎原还在震惊中,转头一本正经地问尚扬,"尚主任,条子可以整容的吗?违不违反仪容仪表的条例啊?"

尚扬也一本正经地回答他:"一般建议是抓起来枪毙。"

金旭:"……你们俩够了,不要嘲笑我。"

曲燎原道:"怎么是嘲笑你?我这是羡慕,你现在真的太帅了。"

他端详金旭的五官,说:"细看和以前长得完全一样啊。"

尚扬接话:"可又说不上来感觉完全不一样。"

曲燎原点头:"对对对。"

开过了玩笑,曲燎原不忘关心同学:"那你身体是彻底好了吗?当初到底是什么病,问你你一直跟我打哑谜。"

金旭道:"不是打哑谜,是一句两句说不清楚,怕你们担心。"

尚扬坐在他对面,露出了然的表情。他已经听袁丁转述了从白原公安那里听来的,关于金副局曾经患上假性癫痫的情况,据描述发病时非常惨。

"已经好了,不想说就算了。"他想金旭不一定想提起自己得过这种病。

"没事。"金旭却道,"没什么不能说,就是神经病。"

曲燎原:"？"

金旭道:"字面意思的神经病,看病挂的是神经科,脑子出了点问题,发作起来像癫痫,就是……浑身抽搐,口吐白沫。"

他边说还边翻了一个发病时的抽搐白眼。

曲燎原:"……"

尚扬:"……"

这并不好笑。

只有金旭自己笑了,说:"也是因为这个,我才从刑警队调到了派出所。你们那次去看我的时候,刚连续吃了半年激素药在控制,所以才是那个熊样。"

曲燎原看看尚扬,那眼神的意思是,你早就知道他病得这么严重了吗？

尚扬说:"我最近才知道的。"

金旭笑道:"都已经好了。你们一个两个的,别好像我半截身子入了土似的,行吗？"

"怎么好好的会得了这种病？"曲燎原道,"是不是当刑警的时候太拼了,工作压力大？"

金旭道:"工作压力只是一方面,也有别的私人原因,总之就是不小心钻了牛角尖,想不开,现在好了。"

尚扬猜测可能的情况,有很多成年人是要付出非常大的代价才能克服少年时留下的心理阴影的。金旭是这种情况吗？

三位老同学吃着火锅,又聊了一些各自最近的生活。

尚扬有正经事要找曲燎原帮忙。

曲燎原的个人履历极其优秀，倒不是看不起在座的各位，曲班长从公大毕业后保研进了法学院，之后又出国念完了博士，回来后在公大任教，还受到分局的邀请在那边挂职。

和尚扬一样，他的主业同样是搞理论方面的研究，到一线做实践工作也是为了理论资料更翔实可靠。前不久他还参与破获了一起特大电信诈骗案。

曲燎原，真正的时间管理大师。

尚扬要找他帮忙的事情，是刚受朋友所托。

"我刚参加工作的时候认识的一位王司长，"尚扬说了对方的名字，道，"辞职几年了，去了电影公司，刚开始做法务，现在当上了高管，他找我帮他一个忙。"

金旭没在这里工作过，完全不了解，也不插话，就听着。

曲燎原却听过这人，道："我见过这位王司长，是高校的硕士，长得好帅！"

金旭："？"

尚扬道："确实。不过和他帅不帅没关系，他找我是为了他的一个艺人朋友，他朋友遇到点麻烦，身份和事件都比较特殊，不想公开报警，本来想让我帮忙，你知道我没有执法权，真有什么事也不太好处置，而且我听了他讲的这事，感觉我这菜鸡也处理不来。"

曲燎原马上猜到了，说："明星的事吗？不影响正常工作的前提下，我可以，帮公民处理麻烦是公安的职责嘛……是哪个明星？"

他一脸"八卦"的表情。

尚扬看了眼金旭，没有说事件，而是说："周末方便的话，最好我们去和当事人见个面。"

曲燎原："好啊好啊，到底哪个明星？"

尚扬："……"

金旭道："哪个王司长？有多帅？"

面对曲燎原的八卦和金旭的"八卦"……

尚扬拿过手机，搜索出了一张王司长以前出现在官媒新闻里的照片，递给金旭看。

然后再对曲燎原道："这个明星就是柏图。"

"怎么是他？"曲燎原太震惊了。

他本以为是哪个小明星，就那些整天出现在娱乐新闻版面的"流量"之类的。

完全没想到，当事人竟会是一位家喻户晓、男神级别的电影演员。

而金旭对着那张新闻照片，不以为然道："这很帅吗？也就那样。"

尚扬道："这还不帅？那怎么才叫帅？"

金旭看他一眼。

"你不要说酸话，是不是嫉妒人家比你帅？"曲燎原路见不平，捍卫王司长的美貌，道，"官媒记者镜头里还能长这样，真人一般都是神颜级别。远的不比了，他本人比起柏图都不差的。"

金旭却道："那不可能，柏图我还是知道的。"

尚扬存了点故意的心思，说着挑衅似的话："不简单嘛，柏图都知道。"

金旭道："想说我土是不是？刚才不该把你的水晶当成便宜玻璃，对不起了。"

尚扬："……"

曲燎原调解矛盾道："你们俩才好了多大会儿？怎么又拌起嘴来了？好好说话，不要阴阳怪气。"

"谁和他拌嘴。"尚扬心想，我才不和这种小心眼的人一般见识。

他伸筷去夹涮好的牛肉丸，煮熟的肉丸既弹且滑，夹了两下都没夹住。

旁边伸过来另一副筷子，把那肉丸稳稳夹走了，却是金旭。

曲燎原追问道："柏图怎么了？出了什么事？"

尚扬看看金旭，他答应了王司长要保密，现在请曲燎原去帮忙调查，曲燎原迟早要知道详情，而以金旭的为人，他也绝无可能会把这事当八卦谈资去告诉其他人。

但尚扬还是先说了句："今天说的事，我们都不要再对第四个人提起。"

曲燎原郑重点头。金旭道："当然。"

于是尚扬才讲了出来："最近这几个月，柏图被极端黑粉持续骚扰，对他的工作和生活都造成了很严重的影响，公开报警的话又担心负面新闻。没有更好的办法，才想请王司长迂回地找值得信任的警察帮忙查一查。"

曲燎原吃惊道："柏图还有黑粉？那可是柏图，除了电影上映期，平时都很少看到他的个人消息，这种类型的演员，怎么也会有黑粉？"

尚扬道："所以柏图和他身边的人也都很诧异，他当演员这么久，之前都没有遇到过这种事。"

"那又是什么程度的骚扰？"金旭道，"居然闹到要找警察帮忙。"

尚扬心道我为什么要回答你的问题？又没找你帮忙。

"现在只初步判断是身份不明的黑粉，给柏图寄过好几次匿名恐吓信。"他尽量避免和金旭直接对话，看着曲燎原说，"刚开始柏图和身边的人也没太当回事，前几天他主演的新电影开机召开发布会，早上从公司出发，有几个影迷来做应援，还送了他礼物，其中一个，打开后发现是沾了鲜血的刀片，还用血在那盒子里写了'去死'。"

曲燎原道："好变态。"

金旭问道："真血吗？是人血？"

"不是，说是已经找人化验过，是猫的血。"尚扬答道。

曲燎原不忍心地说："猫猫又做错了什么？"

"然后就是发布会上，"尚扬道，"又有人趁着记者和影迷混杂，在他要喝的矿泉水里投放了异物，幸亏他助理及时发现了水里有悬浮物质，他才没有喝。"

金旭立刻问："确定是什么毒物了吗？这也是个调查方向。"

"不是毒物。"尚扬停顿了一下，才说，"是口水。"

曲燎原："……真的变态。"

他看看金旭，突然羡慕又佩服地说："在一线时间久了真是不一样，我太缺经验了，就你这思考案情的速度和角度，我必须向你学习。"

尚扬："……"

金旭对曲燎原道："你说这种话，尚主任还以为你是我花钱雇的水军。"

曲燎原笑了起来。尚扬只好道："哪有？你办案本来就很厉害，我也很服你这一点。"

金旭道："我厉害的地方多了，你要给我机会，让我表现。"

尚扬："……"

曲燎原当即道："这不就是个好机会吗？正好你也在，不如跟我一起，把这行为已经构成违法犯罪的黑粉揪出来。"

尚扬内心咆哮，班长你怎么回事？！是真的收钱了吧？！

"不过到底怎么判断是黑粉的？"金旭很自然地继续讨论案情相关，道，"想让男神喝掉自己的口水，这也很像是狂热粉丝过度迷恋偶像才有的举动。寄刀片也有可能是为了引起男神注意，而且寄刀片和在水里投异物的，也有可能根本不是同一个人。"

尚扬道："应该是同一个人，寄刀片和在水里投异物，这两件事都写在一封匿名恐吓信里。那不是粉丝的语气。"

"还有没有别的情况？"曲燎原道，"其实想找个混在人群里的黑粉，不难吧，到处都是监控，一点都没拍到？"

尚扬道："还真没拍到，当时太混乱，另外这个变态也确实有一定反侦查意识。"

曲燎原说道："这种事确实不好报警，被媒体知道添油加醋一乱写，太难看了。"

"别的情况，王司长就没有说了，有些事他也不是太清楚。"尚扬道，"要等周末见到当事人再详细了解。"

时间越来越晚，曲燎原告辞要回去，明天上午还要上课。

来学习的金旭明早也要上课，这批全国各地来学习的地方公安，都被安排住在定点宾馆里。

曲燎原道："我开车来的，先顺路把你送回去。我去上个厕所，咱们就走。"

他去了洗手间。

尚扬不知该和金旭说些什么，端着杯，小口小口抿着茶，眼睛看着并没打开的液晶电视。

金旭出神地看了他片刻，开口道："我不就抢了你一个丸子？一晚上都不跟我说话。"

尚扬道："怎么没跟你说？刚才不是在群聊吗，也跟你说了好几次话了。"

"原来搭理我那几次，还数着次数？"金旭用明显逗他的语气说，"领导，你不对劲。"

尚扬道："你才不对劲。"

金旭笑起来。

尚扬忍不住望向他，他一脸笑意，暖色灯下看起来脸颊仿佛有些绯红。

曲燎原从卫生间出来，也不过来再坐，拿了外套穿，说："我们走吧，尚扬出差才回来，让他早点睡。"

尚扬起身，回避着金旭的目光，道："我送你们。"

三人都穿了外套，到楼下。

曲燎原赫然开了一辆特斯拉。

尚扬调侃他说："曲老师，这么腐败不合适吧？"

"是我哥的车，"曲燎原知道他没别的意思，还是解释道，"我平时上班都骑自行车的。"

他可可是位"攻城狮"，搞无人机的。这种腐败程度还算合理。

尚扬见过他哥哥，顺便也问了两句哥哥的近况，曲燎原一一答了。

金旭站在边上，没有要插话的意思。

尚扬感觉到他一直看着自己，但假装什么都没发现，笑着和曲燎原聊了两句，然后一视同仁地向他俩道别。

"班长，那就周末再见了。"他朝车里两人挥了挥手。

特斯拉便开走了。

尚扬一个人在楼下站了会儿才回去。

两天后的周末，和曲燎原约好的这一天。

与柏图约见的地点离尚扬家更近些，曲燎原驾车来接他，然后再一起去见柏图。

曲燎原打电话叫他下楼，说到了。

他一下来，就看见那辆特斯拉，走上前去，然后脚步一顿。

曲燎原在副驾上。驾驶位坐的不是金旭是谁？

不等他提出疑问，金旭主动道："班长叫我来的，你要是觉得不方便，我不和明星见面，也不插手你们的调查，只负责给你们当司机。"

尚扬浑身上下写满了不自在，道："你……你是没其他事可做吗？"

金旭却说："确实是没有，我在机关学习，这一个月都能享受正常双休，要么在宾馆睡觉，要么就来找你玩，我选了找你玩。"

尚扬："……"

曲燎原察觉到了他俩之间的低气压，搞不懂这两个人的互动是怎么回事，忽冷忽热，忽好忽坏。

"其实是这样，"他想缓和下气氛，也是解释为什么叫金旭一起来，"查案子我不如金旭有经验，而且现在临近期末，我也要评讲师职称，可能忙不过来，专业的事交给更专业的人，效率会更高。再说，这是金旭，你还信不过他吗？他是最靠谱的一个人了。"

他的意思是，金旭有能力把这件事处理好，同时也一定会守口如瓶，不会去乱传八卦。

尚扬知道他说的是对的，只是……

金旭道:"领导,给个机会,让我表现一下,也不行吗?"

曲燎原道:"就是说,给个机会嘛领导。"

约见的地点是当事人选的。

一家开在胡同里的精品咖啡馆,门面不大,里面别有洞天,进去便知装修没少花钱。

曲燎原赞了句:"好香啊。"

咖啡香气扑鼻,不是快消店里量产的味道。

早上九点,店里没客人,吧台里的豆袋上睡着两只肥猫。

一位看起来像店长的年轻人过来,道:"是尚先生吗?"

尚扬点头,那年轻人前面带路,把他们三人带到最里面的卡座,自己转身走了。

戴了一副黑框眼镜的当事人已等在那里。

"你们好,"这位著名电影演员礼貌地起身向他们问好,说,"我是柏图。"

尚扬:"……"

曲燎原:"……"

男神本人比银幕上看起来更帅了一个维度。

反而是金旭冷静开口回答了对方:"你好,王总联系我们来的。"

尚扬回神:"我姓尚。"又介绍了曲燎原和金旭。

柏图点头,一一问好,说:"我以为……只有两位。"

他得到的信息是尚扬和曲燎原两位警官会来,金旭是多出来的一个。

"这位金警官以前是做刑警的。"尚扬的言下之意是另外找了位强有力的帮手,又道,"柏先生你放心,这件事只有在场的我们三人知道。"

柏图便不再说什么,请他们落座,拿出准备好的文件袋。

里面装了数封匿名信,被小心地装在塑封袋里,另外还有几张照片。

尚扬粗略扫了几眼匿名恐吓信,统统不是手写的,有打印的,也有剪字拼出来的,用语都十分粗俗充满恶意。他看过,又转给曲燎原看。

然后他自己打开那几张照片，照片上是嫌疑人寄给柏图的物品。

"这些信和东西，我通过其他途径查证过，没有留下指纹，信都在这儿，东西大部分也都还在。"柏图道，"不过不好带来，我就先拍了照片。"

尚扬道："最好还是能把实物交给我们。"

柏图点头，说："那我叫人送来。但是有几样没办法保存，都已经处理掉了，所有收到过的东西全都拍过照，照片全在这里。"

尚扬看那照片。

第一张是已经听中间人说过的，沾了血的刀片。

第二张是一个很脏的布娃娃，娃娃的双腿之间被剪了一个大洞，其中猥亵之意不言而喻。

翻到第三张时，尚扬手一抖，脸色大变。那是一只血淋淋的死老鼠。

他呼吸节奏都不对了，如果不是在当事人面前，立刻就要跳起来把那照片扔出去。

旁边金旭飞快地把照片从他手里拿走。

柏图注意到尚扬的神情，道："尚警官？"

"没事。"尚扬强行镇定，问，"柏先生，除了过激影迷或是黑粉，你最近有没有和其他人有过矛盾？"

柏图应该是早就想过这个问题，回答道："没有。"

他有些不好意思地说："我……我其实有点'社恐'，除了必要的工作，平时很少出门。包括工作上的事也都是团队在处理，我不太喜欢和别人打交道。"

"你团队里的人呢？"曲燎原把匿名信看完了，听到这里，也问了个问题，"他们会不会打着你的名义，在外面得罪了别人，你不知道？"

柏图道："我想应该也没有。我工作不多，除了电影，其他商业活动都不参加。就是电影项目，这两年我也没有和陌生团队合作过，都是熟悉的导演和制作方。"

以他在娱乐圈的地位，这话倒也不掺水分，在他这个年龄段专攻大银幕的男演员之中，几乎没有竞争对手。他出演的角色，应当是从立项到剧本都是在为他量身打造的。业内也从没听说过他有耍大牌之类的不良传闻。

今天和他本人接触，尚扬也能感觉得到，男神私下应当是个内向谦逊、待人温和的人。

尚扬看看金旭，金旭正把照片装回文件袋里。

金旭道："知道你被恐吓的人多吗？"

柏图道："不多，几个人。生活助理、经纪人，还有我工作室的合伙人，最后就是王总了。"

他不隶属于哪家演艺公司，有一家自己的工作室，就叫"柏图工作室"，除了他自己，也还有其他签约演员。

金旭问："那你和王总是有什么私人关系吗？"

尚扬警告地瞥他一眼，他问这话相当不礼貌。

"他和我工作室的合伙人是好朋友，"柏图倒是没有什么不满的反应，如实回答道，"因为他以前工作性质的关系，考虑到他认识的公安比较多，我才想到要请他帮忙。"

尚扬抱歉地说："金警官没有别的意思。"

金旭道："是因为柏先生刚才说不喜欢和人打交道，但又有王总这类型的朋友，我有点好奇，才问了这么一句，确实没别的意思，只是想把嫌疑人尽快排查出来。"

柏图理解地点头，说："我明白，想问什么都可以。我也想快点解决，不想再收到这些东西了，已经接近两个月，不敢收快递，害怕拆箱子，经过光线暗的地方就总觉得有人在窥视，出门不敢喝水也不太敢吃东西。希望能尽快把这人抓出来。"

尚扬和曲燎原都同情地看着男神……男神太惨了。

"那为什么还不早点报警呢？"只有金旭颇没眼色，不合时宜地说，"以你的地位，媒体就算乱写也动摇不了什么，而且事实这么明白，你毋庸置疑是受害人。"

尚扬皱眉看他，暗示他注意说话的分寸。

金旭不以为然地挑了下眉。

曲燎原道："话是这么说，受害人被吃人血馒头的例子还少吗？普通人上新闻，都会被用道德放大镜没有下限地检视，公众人物就更难了。"

金旭道："我不是要道德绑架谁。如果一开始就报了警，警方马上取证，调取实时监控，可能当时就能抓到这个变态。"

他说的是对的。

这个变态第一次递送恐吓信和物品时未必有经验，破绽会比较多。

连续数次以后，他的作案手段也会相应升级，任何行为都是"熟能生巧"，犯罪也不例外。

"是我的问题，"柏图道，"金警官说得对，我应该及时报警的，不应该纵容这种恶性行为，我已经认识到自己的错误了。"

人家这样的态度，金旭反倒一时卡了壳，有点下不来台。

尚扬道："金警官，还有问题吗？"

金旭却还是有问题的："你和工作室的合伙人关系好吗？"

柏图："当然好。"

"我还是觉得，"柏图道，"做这件事的可能是极端影迷，有时候票房不好或是口碑比较差，有些影迷是会……怎么说呢，有些影迷希望我和我的作品永远都是最好的。"

曲燎原道："对，不少追星的人是有 top 癌的。"

金旭："什么？"

尚扬低声对他解释这个用语。

柏图说："国庆档我主演的一部电影票房很差，当时就有很多批评私信，过激的也有，第一封恐吓信也是在那之后不久收到的。"

"微博私信吗？"尚扬问，"还是你有什么影迷论坛之类的？"

柏图道："就是微博私信，我没有影迷论坛。"

曲燎原有个八卦问题早想问了，适时问出："营销号都说你刚接了部话剧改编的新戏,是真的吗?……不方便的话不用回答我。"

柏图笑了笑,说:"没有不方便,是真的,马上就要进组了。"

金旭道:"那你微博收到的那些私信,方便提供给我们吗?"

尚扬也道:"如果你和粉丝的沟通桥梁只有微博的话,那很有可能嫌疑人也混在里面给你发过什么消息。"

但是明星的微博比较特殊,尤其他的商业价值非常高,他不一定方便,也许要找经纪人和合伙人商量一下?

"可以,"柏图不假思索地说,"现在就能给你们看。不过我的私信太多了,我觉得还是导出一下,打印出来给你们看吧,这里就有打印机。"

中午。

尚扬等人还在咖啡馆里看打印好的私信,卡座的帘子放了下来。

而柏图已经离开,这家咖啡馆提供简餐,午饭时陆续有了客人。

"没想到这家店是他自己开的,"曲燎原伸了伸懒腰,说,"我以为大明星开店都是开火锅连锁店,或者健身房,营销号是这么说的。"

尚扬道:"班长,你少关注点营销号吧。"

曲燎原道:"我也不想关注啊,谁知道为什么整天只推送这些东西。"

金旭也抬起头,说:"看得我眼睛酸,他怎么会有这么多私信?"

从第一次收到恐吓信前的那一周算起,到今天的全部私信,打印出来两百多页,有五千多人次给他发过私信,其中表白的居多,也有骂他的,还有部分奇葩把明星私信当树洞来倾倒自己生活中的负能量,另外还有为数不少的性骚扰。

尚扬道:"幸好他不怎么在微博营业,也不是流量路线,否则的话私信会比这些多几百倍。"

曲燎原高兴道:"可是他真的好帅啊,说话还温温柔柔的,人也好,我决定当他的粉丝。"

"脾气确实好,"尚扬内涵金旭道,"我们金警官说话那么呛,人家男神也没不高兴。"

被批评的金旭道："我怎么呛了？我问的问题不是办案需要？"

他不满地说："幸亏今天是我来了，你们俩行不行？一进来就被人家迷得话都说不出来，像不像话？"

"尚主任，你不像话，一看到男神眼睛都直了。"曲老师不认账，还公然'甩锅'，完了捧着咖啡杯美滋滋地喝咖啡，那是柏图走前亲手冲给他们的。

金旭一手端起咖啡，另一只手也没停，翻动着打印好的那些私信记录，一目十行地看过去，也没有要参与曲燎原和尚扬对话的意思。

"不是我说你们，"曲燎原实在不懂他俩怎么回事，道，"你们俩真是幼稚。上学的时候就动不动这样，现在都多大了，还没事就斗气，像什么样子？"

现在也不是纠结私事的合适场合，尚扬看了眼认真查案的金副局，说："没有斗气。我叫点东西吃吧？十二点半了。"

柏图的这家咖啡馆，咖啡出人意料地精致，简餐做得相当有水准，价位在同层级的店里也相对适中。

不是常见的明星圈钱之作，事实上这家店也压根就没有打着柏图的名头宣传。

曲燎原发表感想："柏图男神真的是个很好的人啊，表里如一地好。"

"一杯咖啡就把你收买了？"金旭道，"这充其量只能说明，他是认真想经营好这家店，不是想赚快钱。"

曲燎原道："他一两年才出一部作品，没接演过烂片赚烂钱，就是开店他仍然是一样的态度。能认真地对待自己的每一种职业，说起来容易，能做到的人不多。我是觉得，这至少能从侧面说明，他出道这十几年，敬业的公众形象不是包装出来的，他应该就是这样的人。"

尚扬附和道："我也觉得男神人很好。"

他本着正事当先的心态问金旭："你是觉得哪里不对吗？"

"没有哪里不对。"金旭也像无事发生一样，说，"他人不错，应该不是装出来的，除了敬业以外，对人有礼貌，还很有爱心。吧台养的那两只猫，一只是不太胖的橘猫，一只是已经发病的折耳猫，十之八九都是捡来的流浪猫，还都吃进口猫粮，一斤的价格能买一袋大米，这要是没老板的允许，店员应该舍不得自己买。"

尚扬道："我怎么没看到猫粮在哪里？"

曲燎原也道："我也没看到啊。"

"就在吧台边上。你们俩，一个只顾着吸鼻子闻咖啡说'好香好香'，"金旭学曲燎原说话，又吐槽尚扬，"另一个只顾着和那个小帅哥店长说话。你们没看到猫粮很正常。"

曲燎原："……"

尚扬心说我要排除异己了！

"班长，"他对曲燎原道，"我们把他从这个三人探案小组赶出去好吗？"

曲燎原还没表态，金旭就讽刺道："哪里有三人探案小组？明明只有我在探案。"

尚扬："……"

曲燎原还没见识过金旭这一面，目瞪口呆道："你这几年遭遇了什么？上大学的时候你不是个哑巴吗？"

金旭顿时变哑巴，在其他老同学面前"油嘴滑舌"绝对不是他的本意。

尚扬看出他讪讪的，笑了起来，然后发现他转眼盯着自己看，便又板起脸。

"养流浪猫也说明不了什么，进口猫粮对他而言又不是奢侈品。"尚扬道，"你举这些例子来证明男神人不错，还不如像我和班长一样承认这认知是始于颜值，被柏图迷倒又不丢人。"

金旭道："柏图并不是能迷倒我的类型。我觉得你现在也不想听我聊这个。"

尚扬严肃道："那能聊正事吗？你对当事人和现在的案情还有什么看法？"

曲燎原也一脸认真，想听听唯一有刑侦经验的金旭怎么说。

"当事人是个好人，温和有礼貌，轻微社恐，社交圈简单，没直接得罪过别人。"金旭道，"但是他活得一点都不轻松。可能因为他是童星出身，从小背负的希望和资本压力过大？反正他整个人很压抑自己的真实情绪。"

曲燎原不太明白，说："怎么感觉到的？我觉得他很坦诚啊，被嫌疑人恐吓影响状态的事，也都愿意和我们分享啊。"

尚扬回想了一下，认同金旭的说法，道："他只是分享了事实，在提到因为长期被恐吓的事而精神紧张的时候，他的状态和其他时候完全一样，很镇定，像在讲别人的事。金旭问他和王总有什么私人关系，他就算不发脾气，稍稍有不满也是应该的。这样说来，自始至终他都没有表露过真实的情绪。"

"那倒不是，表露过一次。"金旭道，"被问到他和合伙人关系好不好的时候，他很不自然，停顿了超过三秒才回答，说，当然好。"

曲燎原也被带着进入了状态，道："其实我们并没有质疑他们关系不好，他却用了'当，然，好'这种特意强调、加重肯定的说法……是不是他和合伙人关系根本不好啊？"

尚扬道："这种涉及金钱的合伙经营，就算原本是好朋友也很容易闹掰。可是就算这样，他的合伙人也不至于会寄恐吓信和刀片死老鼠，就为了吓唬他？"

曲燎原现场百度，然后说："柏图工作室签了十几个艺人，我看看……哎？当红的其实就两个，一个柏图自己，还有一个姓袁的综艺咖。这样看来，柏图就是工作室的活招牌加台柱子，真把他吓出毛病来，对合伙人根本没好处。"

金旭想了想，说："能确定一点，他和合伙人的关系有问题，不像他自己说的这么简单。如果两人积怨已深，假设柏图想拆伙单干，甩开合伙人,那也不排除合伙人狗急跳墙,会用这种垃圾手段来吓他。"

可是三人同时又想到了另一点,合伙人要恐吓柏图的话,何至于要用这么变态的手段?

"以目前情况看,"金旭又按逻辑退回来,道,"最有可能作案的还是柏图的黑粉……"

他问两个同伴:"分给你们的那些私信看得怎么样了?我的已经看完了。"

曲燎原惊讶道:"什么?两百多张,你主动领了一半,已经看完了?我才看了三十多页。"

尚扬道:"那我比你多一点,我看了四十多页。"

金旭好笑道:"你们不是逐条逐句都看了吧?不用全看的,粉丝拍马屁和表白的内容有什么用?你们俩要活学活用去追星吗?"

"我们是不如你专业,但也不是废物,"尚扬没好气道,"只看了有人身攻击的那些,该圈的都圈出来了。"

金旭道:"人身攻击也不是都有用,重点是挑出包含性骚扰指向的信息。"

尚扬毕业就考进部委直属单位,曲燎原一个海归博士,当然不是废物,相反两人还很聪明,金旭这句话一出来,他们俩就懂了。

嫌疑人发给柏图的恐吓信都非常下流,恐吓物品中也有不少有猥亵意味。

指向性一明确,找出有用信息的效率就立刻高了很多。

五千多个ID的私信全部看完,性骚扰信息中有很大一部分真就是在骚扰,对着偶像隔空发发骚而已,还不至于真有什么过激行为。

再排除掉一些把柏图私信对话框当成负能量发泄站的人,用词非常过分但和柏图本人一点关系都没有。

还有一些难以描述,却和案情也没什么关系的奇葩信息。

到了最后,五千多个ID就只剩下了七个。

然后三人打开微博，挨个搜索了这七个ID。

很快又排除掉了其中三个。

其中两个的主页，全是侮辱各路男女明星的帖子，并不止针对柏图一个人。

还有一个是柏图的女粉丝，今天早上给柏图发了骚扰私信后还发了@柏图的表白帖子，大意是做梦又梦到自己和柏图这样那样了。

尚扬："……"

曲燎原无语了："这都是些什么人啊。"

金旭道："这还剩下四个，都是没头像的小号。"

尚扬指了指其中一个，说："除了这一个全数字的，另外那三个ID，我觉得很像是同一个人的三个马甲。"

这三个ID都没有发过原创微博，只转发柏图的微博，在转发中辱骂柏图，来源的手机是同样的型号，而发给柏图的私信都是性骚扰加暴力威胁，好像怕柏图看不到似的，同样的内容复制发三遍。

等于说，这四个ID，实际操作人其实只有两个人。

"有ID就好办多了，"尚扬道，"我去一趟XL。"

曲燎原道："一起去。下午咖啡馆客流量大，我和金旭也不在这儿占位子了，还影响男神生意。"

金旭却道："不用都扎堆干一件事，效率太低了。尚扬去查这四个ID的信息，班长在分局方便，再去给物证做个鉴识，看有没有留下嫌疑人的线索。"

曲燎原点头，自觉把摊在桌上的材料全都整理起来。

尚扬问金旭："那你呢？跟我一起去吗？"

他这样问的原因是，金旭是从地方上来学习，这样堂而皇之跑去分局，不太合适。

兵分两路的话，金旭还是跟着他比较妥当。

"领导，我就不跟你去了，不能老是追着你跑，我偶尔也要休息休息。"

金旭道。

尚扬："……"

金旭莞尔一笑，说："是不是很失望？"

尚扬不作声，拿了外套起身穿好，准备走人。

曲燎原也忙起身穿外套，不太满意地说金旭："不是，我们俩都办正事，你要休息？"

金旭道："我是说，我要去柏图工作室。"

尚扬："？"

"不是要去见柏图男神，"金旭视线转向他，说，"而且我的男神另有其人。"

尚扬转头问金旭："那你去柏图工作室做什么？"

"恐吓信和恐吓物品都是寄送到工作室的，我去实地查查看，是不是真的有内鬼。"金旭道。

等于说，现在重点怀疑的方向有两个。

一是极端黑粉。

二是柏图身边的人，就是那个合伙人在搞鬼也说不定。

按照金旭的布置，兵分三路，各自去做各自的任务。

无形之中，金旭成了这个三人小组的组长。

尚扬和XL打过交道，非常了解要怎么走流程，效率很高，天黑之前，他就拿到了想要的资料。

出来后，他打给曲燎原，问有没有什么发现。

有没有发现暂且按下不说，曲燎原人是暂时回不来了。

他在分局是挂职，主业仍然是教书育人搞学术研究，不需要每天去坐班报到。

今天一过去，他刚把证物送到技术部门做鉴识，局里领导就火速赶来将他当场抓获，不由分说押着他去给新人们上课，安排他上过一节理论课还不算，等下他要再上一节政治课。

尚扬："……"

曲燎原又道："我回来就把男神这案子在局里备了案，咱们可以进行正常侦查，省得违反规定。"

"还是你考虑周到。"尚扬久不在一线，对这些事没那么敏感。

"哪是我周到，是金旭提醒我的。"曲燎原说。

尚扬问："那鉴识结果出来了吗？"

"和男神说的一样，一丁点指纹痕迹都没有留下。"不等尚扬开口，曲燎原又道，"但是在恐吓信的几个剪字背面，发现了一些不明物质，需要再化验一下，确认那到底是什么，等结果出来我再告诉你。你和金旭都查到了什么情况？"

尚扬道："我这一句两句也说不清楚，还没问他，要不等你下课过来详谈？晚点还在我家碰头？"

曲燎原道："好！"

尚扬叫了车回去，上车后才给金旭发消息，问他在柏图工作室的进展。

金旭回复：已结束，去哪儿见面？

尚扬言简意赅：我家。

金旭：我有点饿了，晚饭吃什么？

尚扬本不想回他，又转念一想，算了，过于冷漠不太好，再怎么说今天也还是在一起做事的队友。

尚扬：外卖。

然后，金旭回了一个微笑表情。

尚扬感觉这表情阴阳怪气，就不再理会，关掉了微信，浏览起近期和柏图有关的娱乐新闻，试图多找到一些线索。

他的狗还在他妈那里没接回来，本来是计划这周末去接，结果出了柏图这事，他既顾不上去接，接回来也没时间陪它，索性昨晚就和他妈说了声最近有点忙，让她再多养几天。

她退休后也没事做，帮儿子养狗慢慢养成了习惯，倒也不觉得麻烦，叮嘱儿子工作之余也注意身体。

然后就是问尚扬几时有空去相亲，上次说的那位女孩……

被尚扬以"忙疯了，真没时间"暂时搪塞了过去。

这也只能抵上几天，早晚躲不过去。

其实也该积极一点去认识些女孩子，是时候谈一段恋爱，考虑下组建家庭的事。尚扬有点疲惫地这样想着。

从XL大厦回他家的距离相当远，近三十公里。而柏图工作室离他家就近多了。

按说金旭是先到他家才对。

结果他从电梯出来，门口根本就没人。

从柏图工作室过来的车程最多二十分钟，坐地铁也只要半个多小时。

难道金旭是骑共享单车吗？

尚扬想了想，学生时代的金旭还真有这个可能，现在应该不会，那这家伙是跑去哪儿了？

他又不太想给金旭打电话，只好自己进门去。

等他换了身衣服，正烧着热水，犹豫要不要给金旭发条消息时，门铃响了，金旭提着两个袋子进来。

"这是什么？"尚扬愕然地看那两袋蔬菜及肉类。

"吃的。"金旭的神态和语气再平常不过，道，"上次在白原就说让你尝尝我的手艺，结果那几天太忙了，一直没顾上。"

尚扬道："叫外卖很方便的。"

金旭说："我做菜也不复杂，快得很。我问过班长几点回来，他到家之前我就都能搞定。"

他径自换了鞋，把外套挂在门口衣架上，提着东西进了厨房去忙活。

大概是因为猜到尚扬不下厨，他也不向尚扬提问油盐酱醋之类都放在哪里，自己开了柜子查找，还找到了尚扬妈妈来做饭用的围裙，顺手往腰间一系，收紧系绳的瞬间，整个人风格一变。

尚扬："……"

"查到那两个人的信息了吗？"金旭一边把袋子里的食材都整理出来，一边朝尚扬问。

"查……查到了，"尚扬回神道，"现在微博都是实名认证，披几个马甲也没用。但是我觉得两个人都很有嫌疑，等会儿一起讨论一下。你在柏图工作室发现什么了吗？"

金旭道："和恐吓有关的没有，倒是发现不少八卦，你有认识的狗仔吗？卖给他们还能赚点。"

尚扬的耳朵听出来是在开玩笑，脑子还没连上线，没反应过来，面无表情。

金旭看了看他，说："累了吗？"

尚扬道："没有啊。"

金旭道："那就是不想理我了。那你玩去，不用在这儿陪客人。等班长来了我们再群聊。"

尚扬："……"

他转过身要走，金旭却又道："还真走了？"

尚扬无语至极："你到底想让我怎么样？"

金旭也不再说了，手脚利落地洗菜、择菜、刮鱼鳞、切肉。

尚扬看了一会儿，忍不住惊叹于对方做菜做得很好看……好不好吃还不知道，但这过程真的好看。

他转身走了。

金旭的时间卡得很准，曲燎原到的时候，他刚做完最后一道清炒时蔬，把围裙解了搭在一旁，深藏功与名。

"厨神！"曲燎原当之无愧捧场王，一边吃饭一边马屁一串一串，"你怎么这么厉害！太好吃啦！我要是个女孩，就连夜带着碗筷来嫁给你了！"

金旭道："我不要，你哥会连夜派无人机来暗杀我。"

当年班里同学就都知道，曲燎原的哥哥是个"宠弟狂魔"。

"你们都别管，一会儿我来负责洗碗。"曲燎原换了张正经脸，说，"我们来聊聊男神的案情吧？"

他傍晚在电话里对尚扬说的，有两封剪字恐吓信在揭开字后，发现有黄绿色的些微污迹，不能确定是什么物质，还在等化验报告。有可能会是找到匿名寄信人的线索。

"那就再等一等。"尚扬问金旭，"你那边呢？真的没找到和恐吓案有关的信息？"

因为和恐吓关系不大，金旭三言两语交代完了："柏图那个工作室经营得很好，完全没有老板们想拆伙的意思。我和柏图的经纪人见了个面，她没有明着说，不过据我观察，柏图和他的合伙人关系可能是有点问题。"

尚扬也开始介绍自己下午查询到的信息。

"首先是一个人用了三个小号马甲给柏图发骚扰私信的这位，根据实名认证，查到了他的大号，在大号上倒是经常分享美食和旅游信息，完全看不出小号给柏图发那种东西，真实身份是正读大三的在校学生，真名叫闫航，没有任何前科。"尚扬说了这人所就读的大学名字，还是一所有名的重点院校。

"大三学生，还是个小朋友。"曲燎原道，"为什么骚扰柏图？"

尚扬道："根据闫航大号的信息看，他以前是柏图的死忠影迷，10月柏图主演的新电影票房不好，这个人发表过对柏图感到失望的微博，认为柏图这次没有用心表演。那之后过了几天，他就开始用小号给柏图发有攻击性的骚扰私信了。"

就因为柏图一部作品反响不够好，开一个小号骂他还不够，还要开三个小号"激情"辱骂，从某种角度说，这确实是个忠实的事业粉了。

"这就是所谓粉转黑了吧。"金旭努力适应着粉丝用语，问，"那另外一个呢？"

尚扬道："另外一个年纪也不大，真名叫庄文理，二十二岁，无业人员，建小号也是专门用来喷柏图,除了给柏图发骚扰私信,还在和柏图无关的微博里发言,假装是柏图的粉丝。例如其他演员宣传新戏的微博,他就在评论里说,演得太烂了,连柏图的一根头发丝都比不上类似这种。"

金旭很少接触这种东西,满头问号:"图什么呢?"

曲燎原对八卦还是知道点的,说:"就是为了黑柏图。有的黑粉觉得这样做,就能给他讨厌的明星拉仇恨。其实现在有脑子的网友都不会上这种当,更何况柏图又不是流量路线的偶像。"

尚扬道:"这个庄文理假装柏图粉发了几次拉仇恨的评论以后,可能是因为发现网友不上当,就放弃了,只去发骚扰私信。另外他还有个大号,一万多粉丝,用来追星的,还是个粉圈的人物。"

金旭道:"这庄文理,是个女生吗?"

尚扬道:"粉圈的女孩是多一些,但这个不是女孩,是个男的。"

曲燎原顿悟了,道:"他追的是哪个明星?和柏图是同类型的?可是也不对,柏图这个'咖位',哪还有对家?"

"确实不能算对家,他追的是一个我没听说过的人,二十出头,一个选秀节目出来的,我很少看这类节目,分不太清楚那些小朋友,今天第一次听说这个名字。"尚扬说了一个偶像的名字。

然后接着说道:"庄文理的微博大号里几乎都是和这偶像有关的内容,但他发过一条和柏图有关的原创微博,发出后大概几分钟,被转发了两百多次,他转成了仅自己可见。"

曲燎原道:"什么微博?是造谣柏图吗?怕转发过五百?"

尚扬道:"柏图不是接演了一部话剧改编的电影吗?据说这是个大IP,有蹭热度的营销号总出来发发假消息,说过好几次是这个偶像会出演男主角,结果后来,各方有消息出来,男主定了柏图。这偶像的粉丝认为是柏图截了他们偶像的资源。庄文理作为这家的大粉,可能为了表态,发了条酸溜溜的微博。"

他翻了张截图出来,给另外两人看——

老黄瓜日薄西山，还来和前途无量的大帅哥抢资源，笑掉大牙。

这是内涵柏图不如他们偶像年轻的意思。

"一群粉丝跟着都来转发这条，然后被营销号看见了，营销号截图嘲笑这家粉丝白日说梦话，连柏图都敢嘲。"尚扬道，"庄文理反应很快，转了仅自己可见。"

金旭一脸"这都是什么乱七八糟的"的表情。

曲燎原道："然后庄文理恨上了柏图，跑去柏图私信里骂柏图。"

如此聊到了半夜，每天按时睡觉的尚扬开始犯困，他原本想，家里反正地方够大，留两个同学在这里过夜也完全不成问题。

但是曲燎原却坚持要回去，说："我回去还有别的事要做。"

班长从学生时代到现在，总是精力旺盛得超乎常人，大概也正因为如此，才能做文武双修、几项全能的学霸。

尚扬也不勉强，只道："那你明天早上起来以后，记得先问问化验结果，也许会是很重要的线索。"

"放心，这怎么可能忘了？"曲燎原答应着，又对金旭道，"你留下？在尚扬这儿睡？晚得了，我也省得再送你。"

但金旭很快回答道："不了，不给尚主任找麻烦。班长你也不用送我，我自己叫辆车。"

曲燎原看尚扬没有要留人的意思，也不好慷他人之慨，道："那还是我送你吧，也绕不了太远路。"

两人穿了外套，尚扬送他俩出门。

金旭道："别下楼了，外面冷，你早点睡。明天几点见？"

曲燎原按了电梯，低头发微信，回复家里人说马上就回去了。

尚扬站在边上陪他俩一起等电梯，对金旭道："明天早上我先去单位，查下那两个黑粉的档案，等我查完再给你们打电话。"

"好。领导，能借辆车型和车牌都不扎眼的车吗？"金旭道，"班长的车有点招摇,不太方便。"

办案开辆特斯拉,后续可能还要蹲点,确实不方便。

尚扬道:"我明天问问,大概率是不行,现在闲着的车应该也都是警牌。"

他们单位不执行一线任务,没有隐藏公安身份的特殊需要,车辆基本上都是警用牌照。

金旭"嗯"了一声,道:"你还没评价,我手艺怎么样?"

尚扬一怔才明白过来,他是在说晚饭那几道菜。

"很不错。"尚扬道。

恰好电梯到了,他看着曲燎原,说:"路上开车慢点,明天见。"

电梯下行之前,门缓缓合上。

第二章
JIN JIA XUAN QU LE NA LI

周日，天气不好，风大，还没太阳。

尚主任起得早，叫了麦当劳早餐，送达地点选了单位门口，卡着时间和外卖小哥一起到。

先对执勤门岗敬了礼，再从一脸蒙的小哥手里接过外卖，然后进大门。

周末有的部门休息，手续耽搁了会儿时间，等他查完该查的档案，已经快十点了，他先打给曲燎原，曲燎原的手机通了，但没有接。

他只好又打给金旭。

他听到那边呼呼风声，问："已经出门了？"

金旭道："对。你搞定了吗？"

尚扬道："搞定了，约个地方见吧。"

"不用。"金旭道，"直接出来就能看见我，在大门口。"

"你有这么喜欢我们单位的大门吗？改天天气好的话，你可一定要在这儿拍张照留念。"他出来见到金旭的第一句话，就是不带感情的吐槽。

金旭仍是穿了一身黑，戴着口罩，在门外等了有一会儿，尽管外套帽子扣在头顶遮了些风，耳朵还是被吹得通红。

金旭问正事："班长一大早被学校叫了过去，临时有事。咱俩找个地方碰一碰信息，他要晚点再跟咱们会合。"

难怪曲燎原没接电话。

金旭又问："你借到车了吗？怎么走？"

尚扬回答："没有，在线上租了一辆，马上到。"

他是租车平台老用户，可以让门店把车直接送到指定位置。

金旭问："这能报销吗？"

"当然不能。"尚扬还记得这家伙对上级单位偶有吐槽，补充了句，"这里报销手续比你们基层管得严多了。"

金旭用眼角瞥他，带了点不满，说："我们基层也不能随便报账，请你吃羊羔肉都是我自费的。"

尚扬没有说基层不好的意思，懒得对他解释，并且也不觉得他是真误会了什么。

金旭又道："你还欠我一只小羊羔，什么时候还？"

尚扬赖账道："什么？不记得了。"

金旭眯了眯眼睛，道："欺骗基层同志，不好吧？"

尚扬道："等破了案，我做东，请你和班长吃烤全羊。"

他租的车到了。

尚扬签过字，拿到了车，金旭主动开车，他便坐了副驾。

"找个地方吃口热的。"金旭道，"你指路，你熟。"

尚扬意识到他没吃早饭，奇道："定点宾馆不提供自助早餐吗？"

金旭道："我出来太早了，还没到开餐时间。"

尚扬指路，去了家蛮有名的包子铺，过了早饭点，离午饭还有一会儿，店里没什么客人。

两人找了张角落的桌子，金旭吃包子喝粥，尚扬只要了杯热豆浆，对金旭讲了讲刚查到的档案内容。

首先是那个选秀偶像的粉丝，因为一厢情愿认为柏图"截和"了他家偶像的资源，而在网上对柏图发起黑粉攻势。

庄文理，二十二岁，无业，土著，父母亲经营了一家贸易公司，家里条件不错，目前应该是靠啃老活着，以及疯狂烧钱追星。

目前独自住在父母名下的一套公寓里。

另外是那个对柏图疑似粉转黑的大学生。

闫航，二十岁，南方某省人，在某重点高校的工牌专业读大三，从科研成果获奖和奖学金记录上看，算得上是品学兼优。

现在和同校的女朋友在学校附近租房同居。

尚扬一讲完，金旭便道："你的倾向性很明确，你好像认为庄文理的嫌疑更大。"

尚扬不认同道："这不是我的主观倾向性……是，我的确是更怀疑庄文理，但这是基于他俩的个人信息，相比较起来，闫航的嫌疑难道不是比他低很多吗？"

"不要太早下结论，"金旭认真道，"你心里一旦有预设，会很容易出现失误的判断。没有确凿证据之前，嫌疑人的可疑度应该是一样的。"

尚扬点点头，说："我同意，是我着急了。"

金旭道："我们还是先去见见这两个人，实际接触接触，看看真人到底是什么情况。"

"恐怕不行。我查了庄文理的出行轨迹，他不在这里，他的偶像在S市有商演，周五他就去了，订的是今天晚上回来的机票。"尚扬道，"闫航倒是没出去，他租的房子有备案，今天周末没有课，他应该在那出租房里。"

闫航和女朋友租住的房子在一个不太新但也不算旧的小区，离他们就读的大学很近，地铁站就在小区门口，这里的房租应该并不便宜。

尚扬和金旭上楼时，心里就有了疑惑，两个家境普通的大学生租这样的房子，似乎过于奢侈了。

一个女孩给他俩开的门，在门内疑惑地看着两个陌生人，问："你们找谁？"

尚扬出示了证件，道："闫航在吗？"

女孩见是公安，更加疑惑，说："在。闫航？闫航！"

闫航从里面走过来，是个干净帅气的男孩。

片刻后。

尚扬和金旭坐在出租房里的沙发上，闫航在他们对面，接受了关于柏图的询问。

被问到对柏图粉转黑，披了三个小号马甲，私信骚扰柏图的事，他几乎是立刻就承认了。

"我从初中就是他的头号粉丝，自从他离开以前的经纪公司自组工作室以后，接片子的眼光一落千丈。有三年多了，拍一部扑一部，我也不是不能理解，烂片不能怪演员一个人，没有小角色只有小演员，道理我都懂，可是……"闫航越说越郁闷，道，"他在10月那部片子演得太烂了！根本就没用心琢磨角色，以前票房差还能怪别人，这次他自己应该负主要责任！"

尚扬还没有看柏图的这部新作，无从判断闫航的话，不过演技优劣对于非从业人员来说，判断标准就是主观感受，没有什么切实的依据。更何况以他对柏图一贯的认知，以及主流奖项多年来的肯定，男神就是用脚指头演一演，也比现在那些流量强得多。不至于像闫航说的这样。

金旭对此并不关心，直奔主题向闫航提问："你给柏图发骚扰私信的时候，为什么用那种表达方式？"

闫航面露尴尬。他女朋端着洗好的水果送上来。

"不用这么客气，我们不吃。"尚扬隐约担心会伤到这姑娘，道，"不如你先去其他房间……"

"这些我都知道的,你们也可以问我。"女孩道。

尚扬一怔。金旭道:"你都知道些什么?"

闫航的女友道:"闫航是柏图的粉丝,这我很早就知道的,我们所有同学和朋友都知道,他真的是柏图的狂热粉丝。10月我们俩一起去看的柏图新片,出来以后他简直气死了,在网上写了好长的影评,批评柏图不好好演戏,还在朋友圈里也发过。像这种粉转黑,我个人是很能理解的。他不是像那些'小鲜肉'的粉丝只看柏图的脸,他喜欢的是能贡献影帝级演技的柏图,这次是柏图让他失望了。"

她很替男朋友义愤填膺,就像柏图欺骗了闫航的感情一样,她感同身受。

金旭又问:"那他发私信骚扰柏图的事,你也知道吗?"

女孩点点头,说:"知道啊。我们俩手机和各种账号,都不避讳对方的。"

最后,闫航低着头向两名警官认错,不该因为不满意偶像的作品,就在网上说那种糟糕的话,承诺以后再也不会了。

"没想到会因为这种事被警察找上门。"这大学生沮丧着脸,整个人都不好了。

尚扬:"……网络不是法外之地。"

至于柏图收到真的恐吓信和恐吓物品之类的事,就没必要告诉这小朋友了。

"你们养了猫?"金旭忽然问道。

"对。"闫航道,"我很喜欢猫,出来租房除了跟女朋友……也是为了养猫方便,我们养了两只,现在都在房间里睡觉。"

他女朋友提议道:"警官想撸猫吗?"

尚扬心想,他才不是那个意思……

"想,可以吗?"金旭道。

尚扬:"……"

他奇怪地跟着金旭一起去看了看那两只猫咪,两只可爱的金渐层,皮毛光亮水滑,可见被养得很好。

和小情侣告别,从出租房里出来。

尚扬明白了金旭忽然要看猫的意思,说:"能这么用心养猫咪,不太可能做得出寄猫血刀片的事。但你怎么知道他养了猫?他的沙发又没有被抓得起球,客厅里也没有猫爬架之类的东西。"

金旭道:"茶几下层有个滚毛器,上面全是猫毛。"

尚扬面无表情,对他竖了竖拇指,道:"这下是不是能排除小闫同学了?"

金旭却道:"等晚上再去庄文理家会会他。先别着急下结论,还早。"

尚扬泄气道:"金警官,你就承认我这次的直觉很准,不行吗?"

"准,你办起案来真是太厉害了。"金旭敷衍地夸了句。

闫航和女友租住的房子离他们就读的学校很近,金旭提议顺便就到学校里去看看,走访一下闫航的老师同学,也许能得到什么信息也未可知。

尚扬道:"今天礼拜天,老师们应当都没上班,去了大概率只能见到他的同学。但我觉得直接去找同学问话不合适,公安去调查,万一被误传一些风言风语,对这两个小孩不太好。"

金旭点头道:"所以别亮明身份,悄悄暗访,这也不难,不是你的老本行吗?"

尚扬没好气地说:"金副局,怎么到这里了还要内涵我?我上次的调研报告可没有写你们白原公安的坏话。"

"别误会,真是夸你业务能力强。"金旭一副端详的表情看尚扬的脸,说,"你这张小嫩脸,装成大一新生,找大三学长卖个萌,套点话,绝对不会被识破。"

尚扬礼貌地问道:"你是不是想挨揍?"

某重点高校,闫航就读院系的教学楼下。

金旭站在路边的绿化带旁等得无聊,终于看到尚扬从楼道里出来,便冲尚扬招手，调侃地叫他："学弟，怎么这么久？"

尚扬脸色微妙而尴尬，脚步飞快地过来，也不停留，经过金旭身边，道："快走。回车上再说，太冷了。"

车里的暖气令人舒服了不少。

金旭道："有打听到什么吗？"

尚扬慢慢说："闫航成绩很好，又交了系花女朋友，在这届学生里很有名……"

他顿住，忽然想起了学生时代的金旭，每个学期都拿奖学金，还有一个漂亮的女朋友，常常被男生们半真半假地嫉妒。

"就这？没有了？"金旭道。

"还说……"尚扬接着说道，"闫航是柏图脑残粉这件事，系里不少人知道，他是学校电影社团的骨干成员，每次柏图有新片上映的时候，他会通过社团在学校替柏图宣传新片，而且每次都会写很长的影评，除了发两大电影评论网站，还会转发到社团公众号上，自费抽过奖，送柏图主演电影的影票。平时电影社团组织活动，在礼堂里放电影，只要轮到他负责，首选都是柏图以前的作品。"

金旭道："这样看来，闫航以前确实是柏图的真爱粉。"

尚扬也道："越是这样，转黑的时候情绪会越激烈，给柏图发那种私信是有点奇怪，但他女朋友也知情，我猜测……会不会是真爱粉对偶像比较了解，至少比我们这种路人要了解，闫航可能很早以前就知道……所以才会发那种私信。"

"好像是说得过去。"金旭想了想，道，"我对追星族不是很了解，他们一般会比其他人更清楚偶像的私生活吗？"

尚扬不禁笑道："追星族这是什么古董词汇？现在都叫饭圈女孩儿男孩儿。常混饭圈的粉丝，多少比不混圈的知道得多。"

金旭也笑了，道："你还说曲燎原？你也没少关注这种东西。"

"才不是，是这两天临时抱佛脚补的功课。"尚扬手机一振，拿出来看,莞尔道,"你知道世界上最快的人是谁吗?"

金旭听懂了这冷笑话,说曲燎原曲燎原就到,他说:"班长听到这个问题,会气得原地打一套军体拳。"

和曲燎原约了地方见面,顺便也要把午饭对付了。

他俩刚落座,曲燎原就一阵风似的来了。

大周末还回学校去忙了一上午的曲老师,半天没顾上喝水,坐下就连喝大半杯,稍稍缓了口气,不等另外两位发问,就直接说道:"化验结果出来了!恐吓信后面沾到的黄绿色痕迹,是 wasabi。"

金旭满头问号:"什么东西?"

尚扬也不太确定曲燎原的意思,问:"你是说芥末吗?"

曲燎原自己也不太了解,复述鉴识人员的话:"是芥末,但不是中国黄芥末,也不是常见寿司用的青芥末酱,是 wasabi,高端日料店里才会用的那种芥末。"

金旭皱眉道:"反正就是一种调料,但是不常见?是这意思吗?"

曲燎原道:"我也没吃过,我们家不喜欢生肉,很少去吃日料,那种死贵死贵的所谓高端店,更没去过了。"

尚扬成了在座唯一一个对此有所了解的人,说:"这么说,wasabi 就是死贵死贵的日料店里才会用的,便宜的寿司店和常见的美式日料店,使用的芥末酱的原料是马萝卜和绿色色素。正宗 wasabi 是用山葵做的,要现做现吃。也不能说很少见,这里人均消费在几百上千的日料店不少,这种价位的店,一般肯定是用山葵芥末了。"

"恐吓信的剪字,怎么会沾上这种东西?"金旭道,"除了这个,还有其他痕迹吗?"

曲燎原道:"没有了。你们不是查黑粉吗,查得怎么样了?"

尚扬简单把和闫航相关的线索讲了一遍。

曲燎原道:"听起来,这学生的嫌疑好像不是很大。那个庄文理呢?"

"去 S 市了，晚上回来。"尚扬道。

"嫌疑人日常能接触到山葵芥末，很可能这种调料是他生活里常见的东西，不然不会谨小慎微得什么线索都没留下，偏偏不小心沾到了这个。"金旭道。

"闫航是普通大学生，消费不起那么贵的日料。但庄文理是富二代，他去吃这种死贵的日料店，打包回家或者是别的什么原因导致 wasabi 洒在了桌上，剪字做恐吓信的时候，没注意字的背面沾到了污迹，这个逻辑合理吗？"曲燎原猜测道。

"合理是合理，可是不能以结果反推导过程，不能先预设庄文理是凶嫌，为了证明这点去做逻辑题，这会让判断失去客观性。"尚扬道，"在有证据之前，嫌疑人的嫌疑度应该是一样的。"

金旭："……"

曲燎原佩服极了，说："尚主任，你这话说得太专业啦！"

尚扬道："不是我说的。"

曲燎原："那是？"

金旭玩味地看着尚扬。

尚扬本来想随便夸这人一两句，见状不想了，道："不记得了。"

三人吃了顿简单的午饭，商议下午到晚上的安排。

金旭的提议是再去一次柏图工作室，恐吓信和物品都是直接寄送或是直接放置在那里，监控不出意料是没拍到嫌疑人，昨天他去了一次，工作室里也没有明显不对劲的工作人员。

可是嫌疑人既然对工作室有一定程度的熟悉，就还是不能完全排除内部人员作案的可能。

曲燎原忍不住八卦："你就只见到男神的经纪人了？没见到合伙人？"

金旭道："合伙人没在。经纪人范小姐说，他不常去工作室，还没有柏图去得多。"

尚扬疑惑道："正常来说，不是应该柏图主幕前，合伙人负责幕后经营吗?工作室的运营应该多半是合伙人去搞才对。"

"倒也不见得是他不管事,"金旭道,"范小姐提了一两句,说那位梁总除了是柏图工作室的老板,还有投资其他产业,平时就很忙。"

曲燎原道:"昨天晚上回去,我上网查了查,才发现柏图工作室的合伙人居然是梁玺,梁玺你们知道吗?哎,你们看到他照片可能就想起来了……"

他打开手机搜索照片,说:"梁玺以前也是艺人,没有柏图红,业务能力也一般,唱歌都是假唱,演戏也演得稀烂,经常在综艺节目里出现,五六年前转型幕后当了制作人还是制片人,反正不当艺人了。"

他把照片给尚扬和金旭看。

金旭却道:"昨天我也搜过了,我不认识,没看过他的节目。"

尚扬倒是有一点印象,说了个早已停播的综艺节目,道:"我妈那时候还挺喜欢他。"

曲燎原又分享他的发现,道:"我在网上看很多人都说,柏图是被梁玺坑了,以前他的公司是大公司,梁玺忽悠他解约,出来搞了这个工作室,说是合伙人,其实就是他打工替梁玺赚钱。这几年拍的片子票房都不行,有人爆料说他和梁玺关系也越来越不好,只不过钱都被梁玺攥着,他也没办法,只能凑合演演戏这样。"

尚扬感觉不是太可信,说:"网上假爆料的也很多。"

金旭道:"这事也可以是另一种解释——一对好朋友一起开公司,梁玺管钱,柏图只管演戏,赚了亏了反正都是自己人,没分得那么清楚。"

尚扬表示认同,道:"有这可能。爆料把柏图说得像个傻白甜,咱们都见过柏图,他情绪自控力很强,人生阅历比一般同龄人还要丰富不少,不大可能会被梁玺骗了还帮着数钱。"

"柏图工作室的氛围很好,团队成员之间彼此信任,状态非常积极向上,老板之间不和睦,公司是不可能有这样的环境的。"金旭道,"所以昨天去了一趟工作室,我就打消了对他合伙人的猜疑,这两个人关系挺好,至少没有利益纠纷,梁玺没必要这么整柏图。"

曲燎原道:"那如果是感情出了问题呢?吵架了,梁玺气不过,要吓一吓柏图。"

金旭道:"柏图应该很喜欢小动物,为了吓唬他就用猫血刀片,有点过头。把死老鼠寄到自己也出资共有的工作室去,除非这人有病。"

"我们还是再去工作室一趟,看一看。"尚扬道,"反正庄文理晚上才回来,他回来之前,我们也没别的线索可查了。"

他去埋了单,三人小分队再度出发,去昨天金旭独自去过一次的柏图工作室。

半路上,尚扬接到一通陌生号码的来电。

接起来,那边响起的却是柏图的声音:"尚警官,请问你现在方便吗?"

尚扬敏锐地察觉到他声音有些异样,问:"你是不是又收到什么了?保持原样别动它。我们正赶去你的工作室。"

"不是,"柏图道,"这次放在了我家门口。"

三名警察半路转了弯,不再去柏图工作室,但也没有直接去柏图家里。

原因是这次放在柏图家门口的恐吓物品有点特殊。

某宠物医院。

柏图戴了帽子和口罩,把脸遮挡得很严实,但身材和气质藏不起来,金旭等三人一上楼,就看到了独自等在手术室外的男神。

"对不起,没能按尚警官的叮嘱让证物保持原样。"柏图歉疚地解释道,"事发突然,我来不及多想,就怕晚一步它会没命。"

他露在口罩上方的双眼有些发红,不知道是着急还是愤怒,也或许是二者都有。

今天他在家里休息,有人按了门铃,他开门看时外面却没人,门外放着一个纸箱。

里面有一只浑身是血的猫，猫爪和耳朵被剪开，嘴巴四周有灼烧伤，浑身发抖，还活着。

尚扬养狗多年，每次听这种虐猫虐狗的事，心里都无比难受，当下深呼吸了数次。

曲燎原也一脸不忍卒听，道："等抓到那变态，一定要好好收拾他！"

"你一个人住吗？家里还有没有别人？"金旭问柏图，"那个装小猫的纸箱，是留在家里还是带过来了？"

柏图道："家里没人。我不太敢把猫拿出来，是直接端着纸箱来的，现在纸箱在我车里，到现在为止，只有我自己碰过，不知道有没有破坏线索。"

金旭点点头，这状况也是情非得已，道："现在能带我们去看看吗？另外，还得去你家走一趟。"

"可以，辛苦你们了。"柏图道，"我的助理应该快到了，这里就交给他。"

因为不放心这小猫，刚才他就电话叫了助理过来看着。

到了外面，柏图打开自己车的后备厢，露出一个被血染红了半边底部的纸箱。

尚扬只看了一眼，便让到一旁去。

曲燎原皱着眉，拿出手套戴上，问金旭道："我带走，拿到分局去检查下？"

箱子上留了什么，肉眼也看不出，还是得交给技术部门。

金旭道："行，那你去吧。"

曲燎原拿了那箱子，利落地走了，他开了特斯拉来的。

"柏先生，你还好吗？"尚扬注意到柏图好像不太舒服。

金旭也朝柏图看过去。

柏图有些头晕，摆手拒绝了尚扬想来扶他的动作，道："不要紧，有点低血糖。"

尚扬道:"你不会是还没吃午饭吧?"

柏图说:"新戏快要开机了,进组前是要节食的。"

他这状态再开车也不安全,索性把车暂时留在这里,让助理帮他开回去,他则上了两位警察开来的车,带二人去他家。

金旭开车,尚扬陪柏图坐在后排。

尚扬问了刚才就想问的问题:"医生怎么说?那小猫有生命危险吗?"

柏图拧着眉头,答道:"没有致命伤,就是一定会留下残疾。它是只流浪猫,很瘦,可是医生说它如果不是被……本来应该是一只很健康活泼的小猫。"

说到后面,他语调里带了怒气,道:"平白无故,怎么要有这种无妄之灾。"

尚扬察觉到,男神和第一次见面时不太一样。

初次见面时,他一直很礼貌,即使是说自己因被恐吓的事感到焦虑,也是用很克制的语气。

大概就如金旭所说,这位童星出身的著名演员,习惯了压抑自己的真实情绪,时时刻刻都要像个男神的样子。

但现在他情绪十分不稳定,从刚才就是这样,如果不是在公共场合,面前没有警察,尚扬甚至觉得他马上就要撑不住哭出来。

任谁被这种变态骚扰了两个多月,恐怕都很难保持平静。

除了因亲眼看到被虐动物而毛骨悚然以外,柏图多半还是会有点自责,认为这只无辜的流浪小猫之所以会成这样,是被他所连累。

"这不是你的错。"尚扬轻声安慰他,说,"该被谴责、该接受惩罚的,是那个变态。你只是倒霉,才被这变态纠缠骚扰,你是受害者。"

柏图点了下头,说:"确实是,我一直就是个运气不好的倒霉鬼。"

尚扬听出他的悲观情绪来,像是在说这件事,又好像不仅仅是说这件事。艺术家也许都会过于敏感?

金旭从后视镜里谨慎地观察着后排两人的互动和交流。

尚扬感觉他别有用心,便做了个警告的表情。

金旭却对他露出一个"做得很好"的点赞表情。

他明白了,金旭是在表扬他获得了当事人一定程度的信任。

到柏图家楼下,金旭把四下环境看了一圈,这是一处高档小区,安保配置看起来相当可以,目之所及,监控应该是无死角的,保安也在如常巡逻。

"这小区的物业费应该很贵吧。"金旭道。

尚扬也听不出他是真的在问问题,还是在嘲讽。

柏图如实答道:"我不太清楚,这些费用都是阿姨去缴。"

金旭说:"保姆吗?你不是说家里没别人?"

"阿姨不住家,每天早上来一次,我不习惯家里有外人。"柏图道。

金旭说:"我们上去吧。你们电梯应该是要刷卡的?"

柏图带他们进去,先进单元玻璃门,再进电梯,都要刷卡,加上刚才进小区大门,一共要刷三次卡。

电梯里有四个摄像头。

柏图家住在顶层,一梯一户。

出了电梯门就是入室玄关,而玄关的每个角落都装有摄像头。

"纸箱就放在这里。"柏图指着门外一侧的墙脚,道,"一开门就能看到,箱子当时没敞口,我不知道是什么,也不太想打开,准备找保安来,可是小猫在里面发出了动静,我就打开看了看。"

尚扬代入自己一想那个打开纸箱的画面,替柏图难受起来。

金旭在那墙脚蹲下,抬头看了看监控。

恐吓犯是怎么顺利来到了这里?要把一个可疑纸箱放在柏图家门口,还不被保安注意到,不是一件简单的事。

他问柏图:"外卖和快递能上来吗?"

柏图道:"快递送到物业指定收发点,外卖能到楼下,但是电瓶车只能停在大门外。"

也就是说,这恐吓犯不能依靠伪装成快递员混进来,伪装外卖员也不行,端着一个随时会滴血的纸箱一路从大门走进来,足有几百米,不惹人怀疑是不可能的。

就算成功混了进来,怎么进单元门,又是怎么上电梯,这也是很大的问题。

"去物业调看一下监控?"尚扬道,"在这儿也看不出什么了。"

金旭站起来,道:"我去吧,你和柏图聊一聊。"

尚扬:"?"

金旭朝他递了个隐晦的眼神,是想留他和柏图独处,让他问问合伙人的相关信息。

柏图给了金旭一张门禁卡通,好让他等下回来也方便点。

他走后,柏图带尚扬进到家里去。

这是一套跃层复式,面积很大,客厅中空,说话都有回声,但装潢和摆设却很温馨,很有家的样子。

家里两只松狮犬,过来摇了两下尾巴就玩去了,也是被主人惯得没样子。

"不用麻烦了。"尚扬阻止柏图招待客人的动作,道,"金警官是熟练工,看个监控很快就能回来。"

柏图已摘了帽子和口罩,对尚扬笑了笑,说:"给你们添麻烦了。"

尚扬道:"这是我们分内的工作。"

柏图道过数次谢,是真的客气。

也是真的社恐,人多的时候还不太明显,只留下他们俩,尚扬明显能感觉得到柏图的无措,就是那种不知该说什么,说了会不会惹人烦,会不会冷场的紧张。

这种社恐症状不少见,但出现在一个有名气有颜值、理应光芒万丈的男神级别的人身上,还是有些违和。

不过金旭的判断也没错,柏图对尚扬的印象很好,比较信任这位尚警官。

尚扬道:"我平时不太关注娱乐圈新闻,回去后一查,才知道你的合伙人是梁先生,我妈很喜欢看他的节目。"

柏图瞬间高兴起来,说:"他转到幕后好几年了,现在年轻人都不认识他了。"

"看来你们关系很不错,"尚扬适时道,"以前在综艺节目里,他好像是个有点暴脾气的人,是人设还是?"

柏图道:"没有人设,私下里也那样,脾气不坏的,就是不太会迂回委婉,比较直接的一个人。"

"性格比较直接的话,也有可能会得罪人而不自知。"尚扬道,"有没有可能是他在外面得罪了什么人,牵连到你,他有对你提起过吗?"

"如果真是这种情况,对方也不会用这种手段,更可能在商业代言和片约上动手脚,下绊子。"柏图道。

尚扬心想也是,想说会不会梁玺本人就是个搞事情的疯子,但看柏图这样子,两人感情应该很好,哪轮得到他指手画脚。

聊了这么几句,柏图去了洗手间,尚扬在外面无聊地坐等,琢磨金旭也该回来了。

然而熟练工金警官还没回来,正被聊着的合伙人却先一步来了。

尚扬忙起身,他其实不大看那些电视节目,但今天中午刚在曲燎原手机上看过这人的照片。

真人帅多了好吗,简直就是……反正比照片帅多了!并且有霸总的气质,还有点浪子的味道。

"梁先生你好,"尚扬客气地自我介绍,"我姓尚,是名公安。"

那位梁先生一怔,道:"你好。"

而后大声:"柏图!为什么会有个条子在你家里?"

尚扬:"……"

嫌疑很大啊合伙人,不然为什么怕条子?

梁玺回来得很突然,显然柏图也没想到,迎出来第一句就是问他:"你怎么来了？"

"不忙就来看看。"梁玺奇怪地看尚扬，道，"这位……我们之前没见过吧？"

尚扬道："初次见面。"

柏图说："这位是我的朋友，到附近办事，我邀请他来家里坐坐。"

尚扬："？"

梁玺一脸不信。

尚扬立刻明白了。

梁玺不常去工作室，知道柏图被恐吓的就只有柏图身边的工作人员，假如柏图要求经纪人和助理都不要向梁玺提起，那梁玺很可能到现在都根本不知道柏图被人骚扰、恐吓的事。

所以忽然来访的公安，让他感到很疑惑。

而柏图大概率是没什么朋友，交际圈里可能多数都是梁玺也认识的人。例如那位姓王的前司长，柏图也说过，他是经由梁玺才认识了王司长，人家原本是梁玺的好朋友。

所以他现在说尚扬是来家里做客的"朋友"，梁玺一听便知多半是谎言。

"出了什么事？家里进贼了？"但家里也不像是被盗窃过的样子，梁玺没有向柏图追问，而是直接对尚扬道，"尚警官，你来到底是为了什么事？"

"这……"尚扬看向柏图。

柏图知道再瞒不下去，道："事情……事情是这样的。"

金旭在楼下等到了从分局赶过来的曲燎原，然后刷柏图给他的卡，两人一道上楼来。

那个装小猫的纸箱子上什么都没检查出来，嫌疑人没有留下任何能暴露身份的线索，和以往数次一样。

鉴识结果一出来，曲燎原就掉头来找金旭和尚扬。

在电梯里两人简短交流过了信息。

毫无疑问，把受虐小猫放在柏图门口的变态和之前的应该是同一个人，手法类似，但这次的犯罪手段升级，方式也变得更加残忍。

到了柏图家门口，发现门没锁，虚掩着。

金旭推开门，看到尚扬独自站在客厅中央，正有些担忧地望着里面的房间。

"嘘。"尚扬对他俩做了个噤声的手势。

两人放轻脚步进门来，出于礼貌，只停在玄关，却也能听到里面房间里传出的争执声。

金旭猜到是梁玺回来了，也皱起了眉。

曲燎原就满头问号，他刚才缺席了一会儿，还不知道什么情况。

这下，尚扬确信了梁玺在综艺节目里没有人设，本人就是暴脾气，才不是柏图大开滤镜所说的脾气不坏就是人比较直接。这还不坏？坏透了呀。

刚才柏图把被恐吓的事简单一说，这人当场就炸了。

先是质问尚扬，抓到人了没有？你们公安怎么做事的？都两个月了为什么还没抓到？

尚扬还没说话，柏图解释说是刚报警，尚警官是昨天才介入的。

梁玺又问柏图，语气不像对尚扬那么难听，但也还是怒气冲冲——

"出了这么大的事！为什么你瞒着我？！"

柏图略带歉意地对尚扬说道："我先和他谈一下，尚警官你坐坐，茶吧随便用，冰箱里有零食水果。"

然后他拉着梁玺进了里面房间去，两人吵了起来。

尚扬："……"

前后脚的，金旭和曲燎原就到了。

外面三人面面相觑，在查案，就这么从当事人家里走了肯定不行，可也不好发出声音干扰主人吵架。

大概因为柏图说话轻柔，听不到他的声音，只能模模糊糊听到梁玺在发怒，说什么却听不真切。

金旭悄声告诉曲燎原，正和柏图吵架的是谁。

曲燎原一脸震惊表情。

数分钟后，争执声停止。

梁玺用力拉开了门，脸色难看地从里面大步走出来，发现门口多了两个生人，脚下一顿，疑惑地看尚扬。

尚扬便给了他一个肯定答案："也是条子，我们仨是一伙的。"

梁玺："……"

让尚扬感到意外的是，和柏图吵了一架出来，这位梁先生居然变礼貌了很多，语气虽然还带了点霸道蛮横，和刚才比，倒也算得上是彬彬有礼的霸总了。

霸总说："几位条……警官，有什么线索吗？有没有怀疑对象？"

现在掌握的线索并没到能和当事人说的程度，更何况梁先生看起来脾气是真不怎么样，那就更不能说了。就闫航和庄文理发的那种私信，被梁玺看到很可能会直接找上门去。

"目前在全力侦办中，"尚扬做出了官方发言，"我们条子也很希望能快点抓到骚扰柏图先生的嫌疑人。"

梁玺道："辛苦几位，需要我协助的地方，尽管开口。"

尚扬心道，别添乱就好，最好也别再和男神吵架。

"梁先生，"金旭站在尚扬边上，开口道，"你心里有没有具体的怀疑对象？"

梁玺道："一时想不出。柏图性格很好，不会得罪人。我最近也没惹过事。"

他反应很快，立刻就明白金旭是在问什么。

此时柏图从房间里出来，梁玺和他目光一碰，两人都转开脸，各自带了点不同的别扭。

曲燎原仍然有些茫然。

金旭的视线在梁柏两人之间一个来回，道："冒昧问一句，柏图先生被骚扰的事，梁先生一直不知道吗？"

"他工作很忙，"柏图道，"本来我以为事不大，就没告诉他。"

梁玺嘴唇动了动，话到嘴边又讪讪地没说出来。尚扬猜测应该是一句呛柏图的话。

这两个人有点意思。

说感情好，也确实是很好，小细节上骗不了人。

可是彼此之间又带了点原因不详的疏离感。

原本以为被骚扰是小事——明星们可能在这种事上饱经风雨，最初以为事不大，也说得过去。

可一连持续了两个月，从骚扰变成了恐吓，还是小事吗？

都到了不得不找公安帮忙的程度，竟然没有告诉合伙人。

"你们俩真有意思。"金旭道，"有事不能好好说吗？"

尚扬："……"

曲燎原也道："就是说，都不是小孩了，吵架解决不了问题，有事情要好好沟通啊。"

尚扬直想扶额，两位队友真是一个赛一个精彩。

更精彩的是梁玺，竟对柏图道："听到警察叔叔怎么说了吗？"

好家伙，说得像他被柏图如何欺压了，警察是来给他出头的一样。

柏图没理他，道："金警官，监控有拍到什么吗？"

金旭道："嫌疑人穿了和你们物业保安相似的衣服，戴了口罩，拍不到脸。而且他持有门禁卡，在你们小区里如履平地，现在还不能确定他是通过什么渠道复制到了卡片。物业经理说得查查看是不是有什么技术漏洞。"

梁玺冷笑一声："物业。"

危险人物这么顺利地混进来，还在业主家门口放置了恐怖物品，物业确实也难辞其咎。

金旭道:"正好梁先生也在,我建议是最近不要让柏先生单独出门,进出家门最好都反锁,上好保险。"

一时间所有人面色都凝重起来。

"先前这个人给柏图先生寄恐吓信,朝工作室里扔点奇怪的东西,这些也就是黑粉的程度。"金旭道,"今天这情况看来,这人在得寸进尺,一步一步试探。比较明显的一点是,先前几次寄刀片也好,扔死老鼠也罢,都还会提前发一封预告信,这次完全没有。以我的经验判断,这变态对柏图先生的心理,很可能已经从'我要吓吓你',升级到了'我要伤害你'。"

柏图道:"他是把那只小猫当成了我的替代品,对吗?"

尚扬制止他这样想下去,说:"那是个变态,你别用正常人的心态去理解他,正中他的下怀,他就是想对你形成这样的心理暗示。"

柏图长吁了一口气,那小猫的惨状像块大石压在他心里,被尚扬这样一点,他也恍然明白,嫌疑人借由伤害小动物来刺激他,让他自责,让他认为一切都是他的错,这才是最大的恶意。

曲燎原老师悄悄对尚扬比了个拇指——对被害人的心理疏导做得很好。

"我去联系安保公司,请几个保镖回来。"梁玺冷冷道,"如果抓到变态的话,揍一顿算正当防卫吧?"

尚扬和曲燎原静静看着他,内心同时在想,霸总腔调原来是这个样子,大概也没有人能教他做人了吧……帅倒是帅,但总觉得哪里不太对。

"我建议不要。"金旭道。

尚扬和曲燎原又一齐转头看他。

"保镖又不可能做到三百六十五天、每天二十四小时地盯着柏图先生,他不洗澡不上厕所不睡觉了吗?不要独自外出,锁好门窗,别去人少和人太多的地方,多注意一点比找保镖有用。"金警官在线教育梁总,道,"抓人的事就交给警察,不是你该考虑的问题。"

尚扬和曲燎原:正道的光!

221

柏图道："听警察的吧，你别添乱了。"

梁玺还在记恨柏图隐瞒他的事，高冷地窝里横："柏先生，不要和我说话，我还没有原谅你。"

柏图："……"

三名公安告辞，柏图送他们出来，在入室玄关处等电梯，男神低声向他们道歉。

"梁玺是有点着急了，他绝对没有针对你们的意思。"柏图道。

尚扬和曲燎原都点头表示理解。

金旭道："他是不针对我们，是说在座的公安都是废物。"

其他三人："……"

金旭却一笑，并没生气，只是在开玩笑，又道："柏先生，你为什么没有把这件事告诉梁先生？"

曲燎原道："对啊，这么大的事。"

尚扬怕柏图会被问得不舒服，以眼神示意他俩少说两句。

"没关系的。"柏图道。

"前段时间我们刚吵过架，"他低垂着视线，声音很轻，大概不想被家里的梁玺听到，说，"就在收到第一封恐吓信的前几天，那时有好几天我们都没有说过话，我就没有告诉他。后来缓和下来，和好了，本来我想说的，但新片开机发布会上，我要喝的水瓶里发现了奇怪的东西，这种事……我就不想被他知道，加上心存侥幸，猜想大概只是狂热粉丝的一次恶作剧，没想到接下来又是布娃娃又是死老鼠，越来越严重，我没辙才去找了王总。因为一开始没告诉梁玺，攒了这么多再说，我怕他会更生气，才请王总也帮我隐瞒他。"

金旭道："生气倒还是次要的，恐怕在听你说实情的那几分钟里，梁先生要被吓死了。"

"说出来就好了，"尚扬解围道，"有时候越怕对方担心，就越不知道该怎么开口。"

他又谨慎地问了柏图："梁先生刚才说你又瞒着他，是还有别的事吗？和案件无关的话可以不用回答我的。"

柏图道："是片约的事，经纪人帮我谈的，签约以后他才知道新电影是什么题材，他不喜欢这题材，朝我闹脾气。"

曲燎原道："等下回去就不要吵架了，好好说话。"

柏图对他们笑了笑，说："好的，谢谢警察叔叔。"

和他告别，三位警察叔叔下楼来，没急着走，在小区里四下看了看。

走到小区后方的一排绿化树木旁，后方是一条小街，几乎没人，靠墙的地方放着一个小碗，里面有猫粮，是小区里的好心业主给流浪猫准备的。

金旭说出一个令人毛骨悚然的事实："那小猫是嫌疑人进入小区后在这里抓到的，他把猫揣在怀里进了柏图家单元，在电梯里实施了虐猫行为，纸箱是楼下邻居扔在门口的快递箱。"

尚扬和曲燎原倒吸一口凉气。

"他从柏图家出来后，又从这里翻墙出去，"金旭指了指放置猫粮碗上方的围栏，道，"动作很快，直奔过来，一点没耽搁，直接翻出去逃走了。"

尚扬抬头看了看，说："这可不是摄像死角，小区里巡逻保安一会儿一趟来来回回，从这儿进来又逃走，不怕被当场抓到吗？他还穿着和保安相似的衣服，非常可疑。"

曲燎原到那围栏前试了试，看着是不太高，但想利落地翻出去，他们身手不错的还行，普通人就有难度，除非特意练过。

正说着，两个巡逻保安朝这边走过来。

尚扬出示了证件，向他们询问："你们一直巡逻，今天有看到奇怪的人吗？"

"没有啊。"保安一脸茫然，还不知道发生了什么。其中年长些的那位道，"这小区今年一整年都没有失窃事件，我们物业公司的保安，全市都有名，那是绝对严格按照规章制度做保安工作。"

难道说嫌疑人作案后是仓皇地原路逃走，只是幸运地没被保安看到？

金旭道："严格按照规章制度的意思，就是你们会固定时间巡逻，是这意思吗？"

那两个保安点头，说："我们每次巡逻都要打卡的，经理还会抽查监控，看我们有没有按时间就位。"

也就是说，保安何时会巡逻到某个地点，这有规律可循。

警察们出来，聚在尚扬租来的车上，开了个小会。

"嫌疑人不是第一次到柏图家来，"金旭肯定道，"他来过很多次，可能是为了踩点，也可能就是一直在窥视柏图，他对这个小区的保安流程非常熟悉，还持有门禁卡。"

曲燎原道："等下我去附近派出所请片警帮忙，调一下后面那条小街的监控录像。"

尚扬道："还要再找下物业，门禁系统要升级一下才行，不然这也太危险了。"

"不一定有用。我问过物业，小区门禁系统每隔一段时间都会更新，这两个月已经更新过四五次。如果嫌疑人是复制业主或物业的门禁卡，那升级系统是能阻止他，可是，"金旭道，"如果他本身就很懂这方面的技术呢？再升级一百次也没太大用。"

正读大三的闫航，在念的是通信工程专业。

庄文理大学毕业后就在家里啃老，但原本学的是游戏程序设计。

这两个人，想要破解区区小区安保系统，做一张门禁卡，都不是难事。

金旭道："可是庄文理应该还在 S 市。"

原本更怀疑庄文理的尚扬也动摇了，道："我先打个电话。"

他马上找人查了下庄文理的行动轨迹。

金旭一脸无聊。曲燎原也觉得应该不是庄文理了。

金旭想起一事，问道："班长，你知道你男神新电影是什么题材吗？我记得你说过是个话剧改编的。"

曲燎原说:"是悬疑题材,这 IP 还挺有名的,但具体是什么剧情我也不知道,我没看过。网上应该有,能查到吧。"

金旭拿出手机,搜索这部话剧。

曲燎原道:"这电影有什么问题吗?"

"时间上有点巧合,柏图第一次收到恐吓信,是在传出他接了这片子以后,水里被人投入异物,也是在这片子的发布会上。"金旭并不能确定和电影有没有关系,道,"也许是我多想了。"

尚扬打完了电话,表情微妙地挂断。

金旭道:"怎么?"

尚扬说:"庄文理改了机票,中午一点之前就已经回来了。"

金旭:"……"

尚扬道:"现在怎么说?是不是他嫌疑更大一些?"

金旭却道:"闫航也很有问题。"

尚扬:"……你是不是就纯粹要跟我抬杠?"

金旭道:"领导,杠你是很有意思,不过这次我绝对不是为了杠你而杠你。"

两人这次的"直觉"完全不同,并且目前谁也没有证据能证明自己是对的。

"班长,你觉得呢?"尚扬道。

"我……"曲燎原心想现在想起我了!

他决定中立,随口甩锅道:"我投梁玺一票。"

开玩笑归开玩笑,曲燎原是认真觉得梁玺有可疑之处,只不过是另一个方面。

"柏图说没告诉梁先生实情,是怕他听了生气担心,我觉得这点很奇怪。"

尚扬道:"怎么说?梁先生的脾气一点就炸,柏图怕他惹事,也说得过去。"

曲燎原道:"他会一点就炸,不全是因为脾气差,柏图把这么大的事瞒着梁玺,不太寻常。我总觉得不像柏图所说的那么简单,仅仅因为他俩之前吵过架,冷战时没机会说,过后事情滚雪球一样越来越大,找不到机会再说了?你们觉得,他像是这种没分寸的人吗?还是我男神滤镜开太大?"

"也有道理,但还能有什么其他原因吗?"尚扬问金旭,"你觉得呢?"

"柏图刚才说过一句话,不知道你们还记不记得。"金旭道。

另外两人都看着他。

金旭道:"他说,在开机发布会上,他要喝的水里发现了奇怪的东西,他没告诉梁玺,因为'这种事,我不想被他知道'。这种事,柏图指什么事?"

尚扬莫名道:"当然是说饮用水里有脏东西啊,那是要喝的水,这太危险了,谁能离得开水?这防不胜防。"

金旭问道:"你保温杯里的水是喝完了吗?等下找个地方给你补充下热水。"

尚扬:"……"

曲燎原着急道:"分析案情呢!你俩当是在春游吗?"

尚扬板起脸:"不要打岔。"

"我是觉得重点不在水,重点是在水里的东西。"金旭说,"柏图说这种事不想被梁玺知道,强调的应该是这种有性骚扰含义的行为,他不想被梁玺知道。"

"这也不难理解,正常男的遇到这种事都不想被别人知道。"尚扬道。

金旭道:"而且他强调了是'这种事',这话让我觉得有点奇怪。只是我不确定,一个猜测方向吧,有没有可能,柏图曾经遇到过类似的骚扰,很可能还是比较严重的情况。"

因为说的是他自己也不确定的猜测,他的语气也变得谨慎:"也许这件事让他和梁玺都心有余悸,他担心又发生这种事,会惹毛梁玺,导致他做出什么过激行为。像班长说的,我也不认为梁玺生活里脾气很差,正相反，和柏图比起来，他才应该是个心胸比较开阔、乐天派的人，只是有钱人比较爱装罢了。会一点就炸，是因为对柏图的事格外上心。"

"这样一来，柏图会隐瞒梁玺这么大的事就变得合情合理了。"曲燎原道。

他和尚扬齐齐静默了片刻，被金旭说服了，并且还都很服气，这半天忙乱成这样，金旭竟还能从柏图的一句话里，发现他们都没注意到的盲点。

"华生，"尚扬道，"那我们接下来去哪儿？"

金旭道："不是说庄文理回来了吗？找他问问话，改机票提前回来是要闹哪样。"

到庄文理住的小区时，天色已经彻底黑透，六点多了。

原本他搭乘的航班要到晚上八点才落地首都机场，提前改到了中午回来，时间刚好够得上去柏图家门口作案，这也让尚扬原本对他持有的怀疑越来越重。

在门岗出示了公安证件，门岗抬杆，放他们的两辆车进去。

尚扬和金旭在前，尚扬照着资料上的楼栋门牌号，指挥驾车的金旭左转、直行，曲燎原的特斯拉跟在他们后面。

"这小区和柏图家那小区档次差不多？"金旭道。

"是，物业费应该也很贵。前面再左转一下。"尚扬道。

车子左转，再开几百米就到了。尚扬忽然看到前方迎面走来一个拖着行李箱的人，路灯和车灯的光亮勉强能让人看清楚那人的长相，好像是……

他忙拍金旭的手臂，道："停车！"

金旭踩刹车停下，尚扬立即开了车门下去。

后面曲燎原停车快步过来，问他："怎么了？"

金旭道："好像是庄文理。"

"庄文理？"尚扬走到拖着行李箱的人面前，刚才在车上看着像是照片上的年轻人，走近了确定就是，于是出示证件，问，"你这又要去哪儿？"

那年轻人边走路边玩手机,茫然地看看尚扬,又看到金旭和曲燎原,迟疑道:"我是庄文理。你们……有什么事吗?"

"你的微博昵称是不是……"尚扬说了一个微博昵称,就是庄文理的万粉追星大号。

"我是。"庄文理震惊道,"追星也违法吗?不是吧……我不是职业粉丝,和偶像工作室没私联,从没搞过'人肉'对家粉的事,骂人倒是常有,可也不到网暴的程度啊……啊难道是……教小粉丝们上外网违法吗?这也不违法吧?"

尚扬:"……"

他也迷茫了,这青年有点……有点耿直的傻,好像不太像能干出那些事的样子。

金旭过来,说:"你拖着行李箱又要去哪儿?不是今天刚从S市回来吗?"

庄文理没想到警察竟然掌握了他的行踪,结巴起来,道:"我那个……就是……"

金旭道:"外面冷,不如带我们到你家里聊聊?"

庄文理的公寓。

门口开放式鞋架上都是篮球鞋,金旭和尚扬不太关注这些,曲燎原嘀咕了句:"还都是限量版。"

庄文理闻言,眼睛一亮,明显是想炫耀下,但有点害怕一脸冰冷的金旭,最后也没敢炫,道:"警官们,随便坐。"

他家里倒是干净,和柏图家那种温馨感不一样,一个单身男青年的家,大约是请了钟点工,边边角角都收拾得很规整。

室内明亮灯光下再看这庄文理,是个长得很帅、打扮很潮的年轻人,发型搞得像个明星,额头长了两颗青春痘,有一点黑眼圈,但皮肤白皙,气质也是富家小孩的样子。

"找我到底什么事啊?"庄文理一副惴惴不安的样子。

尚扬道:"你在微博上好像是御姐人设。"

庄文理有点尴尬,说:"好玩。"

"线下不会掉马甲吗?"尚扬道,"比如说你这次去S市那个活动现场追星,其他粉丝认不出你?"

庄文理道:"我……我会乔装一下。"

曲燎原没有太懂,说:"怎么乔装?"

尚扬道:"女装。"

金旭也是第一次见到这种情况,奇道:"那声音不会暴露吗?"

庄文理当场换了个御姐声线:"当然不会啊。"

三名警察:"……"

庄文理不好意思地笑笑,换回男声说:"我中学就爱去漫展打扮成女装角色,后来大学本来想学动漫,阴差阳错学了游戏,毕业以后上了两天班。我跟你们说,游戏行业就不是人干的,就辞职家里蹲了。"

尚扬道:"行行行……你这又是要去哪儿?据我们所知,你本来今天晚上才回来,提前回来干什么?"

庄文理:"……"

金旭出言道:"我发现你一直在看时间,约了人吗?"

庄文理道:"没有,我一会儿的飞机,飞G市。"

金旭道:"胡说,你没买去那里的票。"

尚扬心想,还没查他的新行程啊,你怎么知道?……这家伙,又在诈嫌疑人。

结果还真被金旭诈到了,庄文理立刻就慌了,磕磕巴巴地说:"我……我其实是……"

"你其实是想去机场,假装成你刚从S市回来。"金旭道,"有人还在机场等着接你,是吗?"

庄文理:"……"

这富二代招了,他是个渣男,脚踩两条船。

229

女朋友 A 知道他晚上八点回来，约好了去机场接他。他为了和女朋友 B 约会，提前中午回来，下午就是和 B 在一起。现在要赶回机场去和 A 会合，还要假装是刚下飞机。

他把女朋友 B 的手机号给了警察们，又翻出下午和 B 约会的照片，给警察们看。照片拍摄时间是下午两点半，地点在 SKP，以这个时间算，无论如何，他也来不及再去柏图家门口犯案了。

曲燎原问庄文理："你用小号给柏图发过骚扰私信，你怎么想的？"

庄文理大惊失色："这你们都能查到？！"

他给柏图发的私信，被曝光出来分分钟社会性死亡。

尚扬再度官方发言："网络不是法外之地。"

庄文理尴尬而羞愧地红着脸，说："我就是气不过，我们弟弟太适合那个 IP 了，那话剧我现场看过，改编成电影，那角色就是为弟弟量身定制的，既美又强还惨，谁演谁爆。结果半路被柏图演了……是，我也知道人家是影帝大佬，我们弟弟不过就是娱乐圈打工人，不像人家大咖背后有资本……"

"别扯没用的，不想打工就辞职别干，你不就在家里蹲着啃老吗？"金旭对这些论调一点兴趣都没有，直奔主题道，"问你为什么要发那种消息给柏图，你骂别人的私信也没少发，为什么只有发给柏图的是这种内容？"

庄文理道："我喜欢弟弟是真拿他当弟弟，选秀的时候真金白银为他花过钱的。我那么喷柏图，真就是在撒气……"

网络上的行为一旦照进现实，当事人自己都觉得离谱，庄文理说着说着大概也觉得很荒唐，语气也变得自我怀疑，说："就是，他即将要演的那个角色，原版话剧里的设定是，小时候曾经被继父猥亵……不过听说电影版会改设定。他们明星不看私信的吧？我就是随便喷一喷，又没发微博，不是说转发过五百才违法吗，私信也违法吗？"

被警察叔叔们批评教育过后，庄文理还着急想走，仍然想在预定时间赶到机场去蒙骗他的女朋友之一。

金旭又拿着本子,问他从小到大的经历,在哪儿上的小学、中学、大学,最近半年有没有和人结怨,应该不是第一次追星吧,以前还追过哪些星……

明摆着就是拖着他的渣男行为。他问了一会儿,曲燎原接棒继续问。

尚扬就给下午和庄文理在SKP约会的女孩打了电话,询问过后确认两人下午在一起,庄文理没有作案时间。

最后他又向女孩暗示了庄文理另外还有个女朋友的事,才挂断了。

庄文理有些烦躁,因为害怕金旭也不敢发脾气。

七点多,金旭道:"行,就这样吧。感谢你的配合。"

庄文理如蒙大赦,等三名公安一走,等了几分钟,就赶忙重新叫车,拖着行李箱再度出门。

下楼后,庄文理忙不迭地朝大门外跑。

他身后转角处,金旭等三人看着他一路飞奔的背影。

"要再拦他一下吗?"曲燎原道。

"算了,"尚扬道,"这时间已经赶不上了。"

机场等庄文理那女孩,但凡稍微机智一点,也该发现点蛛丝马迹。真发现不了,他们也没办法,只能帮到这里了。谈恋爱你情我愿的事,脚踩两条船,还真"不违法"。

庄文理的一切行为,就是在"违法"的边缘疯狂试探。

尚扬问金旭:"你刚才是怎么看出,他是要去机场假装刚下飞机的?"

金旭道:"我就是诓他一下,诓到就赚了。"

曲燎原道:"我也得练一练这种诓嫌疑人的技巧。"

尚扬道:"小心翻车,嫌疑人不上套,那就丢脸了。"

"确实,不是每次都好用,有时候碰上心眼格外多的嫌疑人,真有可能翻车。要多练几次,就算翻车也别慌,立刻问下一个问题。"金旭诚实地说道,"实际查案和理论研究是两回事,不能老是端着怕丢脸,偶尔翻车是很正常的,最后找出真相抓到嫌犯,就不算丢脸。"

尚扬："……"

金旭说得很对，只是他有点被内涵到。

"这小孩真神奇，"曲燎原怕他俩杠起来，道，"女装，渣男，追星追到脑残，还是个网络喷子，五毒俱全……"

尚扬道："他也未必是真喜欢二次元，和他追星一样，就是享受在小圈子里做头儿的愉悦感，真喜欢怎么会在游戏行业才做了几天就辞职？"

金旭说："换个角度说，女装混圈子，搭讪来更方便，才二十出头的年轻人，黑眼圈重成那样，很难说他身体不虚。"

"追星这事也是，将来庄文理因为点什么事对他弟弟粉转黑，再用骂柏图的方式去骂他弟弟，一点都不奇怪。"尚扬唏嘘道，"就像闫航，本来非常欣赏柏图，因为一部扑街电影就对柏图粉转黑，饭圈男孩的心思真难懂。"

新晋柏图粉曲燎原道："就是这些人，把追星本来很纯粹一件事搞得乌烟瘴气。这帮网络喷子真讨厌，这两年随便点开哪个 App，新闻平台社交平台还有短视频平台，这种仗着网上说话不用负责任的人往往跳得最高。不上网无聊，上网能气死。"

"智能手机和各种 App 的普及，让他们能直接跳到每个人面前。"金旭道，"以前也不是没有。"

他揶揄地瞥了一眼当年在他们那一届曾很有名的键盘侠尚扬同学。

尚扬道："谢谢，我以前才不是这样，和网友对骂都是因为观点有分歧，是有理有据的激烈讨论，而且我从不喷脏。"

"这我能做证，和他一起网吧包夜，我们打游戏，他和网友对骂了一晚上，我一看……"曲燎原笑起来，说，"那就是写了一通宵小作文，论证大国军事崛起的无限可能。"

尚扬："……"

他不想金旭认为他以前曾经是庄文理那样的键盘侠，但写论文和网友对骂也很糗，反驳道："哪有那么夸张，我只是比较礼貌地教慕洋犬做人。"

十年前公知横行的年代，那时的键盘侠和当代键盘侠本质就不是一个"物种"。

"我还真没近距离见识过尚主任和人怎么吵架，都是听说的。"金旭笑了笑，说，"尚主任以前都不和我玩的。"

尚扬冷声道："我和你不是双向不玩吗？"

曲燎原无奈道："你们俩有没有意思？整天互啄。"

尚扬也觉得有点幼稚，便不再说话。

金旭道："去闫航那里走一趟？看看他案发时在干什么。"

但是在闫航那里扑了个空，住处没有人。

回到车里，尚扬给闫航打了个电话，开了外放。

闫航说在学校实验室，最近在为一个专业性比赛做设计，从中午吃过饭忙到了现在，并问："尚警官，是还有什么需要协助调查的吗？"

金旭对尚扬使了个眼色，尚扬明白了，说："没有，是上午的笔录，你的签名不太清晰，想找你重新签个名字。"

闫航道："明天上午我有课，下课以后给你打电话？"

金旭又对尚扬做了个手势，意思是问问他女朋友，尚扬有点疑惑，但照问了。

闫航道："找她有事吗？她晚上要出去做家教兼职。"

挂了电话后，尚扬问："问他女朋友做什么？"

金旭道："他女朋友不奇怪吗？男朋友给男明星发那种消息，她还觉得很正常。"

"说明两个人三观一致。"尚扬道，"不然去学校调看一下监控，他说下午都在实验室，去看看他说的是真是假，不就一目了然了？"

曲燎原积极道："正好，他们学校保卫科我有熟人！"

之前这所大学搞安全演练的时候，曲燎原老师被请来当过顾问。

三名警察带着疑虑，到大学保卫部门去调看了下午的监控，曲燎原刷脸非常有用，不然当晚都未必能调出来，重点高校的行政级别不低，正儿八经走起手续还有点麻烦。

监控显示,下午两点,闫航进了实验室,中途出来上过两次厕所,傍晚去食堂吃过饭,除此以外,就一直待在实验室里没出来过。

庄文理和闫航这两个重点嫌疑人的嫌疑,被排除了大半。

至少可以确定发生在下午两点多的那次把被虐猫咪放在柏图家门口的恐吓行为,这两个人都不具备作案时间。

原本也还有几分怀疑的梁玺,根本没有作案动机。

案件一时撞进了死胡同里。

尚扬和曲燎原有点气馁。

"今天就到这儿?"金旭像无事发生,还提议收工,道,"也没什么可跟的了。"

曲燎原查案查得意犹未尽,急于找到新线索,说:"这么早就下班?才九点多。"

金旭说:"班长,你还想查点什么?"

曲燎原想了想,还没想出来。

金旭道:"想查什么就自己查去吧,我和尚主任要下班了。"

第三章
JIN JIA XUAN
QU LE NA LI

金旭站在特斯拉边上,微弯着腰,和车内的曲燎原说了几句话,待他折返时,特斯拉也开走了。

他回来这边,见尚扬坐在了驾驶位,自己就上了副驾。

"领导,带我去哪儿?"金旭边系安全带,边问了句。

"送你回去。"尚扬道。

金旭看他一眼。

他踩油门,把车开了出去。

两人暂且都不再说话,车里静悄悄。

开出一段路后,尚扬的手机响了一声,有新微信消息,他在开车抽不出手看。

过了几秒,金旭的手机也响了一声同样的提醒,他也没看。

"我猜是曲燎原发来的。"金旭道。

"我猜我的也是。"尚扬道。

"你猜他发了什么内容？不如我们打个赌，"金旭道，"来猜曲燎原的微信消息。"

尚扬心想，你太无聊了！现在是玩游戏的时候吗？

他说："好，成交。我先猜。"

他和曲燎原太熟了，当年在学校就秤不离砣，毕了业以后同学们各自散落天涯，再聚首总有点人世沧桑的变化，唯有曲燎原，什么时候见到都还是当年的感觉。

他闭着眼睛都能猜到曲燎原这时候会找他说什么。

"'这什么情况'，"尚扬猜测道，"还会加一排问号。"

金旭道："他发给我的可能是，'好好说话，别动手'，会加一排感叹号。"

尚扬突然怀疑自己上当了，刚才和曲燎原分别时，金旭单独和曲燎原说了几句什么，他可没听到。

"我只是告诉他，我和你有些陈芝麻烂谷子的事要解决一下，"金旭道，"让他路上注意安全，没说不该说的。"

等红灯，两人把各自的微信消息打开。

曲燎原发给尚扬的没有文字，只是一排问号。

发给金旭的，确实是："好好说话，别动手啊！！！"

尚扬："……"

他指控金旭的作弊行为，道："你说的话误导了他，他以为你是要找我算旧账，你这是耍诈。"

金旭正经道："办案中可以适当地使用一些问询技巧，这不违反警务条例。"

两人到了金旭下榻的地方，是他来学习，组织统一安排的定点宾馆。

"我不上去了。"尚扬把车停在门外车位上，但不准备下车。

金旭上去后就开走了。

第二天上午，十点多，三人小组再度聚首。

曲燎原把昨晚没得到回应的那串问号具象化在脸上，盯着尚扬看。

尚扬严肃道："等下再去趟大学，找下闫航的老师问问情况。"

曲燎原道："好。"

今天是周一，曲燎原把特斯拉还给了他也要上班的哥哥，仨人要去闫航的大学，他也得坐尚扬租来的车。

金旭主动当司机，尚扬要去和班长一起坐后排。

曲班长觉得这样不好，很像是他俩真把人家金旭当成了司机，不够尊重人，又把尚主任推进副驾里，自己上了后排。

"吃巧克力吗？"曲燎原从后排递过来一小盒巧克力。

尚扬拿了两片，问曲燎原："是不是学校有事？上车你就一直在发消息。"

曲燎原低头打着字，回答道："不是，我哥单位开会，他正在摸鱼，找我聊闲话。"

尚扬吃了一片巧克力，剥开另一片，拿在手里往左边一给，是让金旭吃的意思。

金旭单手握着方向盘，右手接过巧克力，慢慢地吃掉。

曲燎原发了会儿微信，抬起头活动活动脖子，发现前排两个人又陷入了"气场不和的冷场与尴尬"。

这两个人真是的，这么多年了还是老样子。曲燎原内心叹气。

某重点大学。

闫航的班主任是位中年女老师，她接待了三名警官，得知对方是来找她问闫航的事，感到很诧异。

"闫航？"班主任怀疑地说，"他怎么了？他可是个好孩子，学习很刻苦，参加各项活动都很积极，人品很端正，你们确定是他牵涉到了什么事？会不会搞错了呀？"

曲燎原是公安的同时也是个大学老师，明白当老师的对学生都有回护之心，道："是有件事和他有点关系，不是说他一定有违法行为，我们现在也只是来了解情况。他追星这事您知道吗？"

班主任道："知道，他喜欢柏图，有谁不喜欢柏图呢？怎么了，他是在网上参与骂战了吗，还是参与了人肉事件？"

恐吓事件有可能和闫航没有关系，那闫航的行为就是通过私信的形式骂了骂明星，他自己的认错态度也很好。警察们进来前就讨论过，是没有必要把这种事向他老师特别说明的，毕竟这也算是隐私的一部分。

于是曲燎原道："这倒是没有。"

"那就好。"班主任应该是听说过饭圈的一些不良传闻，确实有一点这方面的担忧，听到说不是，放了心，又替闫航打包票道，"这孩子我个人还是很放心的，我觉得他不会参与什么不法活动。"

曲燎原又问了些闫航平时在学校的事，例如和同学的关系，性格有无偏激的地方之类，班主任一一都回答了。

在班主任看来，闫航不但成绩优异，获得过多次专业奖项，而且性格温厚、善良，和同学相处得都很好。

和昨天尚扬、金旭了解到的基本一致，老师对他的评价要更好一些。

金旭问："闫航的家庭情况如何？"

班主任道："还可以，算是小康家庭，父母亲都有稳定工作，还有个姐姐，好像是在 G 市上大学。"

"他有个姐姐？"金旭和尚扬对视了一眼，看出对方的疑惑。

他俩都看过闫航的户籍档案，闫航家里只有他一个孩子，没有兄弟姐妹。

"他姐姐还在上大学的话，那应该和他年龄差不太多。"金旭道，"您能再回忆一下，他自己说他有个姐姐吗？"

班主任却道："不是他说的，是他姐姐来这里玩，到学校来找他，他的女朋友误会了，还和他姐姐吵了起来，后来才知道那是他姐。我是听其他同学说的这事。"

从教师办公室出来，三人讨论了一下。

"会不会闫航也像庄文理一样，是脚踩两条船的渣男？"尚扬有这么个猜想，但又说，"这和恐吓案也没什么关系。"

金旭道："假设那女孩就是他的姐姐，现在也在上大学，两个人的年纪差距太小了。我要是没记错，闫航的妈妈是公务员，以他俩这年龄，当时还没放开二胎吧。"

"我没明白你想说什么，"尚扬道，"就算要二胎是违反当时规定的操作，那是他爸爸妈妈的问题，和他有什么关系？"

曲燎原却明白了，说："假设他没对同学和女朋友说谎，他和那女孩真是姐弟关系，他俩之中，可能有一个不是亲生的。领养或者……重组家庭？"

尚扬茫然道："这到底和恐吓案有什么关系？"

曲燎原说："我不知道啊，问题又不是我提出来的。"

金旭道："我提出来的，可是我不确定有没有关系。先查了再说吧。难道现在还有别的嫌疑人吗？"

尚扬："……"

曲燎原道："要不，再去查查梁玺？"

金旭："……"

"我打个电话，"两者一比，还是闫航更有嫌疑，尚扬道，"请同事帮忙，先查下闫航父母的婚姻史。金旭说得没错，有没有关系都得查了才知道。"

他真的开始打电话。

曲燎原吐槽道："你就惯着他吧。"

尚扬转过身到一旁去讲电话，当作没听到这句吐槽。

等他打完过来，看见曲燎原独自走了。

"班长干什么去？"尚扬诧异道，"不是真去查梁玺了吧？梁玺有嫌

239

疑吗？没有吧？"

金旭道："没有。他去找闫航的同学，多打听点情况。"

尚扬道："接下来呢？"

金旭已经是三人小组的指挥官，道："查了闫航的爹妈和姐姐，怎么能放过他的女朋友？"

闫航的女朋友名字叫安然，也是同学校的大三学生，但和闫航不同院系，学的是本校另一个王牌专业。

他们见到了安然的班主任，是位男老师，和尚扬金旭年纪相仿。

与闫航班主任对闫航的百般回护截然不同，这位老师一听是来问安然，就先是问："她犯了什么事？严重吗？"

听到公安说是要问和闫航有关的信息，这班主任竟冷笑一声，道："我就知道，她这恋爱谈的，没一件好事。"

这位班主任非常不满地说了下情况。

安然原本成绩非常非常好，是从某个内卷极为激烈的大省考到本校来的，那一届学校在她们省里只招了两个学生，安然是那一届全国二卷的全校第一名。

入学后大一，她的表现也很好。她学习努力，对参加社团活动也都很积极，能唱会跳，长得又很漂亮，刚上大一就被很多人说是系花了。

直到她参加了电影社团。

在电影社团里她认识了闫航，在闫航的追求下，两人各方面倒也算是登对，迅速谈起了恋爱。

最初两人是一对令人羡慕的金童玉女，不光是学生，还有不少老师都很看好他们俩。

谁知安然慢慢就变了。

男老师越说越是痛心疾首，道："我都不知道该说她什么好，是女孩子都这么恋爱脑吗？我看别的女生也不这样啊？安然以前真是特别好的一个女孩子，在学习和生活上都很积极，老师们也都喜欢她。"

"谁知道就谈了场恋爱，完全失了智，每天就知道绕着她男朋友转，凡事都以男朋友的需要为先，不知道的还以为她是封建家庭的童养媳。成绩不管了，整天旷课，打工赚钱给男朋友买电脑买手机，在校外租的房子比我租的房都贵！

"她也不跟其他学生玩，以前相好的几个小姐妹现在都走得远了，别人都还知道自己是大学生，不是家庭主妇，她真的……不是我说话难听，但凡长点脑子，费这么大劲考上了理想的学校，上学来就为了谈恋爱吗？不能这样吧？

"而且她男朋友，人家男孩子，什么都没耽误啊！前阵子听说还拿了个校级竞赛的金奖，她自己呢？我找她谈过好几次了，让她别这么恋爱脑，她表面答应得好好的，转头走了，一点用都没有！我现在也懒得管她，实话说我都担心她升不了大四，挂科挂得要留级。我是个男的，有些话也不好和女孩说得太直接，现在我就一点辙都没有。"

这老师从前对安然应当是寄予了厚望，希望有多大，现在失望就有多大。

"咱们国家的高等教育，是烧着国家的钱，好让每一个学生实现梦想。"老师说到最后简直就是悲愤，道，"其实我和她是同省考生，我们省高考太难了。早知道她是这样，当初何必要占用了我们省里这么宝贵的一个录取名额？上好大学，就是为了让她能找个好对象吗？她把大学当成了什么？"

尚扬对这位老师肃然起敬，想起了许多为教育事业前赴后继的栽树人。

他有些感性，好在金旭始终是理性担当。

"老师，"金旭道，"所以这样说起来，安然对她男朋友闫航，是言听计从的吗？"

金旭这话的意思很明确，尚扬立刻明白，他是怀疑安然所谓的"恋爱脑"，是被男朋友闫航PUA[1]的结果。

---

1 全称"Pick-up Artist"，原意是指"搭讪艺术家"，后泛指很会吸引异性、让异性着迷的人和其相关行为。

遭遇 PUA 的女性受害者，往往对加害者持有无下限的信任和盲从。

假如真是这样的话，安然就有可能配合闫航犯错。

那位男老师也问道："这位警官，你是想说安然有可能被男朋友 PUA 了吗？"

他与金旭尚扬年纪相仿，"PUA"一词这几年频频出现在网络热点事件中，年轻老师们自然对此也有了解过。

"其实我最初也有过这方面的怀疑，还专门到她男朋友的院系里找了多位老师打听过，我也亲自接触过这个叫闫航的男生，希望他能劝说安然迷途知返。后来我问过安然，安然说，闫航当天就找她深谈过，表达了劝她好好学习的意思。这男生是个老实孩子，有些内向，在学校里全部心思都在学习上，消费欲很低，生活俭朴，对身边人很友好，对女同学和女老师都很尊重，对安然也算是很专一，没有 PUA 男的特征。"老师无奈地说，"最后我也只能想，是安然自己的婚恋观出了问题，怪不到人家男生头上去。"

尚扬提出疑问道："性格内向老实，并不代表就一定不会 PUA 女友。"

老师解释道："不光是性格的原因，是他们两个人在一起，明显能看得出来安然是拿主意的那个，闫航就有点唯唯诺诺的，两人之间的大事小事都是安然在掌握主动权。如果他俩已经结了婚，闫航就是个'妻管严'，不存在安然对他言听计从的情况，反过来还差不多。"

"就是说，安然同学既打工赚钱给闫航买这买那，校外租房同居、生活开支的钱大概也是她在承担，同时还掌握了小家庭里的话语权，"金旭道，"她在扮演传统家庭里丈夫的角色？"

尚扬："……"

以为是被 PUA 的安然，实际上拿的是男主或大女主剧本？

刚才假设安然是从犯，就目前掌握的情况，闫航是没有作案时间的，安然协助他犯案的话……不太能说得通。

两人如果是这种相处模式，安然是主犯还差不多。

另外就是,安然他们都见过,不到一米七,身段玲珑,而柏图家门口的监控,拍到的无疑是个男人。

班主任一怔,还没有朝这个方向想过,思考了片刻才道:"这样说也有道理,可是不太准确。怎么说呢……"

他又想了想,才找到一个准确的表达方式:"我刚才形容安然,说她很像封建社会的童养媳,就是她给我一种,她要为闫航无私奉献自我的感觉。可是人家闫航并没有提出这个要求,她是单方面地付出,耽误自己的生活,荒废自己的学业,也许还有了某种自我感动,最后谁劝也不肯回头。我劝过她,找以前和她关系好的闺密劝过她……就差找她家长了。"

提到了安然的家长——

"安然的家庭情况怎么样?"金旭顺势问道。

"她家在我们省的省会,父母都在当地一家大型国企工作,家庭条件比上不足,比下有余。大一刚入学的时候,她父母送她来学校,我见过一次,是很幸福的三口之家。"班主任感慨道,"她的父母看起来就是感情很好的一对夫妻,按说对她的家庭观念应该有正向引导作用,不知道为什么会这样。"

能从班主任这里了解到的情况也就止于此。涉及案件的内容,他们暂时也不方便向老师过多透露。

这位老师表示了理解,并说:"安然本性是个好孩子,如果做了错事,也是一时糊涂才走了弯路,我衷心地希望和请求,你们一定要帮帮她。"

尚扬说:"只要我们能力所及,一定。"

金旭道:"老师,刚才说到安然以前的闺密,她也是你们班的学生吗?方不方便找一下她?"

"是我们班的,以前和安然一个宿舍。"老师看了看表,道,"这个时间刚下课,我给她打个电话让她来我办公室。你们就在这儿问,在外面问，被其他学生看到也不太好。"

安然的闺密很快从教学区过来了。

一进办公室，就看见金旭两人，这女孩悄悄打量这两位陌生的英俊男子，满脸少女式的可爱好奇。

金旭板着一张脸。

尚扬对她笑了笑，指对面的椅子，示意请她坐下。

班主任告诉女孩，这两位是公安，来问些和安然有关的问题。

女孩当即笑不出来，紧张到不知该不该、能不能坐下。

这年纪的普通人一般没有被公安找上门的经验，不知道出了什么事，害怕和紧张都很正常。

班主任悄声对她说："没事的，知道什么就说什么。"

她看有信任的老师在场，她才稍微好了些，在那张椅子上坐下。

这时，尚扬忽然想到，他和金旭第一次去闫航和安然的出租房时，安然开门后听他俩说是公安，只是小小地疑惑了一下。

比起这名女孩的正常反应，安然似乎过于镇定了。

包括后来被问话时，她表现得游刃有余。此时回想起来，甚至有好几个问题，都是她替闫航做出了回答，反而是闫航磕磕巴巴，更像第一次被公安问话的样子。

难道安然早已经预料到公安会找上门？这是怎么回事？

他恍然大悟，难怪金旭一直对闫航女友也持怀疑态度。

大概当时见面，金旭凭丰富的经验就已经产生直觉，这女孩面对警察时不寻常的态度，是有点问题的。

他向安然的闺密问话："你对安然搬到校外以后的情况，了解吗？"

女孩道："不算太了解，她搬出去以后，我们很少有机会见面，偶尔在微信上聊几句。"

班主任刚才也说过，安然旷课很严重，又不住校，确实和这些同学相处的机会大大减少。

尚扬道:"她和你聊她的男朋友吗?你认不认识这男生?"

女孩点了点头,说:"认识,闫航追安然的时候,经常在宿舍楼下等,我们宿舍人都认识他。"

据这位闺密的回忆,闫航当初追求安然的时候,宿舍里女孩就都知道,这是个笨笨的男生,花哨的追求技巧一概没有,就是老老实实,风里雨里始终在等你。

身为系花备受男生欢迎的安然,刚开始嫌他在一众追求者里太过老实,不久就不留情面地拒绝过闫航一次,但他也没放弃,仍然和之前一样。

后来,安然在一个演讲比赛里落败,心情低落,闫航又照常来送温暖,她一时不快,拿闫航当出气筒,当众给了他难堪。闫航也好脾气地忍了。

这事过后,安然有点被他感动到,两人就谈起了恋爱。

从大一下学期末在一起,到现在已经有一年半多了,到这学期开学,两个人才搬出去同居。

"他们正式恋爱以后,闫航和以前比,有什么变化吗?"尚扬问道。

他想的是,这种"老实人"追姑娘的戏码,追上之前和追上以后,行动和态度上往往会有较大落差。

很多男的追女孩的时候,完全就是不管不顾,什么卑微的事都做得出来,等追到手,装不了几天,很快就会露出真面目。

其中有那小肚鸡肠的,还会认为自己追求女孩时受了"委屈",等在一起后,还会恶意地向女友清算,嘴上不说是为了报复,只是横挑鼻子竖挑眼地指责女友身上有这样那样的毛病,妄图通过打压女友的自信心,发泄自己当卑微追求者时的负面情绪。

这种行为可以归为无意识的PUA,现实生活中很常见。

女友安然的闺密却说:"没变化,他对安然还是那样,我们宿舍人都觉得安然眼光很好,当时追她的男生很多,条件都不差,闫航真不是最出挑的,结果好上了以后,闫航让我们都很意外,他几乎就是模范男友。"

金旭道:"怎么个模范法?"

闺密道:"就是……他把安然宠得像个宝宝,夏天怕她晒着,走一路就能给她撑一路遮阳伞,冬天怕她冻着,身上总是揣着好几贴暖贴备用,生理期都不用提醒,一早就给她准备好红糖姜茶,怕凉了还装在保温杯里……"

这个年纪的很多小女孩,都把这种"宠"当作挑男友的黄金准则,没准宿舍里聊过多少次,都很羡慕安然找到了这样的男朋友。

这闺密现在不太紧张了,也是个活泼女孩,叭叭地讲了一大串这种"甜宠"事迹。

尚扬&金旭:"……"

两个人头顶上仿佛冒出无形弹幕:就这???

最后班主任也听不下去,打断道:"这算什么宠?你们小女孩能不能清醒一点?都是独立行走的成年人了!要尊重对方的独立人格,在恋爱里各自成就更多彩的人生……现在那些甜宠文甜宠剧里的工业糖精,把你们都给毒傻了。"

女孩讷讷了数秒,小声道:"老师,你还是想想,为什么你三十多了还单身。"

班主任:"……"

"别说废话。"金旭道。

他始终冷冰冰,还带了点痞气,看起来既冷漠又不好惹,当事人总是会比较怕他。

女孩当即不敢再那么随意了。

接着又换了尚扬来唱红脸,温声道:"据我们所知,安然和闫航都曾经是电影社团的成员,闫航是柏图脑残粉这件事,应该很多人都知道。"

女孩点点头,表示自己也知道此事。

"那安然呢？"尚扬道，"她对柏图什么观感？对于闫航追星这事，她有没有表达过什么看法？"

女孩道："柏图是全民男神，我们寝室都喜欢他，安然也喜欢，但肯定到不了闫航那种程度。"

金旭指出了重点："尚警官的意思是说，自己男朋友如此热烈地喜欢一个男明星，安然没表达过什么不满吗？"

女孩："……"

班主任道："想到了什么，都要和警察说明白。"

"也不是什么大事，"女孩有些尴尬地说，"闫航以前追安然的时候，我们宿舍人都不太赞成安然选他，有一方面的原因，就是他追柏图追得太疯了，很像……当然后来知道了，他肯定不是。"

尚扬和班主任都在所难免地露出一点点尴尬。

金旭还是冷冰冰的样子，提出了疑问："你们怎么知道他肯定不是的？"

女孩脸红得要命，很小声地说了一句话。

金旭若有所思地点了点头，道："行吧。"

问完话以后，那女生先走了，两名公安也向班主任告辞出来，走在校园里。

尚扬给曲燎原发消息问他进度，曲燎原简短地回复让他们再等一会儿。

北风凛冽，金旭和尚扬便先回到了车上，打开暖风暖和一下。

这一路走出来，尚扬被风吹得够呛，忍不住揉搓冰了的耳朵，想抓紧时间和金旭聊聊新鲜出炉的发现，道："安然好像是有点不对劲，你是不是早就这么觉得了？"

金旭道："昨天在他们那出租房里，她表现得过于积极。你我向闫航问话，闫航一听是柏图的事，就开始紧张得说话都磕巴，这时候安然洗了水果送上来，当时我就觉得她不像是要招待咱们俩，倒更像是过来安抚闫航的。"

尚扬也回忆了下，说："她送来水果后，好像大部分问题就都是她在回答，闫航几乎没怎么说过话了。"

"还有，我发现他俩可能养了猫以后，闫航说猫在睡觉，"金旭道，"是安然主动提议，问我想不想去撸猫。"

这个细节，尚扬一点都没留意到，能记得住，也是因为他当时没想到金旭竟然真去撸了把人家的猫。

金旭道："这给我一种感觉，她想让警察亲眼看到，他们俩确实养了猫。"

尚扬道："如果想让警察知道他们养了猫，直接在客厅里摆一些猫玩具，或者干脆让猫在外面客厅玩，不是更直接吗？"

"假如这两个人真的就是恐吓柏图的案犯，那么有两种可能。"金旭道，"一种是，他们没想到警察能这么快查到闫航，在我和你突然到访的时候，再突兀地把猫从里面抱出来，会显得太刻意。另一种是，心理暗示玩得很溜，你想想，一进门就看到他们养了猫，和最后无意中才知道对方养了猫，这两种认知在心理上形成的暗示程度是不一样的。不过我比较倾向于第一种，他们没想到警察动作会这么快，也许根本就没想到柏图居然真的会报警。"

尚扬顺着他的结论一想，道："在你我上门问话以后，他们恼羞成怒，马上实施了又一次恐吓，所以这次和前面那几次比起来才更加过激，直接选择了柏图的家门口，恐吓的程度大大升级。"

"也像是对警察的挑衅。"金旭道，"当然这个推论，要建立在他俩是犯案人的基础上，我们还没有证据。昨天案发时间，闫航有不在场证明，监控里那是个男的，不可能是安然。"

尚扬大胆推理道："他们会不会还有第三个共犯？"

金旭道："这类型的恐吓案，犯案人员多半是有心理问题的，因此很少是多人参与，实话说两个人都有点多。"

"这两个年轻人的关系也有点古怪。"尚扬道，"我刚才听那位老师讲下来，安然的转变太大了，我总觉得不是恋爱脑那么简单，可好像也不是常见的被男友PUA。"

金旭道："正因为不常见，所以才可能更难以防范。"

尚扬："你意思是，你还是认为安然被PUA了吗？"

金旭道："PUA不是只有常见的那一种表现形式，班主任老师也说了，安然有一种奇怪的，要为闫航奉献自己的意识，一个人无端端地想为特定的人奉献自己，你觉得这像什么？"

尚扬想了想，道："中邪？狂热追星？"

金旭道："差不多，两者之间的共通点，是被洗脑而不自知。正常的宗教信仰以及普通的追星活动，都建立在确实知道自己在做什么的基础上。被洗脑的人已经失去了这种能力，安然的举动就是如此，一个高考在省里名列前茅的学霸，因为恋爱放弃了学业，放弃了自我实现的各种可能，她真的知道自己在做什么吗？这真不是恋爱脑三个字就能概括的离谱行为。"

尚扬："……"

"可是，"尚扬道，"闫航只是个普通大学生，他会有这种给女友洗脑的能力吗？假设这是真的，安然也被洗得太彻底了。"

安然的情况，和常见的PUA确实不太一样。

金旭道："这都是瞎猜，我们今天得抽个时间，务必单独见一见安然。"

说话间，曲燎原终于回来了，一路跑过来上了车。

"怎么去了这么久？"尚扬道，"你把闫航所有的同学问了个遍吗？"

曲燎原满脸兴奋，是有了重大发现，说："没有！就问了两个同组参加专业比赛的。你们猜我发现了什么？昨天实验室的监控，很可能有问题！"

金旭和尚扬同时一凛，现在一个关键问题，就是实验室的监控，让闫航有了充分的不在场证明。

如果能推翻案发时实验室监控的真实性，那么闫航的不在场证明自然就不存在了。

"我和那两个同学聊天，起初他们都表示闫航人不错，"曲燎原道，

"后来聊到做实验的事,他们俩无意中提起,他们院系有个规定,本科生的实验时长会计入学分,但其实有的实验出结果很快,根本不需要在实验室里耗那么长时间,人都有惰性,这帮工科学生为了凑够学分需要的时长,耍了个小聪明,在实验室内外的几个摄像头上动了手脚。"

金旭懂了,道:"移花接木,用前几天来做实验的视频,覆盖当天的真实监控。"

曲燎原道:"对!实验室外面那俩摄像头纯粹是顺手动了动,主要是在实验室内部的摄像头上做了点手脚,这对他们这专业的学生来说太简单了。据说是因为系里有的老师会不定期查看实验室里的监控,确定学生没有偷懒。闫航的老师并没有这习惯,可是这个猫腻,常去实验室的这帮学生私底下都知道。假如闫航有心糊弄警察,轻易就能做到。"

"那还等什么?"尚扬道,"走,去学校保卫科,重新看一下监控视频。"
他要开车门下车。

曲燎原却一把止住他,从兜里掏出一个U盘,笑着说:"我去这么久,就是又去了趟保卫科,把昨天下午的监控拷回来了。"

于是金旭开始分工。

对曲燎原:"U盘带回去,找分局同事帮忙做技术鉴定。"

又对尚扬:"刚才安然的班主任给了安然的手机号,你给安然打个电话,问问她在哪儿,找她当面谈一谈。"

尚扬听出是让他自己去找安然,疑惑问:"你去做什么?"

"我去跟一下柏图,"金旭道,"我有种预感,今天还会有事发生。"

曲燎原紧张起来,说:"不会吧,连续两天作案?这嫌疑人胆子会有这么大?"

金旭道:"这类心理偏激的作案人,在挑衅警方成功以后,会非常享受甚至上瘾。变态往往都像瘾君子,短时间内继续犯案的可能性很高。"

尚扬不解道:"闫航还有一个小时就下课,在这儿蹲他,看他会不会有什么动作,不是比直接去柏图那边更好?"

"尚主任，你怎么回事？昨天认定是庄文理，今天就又认定是闫航？"

金旭无奈道，"不能百分百断定作案人就是他，但是作案人的目标一定是柏图。"

尚扬虚心受教，说："是我莽撞了。好，那我现在联系下安然。"

曲燎原道："那我先走？我去坐地铁，比打车快。"

校门外就有地铁站，他下车快步搭地铁回去核查监控视频。

尚扬拨了安然电话，那边却提示关机。

"应该在出租房睡觉。"金旭道，"昨晚你给闫航打电话的时候，他说安然在外做家教兼职。回来那么晚，早上又旷了课，不太可能是又去做兼职，她现在应该是在补觉，直接过去找她。"

出租房就在学校附近，金旭道："我把你捎到小区门口，车我开走，跟柏图方便一点。"

尚扬赞成，说："昨天在柏图家，他有提过，今天下午会去拍那部新电影的定妆照。"

金旭不太懂，问："这种东西去哪儿拍？粉丝能知道他的工作安排吗？"

尚扬道："给明星拍照都有专门的摄影棚，粉丝想知道都很容易，就算官方没说过，有的黄牛还会卖行程信息。"

金旭对这些事似懂非懂，反正明白了对案件有用的讯息，说："受害人出门去公共场合，对犯案人来说，是再次作案的绝佳机会。"

"昨天你有说过，"尚扬道，"你觉得他已经不满足于恐吓柏图，有可能会对柏图进行人身伤害。"

他看了看开车的金旭，说："你也要小心。"

"小毛贼而已。"金旭轻描淡写了一句。

道路两旁干枯的枝丫，仿佛心脏里的无数脉络，交错着指向了有鸽子飞过的天空。

冬日里的北方景象，别有一派高而远的浪漫。

在闫航和安然租住的小区门外，金旭放下尚扬，走前叮嘱他："闫航下课后会给你打电话，昨天咱们糊弄他说让他在笔录上重新签名，不管他信没信，这电话一定会打。在他联系你之前，尽可能地从安然这里多问到点东西，多观察她的反应，留心细节。"

尚扬道："好，我知道了。"

金旭道："获取女孩信任感，你比我行……记得把手机录音打开，避免没必要的麻烦。"

"好。"尚扬答应着，赶苍蝇一样挥手，"走吧走吧。"

金旭对他笑了笑，驱车走人。

安然果然在家睡觉。

她披散着头发，满脸疲惫，在秋冬睡衣外面套了件长款的开衫，给尚扬开了门。

"警官，"安然认出是昨天见过的公安，道，"闫航上课去了，你是要找他在笔录上重新签名吗？"

"对。他还有多久回来？"尚扬心道，闫航还真是什么事都和她说。

"快了，要不进来等吧。"安然把门让开，请尚扬进去。

两只金渐层在客厅窗台上，听到有客人进来，扭头看了看，继续旁若无人地互相舔毛。

尚扬道："这两只猫真可爱，是从小养的吗？"

安然倒了水端给他，拿了个鲨鱼夹把头发夹了起来，说："不是，是闫航认识的学长养大的，学长出国了带不走，知道闫航很喜欢猫，问他想不想养，宿舍不能养宠物的，我们为了养它俩，才出来租房的。"

"这房租不便宜吧？"尚扬道，"我也租房住，每个月交完房租就开始吃土。"

他是为了找个快速拉近距离的话题。

安然却疑似嘲讽地说:"听口音警官是本地人,租房是为了上班方便,和我们外地人租房的性质都不一样。"

尚扬道:"房东又不会因为是土著就减免房租。听闫航说你在做家教兼职,现在家教时薪还可以吗?我们上学那时候,一钟头才一百五。"

其实公安大学封闭管理,哪有出去做家教的可能,这价格是他当年道听途说。

"那你说的一定是top2的极少数学生,"安然道,"现在我们学校的学生最多也就这个价格。"

尚扬:"……"

他感觉到安然的戒备心很强,甚至带了一点攻击性。

但这绝对不是有城府的表现,尚扬直觉是,假设恐吓案当真和这对情侣有关,安然也不太可能是出谋划策的那个。

"这样的话,靠做家教的收入,负担房租很有压力。"他决定不再刻意套近乎,直接道,"其实我来之前去过学校,见过你的班主任,他很担心你。你才刚刚二十岁,还是应该好好学习,而不是提前过这种生活。"

安然一怔,道:"警官,你管得是不是太多了?"

尚扬道:"我说这话不是以警察的身份,而是作为比你年长几岁的过来人,替你们班主任劝你几句,爱情不能当饭吃的。你在家时,你父母一定很疼你,如果知道你在外面为了一个男生这样辛苦自己,他们得多伤心。"

提起父母,安然也许是被戳到了心事,眼圈泛红,但嘴上仍是说:"关你什么事啊?"

尚扬更确定她只是个被恋爱蒙蔽双眼的小女孩,道:"不关我的事,所以这话我不说又有什么关系,说了还得罪你,究竟是不是为你好,我说了不算,你应该有自己的判断。"

安然:"……"

和她交谈中,尚扬不动声色地观察了下周围。

安然和闫航都不是邋里邋遢的人，房间很整洁，这点昨天他和金旭来时就发现了。

那两只猫被养得很好，也不怕人。

门口是宜家鞋架衣架一体式的架子，鞋架部分整齐地摆着几双鞋，衣架上挂着女式羽绒外套、围巾和一个帆布女包。

尚扬坐的沙发正面对着电视机，电视镜面反光，能看到里面房间的东西，安然刚才在睡觉，床褥还没有整理，床头桌上似乎是放着一个纸袋子。

尚扬模模糊糊抓到了什么，还没想太清楚。

"恋爱不是人生的全部，"他对安然道，"你还太小了，这么早就把自己困在一个小世界里，这世上的很多种精彩，很多有趣的人和事，你都还没看见过。"

安然抹了抹眼泪，道："可是最需要我的，就是闫航了。他太可怜了，如果没有我照顾他，他要怎么办啊？"

尚扬心中疑窦丛生，问："为什么这么说？闫航怎么了？"

安然却表情一凛，不再说了，只是垂头抹着眼泪。

这时尚扬口袋里的手机振动。

是闫航下了课，打来问去哪儿重新签名。

听尚扬表示在他自己住处等，他说："那我现在回去，等我几分钟。"

尚扬打电话的时间，安然进了洗手间去，有洗手池的水声，应该是在洗脸，然而水声停了很久，她也没出来。

尚扬想，可能她也需要一点时间好好思考下刚才聊过的话。

过了十来分钟，家门开了，闫航走进来，手上拿着一副手套，应该是骑共享单车回来的。

"尚警官，久等了。"闫航笑着和他打招呼。

尚扬起身，卫生间门随之打开，安然从里面冲出来，双眼通红，发夹也已经摘了，冲闫航道："你总算回来了！我好害怕！"

尚扬："？"

闫航一脸迷茫地问："怎么了？"

安然指着尚扬道："这个警察趁你不在，占我便宜！他骚扰我！"

尚扬："……"

闫航脸色大变，抱着安然向后退，道："你怎么是这种人？！我们要报警了！"

尚扬这时恍然明白，难怪金旭让他一定要打开手机录音。

他还以为金旭只是让他把和安然的对话录下来，到时候可以复盘听一下，从中查找什么有用的线索。

基层工作什么情况都会遇到，这种经验他没有，金旭却是有的。

"我支持你们报警。"尚扬简直想笑，说，"从我进门之前一分钟到现在为止，全程都有录音。"

同一时间，柏图所住生活区的门外。

金旭从马路这头转弯过来，远远看到一辆商务车从小区大门驶出，副驾上正打电话的女士，金旭见过，是柏图的经纪人范小姐。

他看了眼时间，知道这是出发要去拍写真还是什么定妆照……随便吧，反正是去拍照片。

那商务车和他的车擦肩而过，他加了脚油门，到前方掉头，而后跟在了商务车后面。

这样跟了一段路，金旭慢慢察觉到，不止他一辆车在跟。

另一辆也在跟着商务车行驶的黑色轿车，车窗贴了单向膜。金旭回想了下，感觉似乎也是从柏图家大门外起，它就不远不近地跟着了。

会是娱乐记者吗？被称为狗仔的那些人？

金旭也拿不准主意，只能看得出这车不对劲，但如果真是娱乐记者，闹起来可能会给当事人惹来烦恼，当事人身份特殊，并不想把被恐吓的事公之于众。

四十分钟后，某摄影棚外。

商务车找车位停下，金旭注意到那辆黑色轿车也随之缓缓停下，还特意找了个不引人注意的角落。

金旭把车停在马路对面，静静注视着商务车与那辆可疑的车辆。

恐吓事件的升级，显然让梁玺感到很不安，他把自己的事都暂时放下，陪同柏图来拍摄电影定妆照，随行的还有经纪人和两名男助理。

下车时，助理一前一后，经纪人打着电话，梁玺大鸟一般护在柏图身旁，柏图本人低着头，眼镜口罩把神情遮挡住。

摄影棚工作室里有人员迎出来，把他们带了进去。

金旭望着那辆黑色轿车，那车里会是什么人？狗仔？嫌疑人？

如果是恐吓案的嫌疑人，现在柏图一行进了室内，他跟来是为了再一次实施犯罪，现在要采取行动了？

数分钟后，那辆车的主驾驶车门打开，车上下来一位帽子和口罩都戴得严严实实的人。

金旭全神贯注地看着这人的一举一动。

男的，看不出年纪，不高也不算矮，不胖不瘦，看不出有无身手，这季节捂得严实也不太引人注目。

金旭：？

这男的竟是直直朝他的车走过来。

公安分局。

曲燎原拿到了监控视频的鉴定结果，打给尚扬，问在哪儿。

"还在大学这边。"尚扬的声音听起来有些疲惫。

"怎么了？"曲燎原逗他说，"尚主任给女大学生上思想教育课，上累了？"

"……"尚扬听到女大学生这四个字，创伤后应激障碍都要发作了，道，"你那结果怎么样？"

曲燎原道："昨天下午实验室的监控视频，是用旧视频内容覆盖上去的，闫航的不在场证明是假的。"

能有这个重大发现，他自然非常高兴。

尚扬却不像他想象中的一样兴奋，说："辛苦了。咱们仨先会合，看看金旭今天有没有什么突破。"

曲燎原道："行，他现在在哪儿？"

尚扬看了手机上金旭刚回复他的微信消息，说："他在柏图拍定妆照的摄影棚，我分享定位给你，直接那边见。"

某摄影棚。

尚扬和曲燎原几乎同时到了门口，柏图的助理出来把两人带去了化妆间，柏图还在做妆发。

一进化妆间的门，他俩就看到金旭。

这家伙正抱臂站在门里一侧，不知从哪儿顺了一副墨镜戴着，站在这儿观察着进进出出的每个人，很像是柏图请来的一名保镖。

这保镖酷酷地对他俩道："来了？"

尚扬："……"

曲燎原道："你这样好帅啊！"

金旭："……"

原本应该只有柏图、化妆师和助理的化妆间，今天超员了好几位。

化妆师正在收拾箱子，柏图就只简单和刚到的两名公安用眼神问好，也没有以"警官"称呼他们。

柏图的妆发已经做好，他本来就长得极好，做了合适的妆发更是锦上添花，既帅且美。

等化妆师收拾好走了，柏图向助理示意，助理便也出去了。

只剩下柏图和公安们，他才说："这么冷的天还辛苦你们过来，真不好意思。今天除了我自己带的工作人员，还有电影方的人来，摄影团队也都是熟人，我觉得应该不会再有什么事。"

曲燎原道:"没事当然最好。你也别太把我们放在心上,我们平时都没机会看你们明星私底下是怎样拍照片,就当是来长长见识。"

他与柏图交谈,尚扬和金旭在旁边听着。

金旭已经把墨镜摘了,也不再装那副酷酷的保镖样子。

他对尚扬递了个眼神,是想问他和安然沟通得如何。

尚扬对他摇了摇头,意思是一会儿再说。

金旭示意他低头,给他看自己拳头的侧面,那里有一道擦伤,不严重,破了一点皮。

尚扬:"?"

金旭做了个委屈的表情。

尚扬:"……"

化妆间的门开,梁玺和经纪人范小姐走进来,身后跟着一名助理,助理提着几个星巴克的咖啡袋。

一见公安都在,经纪人就让助理把咖啡放下,去别处做其他事。

助理把咖啡放在桌上,就转身出去,还把门带上。

"我已经打发那人走了。"梁玺语气有些尴尬,对金旭道,"他真不是故意袭警,是误会你了,以为你不是狗仔,就是那个恐吓的变态。"

金旭道:"误会也不能上来就动手,他有执法权吗?梁先生,你聘请他所签的合同本身就不合法,他通过跟踪、窃听等手段采集到证据,即使抓到了嫌犯,那些证据也不具有法律效力,反而影响我们正常办案。"

梁玺烦躁道:"我知道了,是我不对,行了吗?别说了。"

曲燎原没有听明白他们在说什么,茫然道:"怎么了?发生了什么?谁袭警了?"

"没有,在和梁总开玩笑。"金旭道。

尚扬隐约懂了,难怪金旭手上会有一点擦伤,是跟人动了手,而这个人……

范小姐把热咖啡从纸袋里拿出来,分别递给大家,并打圆场地向金旭道:"金警官,别和梁总一般见识,他就是个法盲。霸道总裁哪有懂法的,对不对?"

梁玺:"……"

范小姐和柏图交换了个眼神,显然怼梁玺这几句话,是得到了柏图的授意。

她拿了杯热咖啡给柏图,柏图伸手要接,梁玺半路给截了过去,先打开盖子看看有无异状。

范小姐道:"我亲眼盯着店员做的。"

梁玺道:"那店员如果是变态假扮的呢?"

范小姐:"　　"

梁玺还不放心,自己又喝了一口,觉得没事,才盖好盖,递给柏图。

柏图无奈地朝他说:"你也不用这么夸张。"

梁玺冷声道:"不要和我说话,我说过我要理你了吗?"

柏图:"……"

三名公安:"……"

外面通知柏图去拍摄,几人都出来。

电影制作方来了四个人,摄影团队有十几个人,好在这棚比较大,拍摄场地也相对空旷,并没什么能隐藏起大活人的地方。

曲燎原以柏图助理的身份,近距离跟了过去,小心而警惕地观察着周遭的人和环境。

尚扬和金旭则在入口附近。

打光有点刺眼,金旭又戴起了那副墨镜,还从化妆间又顺了一副,试探着给尚扬,实际上觉得尚扬不会戴。

但尚扬接过去戴上了。

两人宛如一对冷面保镖一样,都穿黑色,站在白墙前面,手里各自端着一杯星巴克。

有助理摄影师回头看到,被这构图惊艳,举起单反想拍他俩一张,金旭马上露出一副凶神恶煞的样子不让拍,那助理摄影师讪讪地回过头去。

拍摄进行中,不如想象中的顺畅。

这是在拍电影角色的定妆照,不像拍杂志写真一样,照着摄影师的要求摆造型即可,电影制作方时不时就叫停,和摄影师重新沟通,再和柏图讨论,要求更多地去展现角色的性格。

"刚才你跟谁动手了?"尚扬悄声与金旭道,"是梁先生请了私家侦探?"

金旭有些诧异,道:"这你都猜得到?"

尚扬道:"又不难猜。你和那侦探都看对方可疑,他先动手,你就和他打了一架?"

金旭道:"倒也没有打一架,他先出言不逊,我把他当场拿下,手是被他衣服上的装饰品划到的。"

尚扬想象了那画面,大概是侦探自以为抓到了真的嫌疑人,出言挑衅,被金旭一招按在了地上。

他说:"这些私家侦探也确实是缺点教训,很多都非常嚣张。"

金旭匪夷所思道:"你们大城市怎么会允许这种打擦边球的职业存在?我根本就没想到这种可能,居然能在现实里遇见一个自称是侦探的人,差点以为他脑子有毛病。"

跟踪当事人的不是狗仔也不是嫌疑人,是个私家侦探,这完全是金警官的知识盲区。

他说这话是真实感到了一点委屈。

"主要还是……一线城市的私家侦探有市场。"尚扬道,"梁先生真是病急乱投医,这些侦探替人查出轨还行,查这种构成刑事犯罪的事,乱来。"

金旭道:"你呢?怎么了?来了就不高兴,和安然聊得不愉快?"

尚扬喝了一小口咖啡,说:"幸好你提醒我开了录音。"

他把安然突然污蔑他的事讲了,因为他录了音,当时的场面非常尴尬。

安然整个蒙了,没想到污蔑不成还真被抓到了把柄。

反而是闫航向尚扬道歉,替女友挽回颜面说是她和警察打交道太紧张了,又刚睡醒,被警察问到恋爱相关的事,可能一时误会了什么。

"你怎么不坚持去报警?"金旭道,"多震慑一下他们才对。"

尚扬道:"闫航太诚恳了,安然吓得直哭。"

金旭:"……领导,你太容易心软了。"

尚扬却道:"不是心软。闫航诚恳得不对劲,安然那副被吓到的样子也不是装出来的。我开始接受你之前的论断了,安然大概真的是被闫航洗脑,他俩之间的关系,大概是另一种形式的PUA。"

金旭道:"怎么说?"

"我单独和安然聊天,她在我提到她父母时,情绪失控,不经意地说了句,闫航太可怜了,她决不能离开闫航。"尚扬道,"但在我追问时,她好像突然反应过来自己说错了话,然后闫航打电话给我,她躲进卫生间足有十几分钟,等闫航回来,她冲出来,指认我骚扰她。"

金旭想了想,说:"她污蔑你,可能是为了补救她说错的那句话,先发制人给你泼脏水,搞乱你的阵脚,好让你暂时忘了她说过的那句话?你觉得会是闫航指使她的吗?她在卫生间里时间那么久,足够闫航远程教她怎么做了。可这不是个聪明办法,假设闫航真的是恐吓案的主犯,会教女友用这么愚蠢的办法自暴吗?"

尚扬点头认同,说:"所以我觉得更像是安然自己想出来的,她不是个城府极深的女孩,看行为举止就是个刚满二十岁的幼稚姑娘。她不一定是怕我发现她有问题,更像是怕闫航发现她说错了话。可是闫航会怎么对她呢?我看她不像是遭遇过暴力。"

金旭道:"想要控制一个被PUA、被洗脑的女孩,根本不需要使用暴力。还有别的发现吗?"

"也算是有……"但尚扬有些模模糊糊,有一刹那发现了什么,没能清晰地捕捉到,他喝了一小口咖啡,看到杯子上印着的人鱼女神,忽然间一怔。

金旭立刻发现了他的表情变化，问："怎么了？"

"我想起来了。"尚扬道，"我在他家看到一个纸袋子，上面印着的LOGO很眼熟，我想起是在哪儿见过了。"

纸袋上的LOGO是一个汉字的繁体版，那是一家人均消费近一千的高端日料店。

柏图收到的数封剪字恐吓信中，有些字的背面沾到了少量黄绿色污渍，曲燎原找分局技术科帮忙做过鉴识，那是只有在人均消费较高的日料店里才会使用的芥末——山葵根制成的wasabi。

先前尚扬更怀疑富二代庄文理，也和这个发现有关系。

在闫航和安然的出租房里，为何会有这样的店铺的打包纸袋？

金旭把问题串了起来，说："安然并不是在做家教兼职，很可能是在这家日料店里工作。你想，家教一般都是在中小学生课后才需要上课，如果真是去做家教，安然根本不需要整天旷课。她和闫航租住的那套房子，教小孩写作业也负担不起高昂的房租，她班主任不是还说，闫航的手机电脑都是她给买的吗？消费这么高的店铺，工作人员的收入应该也比较可观。"

"这家不清楚，听其他高消费店铺的服务人员说过，只要勤快肯做事，月收入比我的高。"尚扬道。

"好家伙，安然同学还是个小富婆。"金旭半是嘲讽地说道。

尚扬想了想，说："所以，很有可能是这样：在日料店打工的安然某一天打包了寿司之类的食物回去，不小心把芥末打翻在桌上，闫航剪字制作恐吓信件的时候，没注意到桌上有这样的污渍，芥末被沾到了那些剪字的背面。"

金旭道："成立。"

正式办理这个案子至今，已经快三天了，尚扬终于有了拨云见日的感觉。

"但是，"金旭低声泼了一记冷水，"这肯定不能作为证据，我们不能因为他的女朋友在日料店打工，就去抓他。"

尚扬也想到了这点，并不气馁，说："班长请了分局同事帮忙，给大学实验室的监控做过技术鉴定，证实了昨天下午的监控视频有问题，是用上周的旧内容覆盖了昨天的真实监控。可是这也只能说明闫航昨天下午有可能不在实验室，证明不了那个到柏图家门口作案的变态就是他。"

现在所有的线索都指向了闫航，要么是闫航独自作案，要么是他与安然协同作案。

明知如此，但因为缺乏证据，他们也无法就此给闫航定罪。

每一项已有的证据都在嚷嚷着：闫航可疑，就是闫航。

却苦于没有一项能有力而直接地指证出，闫航就是那个变态。

金旭嘀咕了句："这要是在白原……"

尚扬道："你就把他抓起来逼供吗？"

金旭道："我可没有这样讲。"

尚扬笑起来，说："我明白你的意思，这要是在白原，你有更多熟悉的同事能调动起来帮忙一起查，也不会因为对这里不熟受到限制，寻找不到更多证据。"

"这里真的太大了，"金旭如实地说了他的感受，道，"我有点不习惯。"

拍摄还在进行中，柏图换了件衣服，正和电影制作方的人聊着什么问题。

梁玺在他旁边陪着，偶尔插两句话。这时候比起范小姐，他倒更像是柏图的经纪人。

曲燎原背着手，在离他们一米开外的地方，左右看看，重点在摄影团队，观察有没有可疑的人。

"闫航今天应该不会再做什么了。"金旭道，"安然自作聪明污蔑你的举动，他知道一定会引起警方对他们的怀疑，他会有所收敛。但我想他也忍不了太久，恐吓柏图会让他的变态心理得到满足，所以才会一次比一次激烈，这像吸毒上瘾，剂量只会越来越大，我觉得他戒不掉。"

从目前已有的情况来看，想要抓到直接证据，就得是闫航再次犯案，被他们掌握到新证据，要是能抓现行就更好了。

尚扬道："只要他能忍过这个月……你就要回西北了。"

金旭说："还有你和班长在。"

尚扬："……"

金旭道："怎么，还离不开我了？"

尚扬道："还真离不开你，我和曲燎原都不太行。"

他和曲燎原擅长的工作都不是刑侦，两人在一线待的时间太短了，没有足够的经验，而侦破案件恰恰是特别需要经验的一项工作。

毫无疑问，金旭是这三人探案小组的主心骨，如果再没有什么新证据，闫航又真的能忍到月底，金旭结束学习一回西北……结果极有可能就是柏图正式去报一次案。

抛开被前司长友情委托这层，就只说这一个不算太大的案子，最后办砸了，不丢脸吗？

更重要的是，这也对不起当事人柏图对他们的期待。

"请领导放心，我走之前，一定把这案子漂漂亮亮地办好。"金旭道。

"别打官腔。"尚扬道，"就只有你和我两个人，你还总是嘲讽我，有意思吗？"

金旭道："这怎么是嘲讽？是尊敬你，不喜欢以后就不叫了。"

尚扬把最后一点咖啡慢慢喝完，道："倒也没有不喜欢……你看人家曲燎原。"

两人转头看过去，柏图拍摄中场休息，曲燎原正举着手机在和柏图自拍合影，梁玺站在两人身后，一脸嫌弃地看着。

金旭道："让我看什么？我也去和男神合张影？"

尚扬满头黑线，说："你不如去找梁先生合张影。"

"那我还是老实待着吧。"金旭道。

尚扬有电话进来，是上午他拜托去查一下闫航父母档案的那位同事。

电话中简短说了几句，尚扬向对方道谢挂断。

"怎么？"金旭道。

"被曲燎原猜中了，"尚扬摘了墨镜，把电话里得来的信息告诉给他，"闫航的姐姐和他没有血缘关系，是他继父的女儿，继父离婚以后，女儿判给了前妻，闫航的妈妈和继父是半路夫妻，两人在闫航六岁的时候组建了家庭。"

但尚扬并不知道这个发现会有什么用，说："这样的重组家庭很常见，这和恐吓案会有什么关系吗？"

金旭："……"

尚扬："？"

金旭道："这原本只是我忽然间的一个猜想……实际上，我希望我猜得不对。"

"你猜的是什么？"尚扬猜测道，"是不是闫航和他姐姐的关系？这对青年男女没有血缘关系，安然当时见到闫航姐姐以为是闫航的前女友，其实并没有误会什么？"

金旭道："不是。柏图这部新电影的角色，在原版话剧里的童年经历，你还记得吗？"

尚扬经验不足，但记忆力极好，串联前后线索的逻辑思维也在线，当即明白了，愕然道："不……不会吧。"

"柏图第一次收到恐吓信，就是在传出他要接演这个角色之后。"金旭道。

"可是……"尚扬一时有些难以接受。

柏图的新角色，童年时曾遭遇过继父的侵害，这是原版话剧中的设定，在舞台上也只是隐晦地暗示过，并没有直接台词和表演。

改编后搬上大银幕，很可能会直接拿掉这个剧情。

但有很多人都了解该 IP 有此处争议情节，例如庄文理就曾经现场看过这部剧，很清楚男主角是"美强惨"。

"如果闫航也有剧中角色的类似经历……"金旭道，"柏图主演、10 月上映的电影票房不够好，闫航作为脑残粉，已经表达过对柏图的失望，认为柏图逐渐商业化，失去了对电影艺术的追求，这是他影评的原话。恰逢这时，柏图又接演了一部设定上让他感到愤怒的电影，他会发疯，因爱生恨，就不足为奇了。"

尚扬毛骨悚然，道："如果真是这样，这下连动机都有了……可你怎么会忽然冒出这样的猜想？还建议我去查闫航的父母？"

金旭道："天生的变态不多，多数都是青少年时期的经历造成了创伤导致心理扭曲。闫航如果真是那个变态，原生家庭多半是有点问题。真希望不是我猜的那一种。"

尚扬："……"

他还没有和金旭聊过鹿鸣镇中学。

一个经历过泥沼但始终心怀光明，最终挣脱泥沼踏上坦途的人，绝不愿再看到其他人被泥沼所陷，终其一生告别不了少年时代的梦魇。

"你的心很柔软，"尚扬道，"只是爱装作凶巴巴的样子，好让嫌疑人都对你闻风丧胆。"

结束拍摄，曲燎原陪同柏图回化妆间，远远地冲金旭和尚扬招了下手，叫他俩也过去。

进了化妆间里，只有他们三人和柏图。

梁玺和范小姐还要与电影制作方的人谈事情，暂时没有过来。

最后进来的金旭把门带上，自己就站在了门边。

柏图嘴上不说，心里也担心今天那嫌疑人会来搞事情，现在无事发生，他自己也松了口气，说："今天辛苦各位警官了，晚上我做东，大家吃顿便饭？"

尚扬道："不太方便，我们有规定的。况且案子也还没破，嫌疑人都没抓到。"

柏图乐观道："他知道我报了警，已经有所收敛，也许以后再也不会来了。"

警官们都知道这不太可能，变态犯罪和普通人很不一样。

普通人假如贪便宜小偷小摸，或是情绪上头和别人打架斗殴，被警察叔叔批评教育过后大多都追悔莫及，多数人此后不会再犯。

变态就截然不同，犯罪令他们心理成瘾，有些坐牢数年，出去后第一件事就是再次犯案。

柏图被恐吓的这桩案件中，嫌疑人唯一剩下的还能回旋的余地，就是截至目前，他并没有真正对他人造成人身伤害。

"是已经锁定了嫌疑人吗？"柏图从他们的表情中得出了结论，问道，"是什么人？我的影迷？"

三名警察互相看了看，以眼神讨论着要不要对当事人透露情况。

柏图道："我只是好奇，会是什么人对我抱着这么大的负面情绪。几位请放心，我不会告诉梁玺。"

众人："……"

梁玺真的太不稳定了！被他知道嫌疑人是谁，没准会做点什么离谱的事出来。

但是在抓到真正的凶嫌之前，和当事人透露太多，也并不合适。

"是你从前的一个影迷。"尚扬挑了相对不重要的话来说，"他不满意你最近的作品，粉转黑了，是个性格有点偏激的人。这一系列的恐吓应该都是这人做的，不过我们还需要找到更多证据，才好去抓人。"

他说的这些特点都很宽泛，影迷数量众多，柏图或梁玺都不可能知道具体是说谁。

柏图点点头，有些自嘲地说："我这三两年有点散漫，作品不多，又只凭着自己的喜好挑剧本，影迷有意见也很正常，只是没想到会有影迷做出这样过激的行为。"

尚扬道："这和你没关系，有的选的话，谁会想要这种过激粉丝。"

曲燎原也道："就是，不如说男神你是倒霉，才被这种变态粉上了。"

"说到凭喜好挑剧本，"金旭出言道，"柏先生，今天拍写真的这部电影，改编以后的版本，和原版话剧有不一样的地方吗？"

柏图微微诧异，大概是没想到金旭会突然问这个，但还是很认真地回答道："有很大区别，电影和话剧是两种类别的艺术形式，从剧本创作到演员表演，都会用完全不一样的方式。这个IP改编成电影，会保留话剧原版故事的主要脉络和精神内核，其他方面都会进行二次创作。"

金旭道："例如呢？我在网上看到有人说，原版话剧里有个引发争议的桥段，男主人公小时候遭遇过继父的侵害，这个在电影里会保留吗？我看网上关于这部电影的娱乐新闻，好像都从没提起过这点。"

金旭问这问题，有他的目的，假如恐吓案的真凶就是闫航，并且闫航的作案动机正是他猜测的那样，那如果电影中保留这个桥段，电影官方对这一点进行宣传，都有可能是诱发犯罪的导火索。

但这个问题一问出来，在场所有人，不单是金旭本人，连尚扬和曲燎原都发现了，柏图忽然整个人紧绷起来，男神仪态和风度还在，绝不至于失态，可是这紧张毫无来由。

"保留了，其实话剧舞台上没有明确表现出来这个剧情，改编后的电影剧本也是隐晦地一笔带过，和导演沟通时，他表示大概会有一两个暗示的镜头，将来如果要剪掉也会方便一些。"柏图很快调整回来，并且如实回答了警官的问题，"宣传不会提起这个，因为这种设定，到上映前都很可能会一剪没，现在大肆宣传那是片方没事找事，没有这必要。"

最后，他问："这和案件有关系吗？"

曲燎原还不明白这是什么情况，但看尚扬和金旭好像没有要作答的意思，心知是有什么事，便主动来解围道："也未必有什么关系，就是金警官看到网上你的影迷讨论这事还挺激烈，他不是太懂粉丝文化，想了解一下。"

金旭附和道:"对,我就是随便问问。因为看到有黑粉说,这设定是搞噱头博眼球的,这嫌疑人也有可能被这种言论误导,对你的怨气变得更大。"

听到这话,柏图皱起了眉,表情变得有点复杂,无奈和焦虑交织在一起,总之不是太愉快。

尚扬早已察觉到,这位著名电影演员的内心相当敏感,大抵是艺术家的特质。

"喜欢脑补的人很多,网友只相信自己相信的东西,不用什么话都在意。"他试图稍稍劝解柏图,也知道人家一个成名已久的公众人物,什么批评的声音应该都见识过,一定有自己调节情绪的方式,说这话,只不过尽自己的心罢了。

柏图确实是心思敏感的一个人,对于他人给予的温暖也感知得很快,并且明显从中得到了安慰,微微笑了起来,对尚扬点点头,表示自己接收到了这份善意。

梁玺兴冲冲推门而入,看到三名条子还在,他脚下一顿,反手关好门,诧异道:"我以为你们已经走了?"

金旭道:"说来就来说走就走吗?我们又不是私家侦探。"

曲燎原也诧异地说:"梁先生,你这么快就原谅男神了?"

梁玺:"……"

他看看尚扬,没好气道:"尚警官,有什么风凉话你也快点说。"

"我?"尚扬无辜脸道,"那……新年快乐?"

梁玺:"……"

柏图抬手遮着半张脸,不想被梁玺看到自己笑。

梁玺看到他笑,却是瞬间气消了,说了一句:"警民一家亲,我不和你们一般见识。"

公安们要先撤了,尚扬又把让柏图出入尽量有人陪同的话叮嘱了一遍。

虽然闫航大概已经有了被警察盯上的意识，短时间内再次作案的可能不大，可还是小心为上。

梁玺应该是有话想和柏图说，把"再见吧再见吧"表现在了脸上。

"几位留步，"柏图却道，"我还有几句话没说。"

三名公安茫然地看他，不知他要说什么。

柏图说是要对他们说，眼睛却是先看了梁玺，才转向警官们，说："刚才金警官提出的那个问题，我还没有好好回答你们。"

是说那个被部分影迷和黑粉质疑的情节，金旭刚刚当面提了出来。

这位国民级电影演员道——

"我不是要替我自己和这部还没开拍的电影做辩解，那个桥段绝不是搞噱头博眼球，童年经历在主角人生以及整个故事中，只是微不足道的一个小情节，以我浅薄的创作经验来说，这个经历替换成被常年家暴或遭遇严重校园暴力，本质上没有太大区别，对小孩子的伤害从来没有轻重之分，也不会影响故事的核心精神。但不管是哪一种，引发争议是必然的，会被部分观众误解成是在消费苦难，博取关注度，毕竟多数人没有这样的经历，大家愿意相信世人多是温暖纯良的，希望每个孩子都能在阳光下长大，对这世界龌龊的一角会有抵触心理，这是人出于善良的本能。

"我喜欢原版故事和改编后的剧本，它表达的是，一个人在青少年时期有过什么样的悲伤经历，都不应该停止对真善美的追求，放弃想要让自己和世界都变得更好的希望，这才是这个故事的核心精神，也是打动我使我接演它的原因。"

这话说给警察们，是一位艺术家为自己即将呈现的作品做了一番真诚的注解。

而说与梁玺……

"我原谅你了。"梁玺没头没尾地说了这样一句话。

短短几天，曲燎原已经成为柏图的粉丝，听到这样的话，一脸我果然没爱错人的表情。

尚扬想了想，和金旭交换了眼神。

两人心中都明白了，金旭之前的一个推理方向大概是正确的，柏图从前应该是遭遇过什么，才会让梁玺听到有同质事件的发生就如惊弓之鸟，也不愿他接演有这种情节的影片。

但这是当事人的隐私，和案件无关，不必再多说。

第四章
JIN JIA XUAN
QU LE NA LI

离开摄影棚，三名公安回到车上，说先在附近找地方吃东西，已经四点多了，午饭都还没吃。

"你们说男神本来想请咱们吃什么？肯定是豪华大餐，还有男神作陪，什么神仙饭局！"曲燎原在副驾和驾驶位中间探出头来，遗憾地表示，"我能不能辞职三小时，和男神吃个饭，再回来复职啊？"

尚扬随手摸他头毛，道："班长，你可太有出息了。"

曲燎原抓着他的手不放，"碰瓷"道："尚主任，请我吃点好吃的，弥补下好不好啊？"

金旭道："好啊，就让尚主任请客。"

尚扬心道，不是吧，这就要敲我竹杠？还没破案，破了才能吃烤全羊……

"吃日料？"金旭却道，"那家人均千元的日料店，不知道是什么味道？"

曲燎原还不明白为什么要去吃日料，尚扬与他解释了一番，他才知道安然应当是在这家日料店里打工，恐吓信上沾到的芥末，指向了闫航和安然这对学生情侣。

去那家日料店吃饭，顺便还有机会再正面接触安然一次。

闫航的伪装极好，可以说唯一的漏洞就是女友安然的反常表现。

在没有直接证据能证明他犯案的情况下，安然是个突破口，假如她愿意说出更多实情，或许能提供一些警察们还没能掌握的线索。

"这主意真不错，一举两得。"尚扬叹声气，说，"唯一受损的就只有我的钱包。"

曲燎原不好意思占这么大便宜，道："那我们AA？或者先去吃个麦当劳垫垫肚子，到时候在日料店可以少点一点菜。"

金旭对洋快餐不感冒，说："麦当劳太难吃了，还是先去吃碗牛肉面。"

尚扬给日料店打了预约三位的电话，对他俩道："别折腾了，也不用AA，日料随便点，尚主任有钱。"

倒也不是说尚主任薪水有多高，只是除了租房，他没有什么大开销。

吃饭有单位食堂，日常上班穿制服，工作性质的缘故，他私下和出差都被要求尽量穿得低调，颜色暗淡不说，还要远离奢侈品牌。

认真算起来，他养了条狗，花在狗身上的钱都比花在自己身上的要多。

请一次这样规格的客，还是请得起的。

日料店。

他们选了大堂的位子。

刚一落座，金旭便低声对尚扬道："我看见安然了，她应该也看见了你，躲到后面去了。"

尚扬道："先别惊动她，吓跑了更不好。"

曲燎原还没见过安然，道："她长什么样？"

"大眼睛，很漂亮。"尚扬翻开手机里的网页记录，有安然以前参加校园活动的照片，给曲燎原看了看。

曲燎原道："真的很漂亮啊。这在他们大学官网上吗？"

尚扬点点头，说："先点菜？我好饿。"

他俩说话的时候，金旭已经看过了菜单，合上扔给尚扬，道："看不懂这都是什么，不会点，你点吧。"

尚扬道："我怎么知道你的口味？"

曲燎原理解地说："我第一次吃日料的时候也不懂，我哥哥带我来，他点什么我就吃什么。"

金旭道："嗯，尚扬哥点什么我就吃什么。"

尚扬："……"

客人渐渐多了，安然也不能总在后面躲着，也在大堂里穿梭来回，给来就餐的客人提供服务，但始终刻意地避免来到尚扬三人所在的这一边。

这三人现在还真顾不上管她，吃饭吃得专心致志，中午就是随便对付过去的，尤其是尚扬，从早饭到现在就只喝了一杯柏图请客的星巴克。

金旭时不时问问尚扬："这是什么？怎么吃？这个又是什么？它怎么吃？"

尚扬边干饭还要边教人干饭。

曲燎原一边吃东西，一边沉迷看手机。

饭吃到差不多，尚扬叫了位服务员过来，请人家帮忙："麻烦你，请那位叫安然的服务员到我们这边来一下，可以吗？"

片刻后，安然朝他们这桌走过来，站在桌旁，不等尚扬开口，便道："上午的事，我已经跟你道过歉了，也没有对你造成什么影响，你何必不依不饶，还找到我工作的地方来？"

曲燎原听尚扬说过上午的事了，当即不满道："同学，是你做错了事，怎么还这么理直气壮？"

安然分明是强撑的样子，被曲燎原一点破，脸上有些近似愧疚的表情，马上道："不好意思，我在上班，如果找我是为了私事，不方便。"

"应该有休息时间吧,"尚扬道,"我们等你休息的时候,简单聊几句?"

现在刚六点,十点半闭店,刚才他已经问过其他服务员,对方回答说过了高峰期,翻台不多的时间,他们会轮班休息,大概十五分钟。

安然冷硬地拒绝道:"真的不方便,没什么可聊的。感谢光临,没什么事我就去忙了。"

她朝三位客人鞠躬,转身走了。

曲燎原道:"她也太不配合了吧。"

尚扬道:"她眼睛还有点肿。上午我从出租房走的时候,她是在哭,过了这么久,还能看出哭过的痕迹,大概我走了以后又哭了很久。"

"闫航会打她吗?或者冷暴力?"曲燎原听他俩聊过一点这对男女情侣稍显复杂的关系,道,"她冒冒失失污蔑了你骚扰她,闫航可能认为这会引起警方对他们的怀疑,以此责难他的女朋友,用暴力或者冷暴力对待她,你们不是还推测说,她有点怕闫航吗?"

尚扬道:"也不是单纯的害怕,我描述不准确……我能理解她的班主任为什么用童养媳来形容她在和闫航的关系中的身份,那是金旭说的,另一种形式的PUA。"

"我猜测,"金旭道,"他通过塑造自己的某种形象,引发安然对他的同情,并误以为这是爱情,然后再通过一些手段,不断加强对安然的洗脑和控制,最后让安然愿意对他无条件地付出,服从于他的意志,甘愿对他做出无底线的奉献和维护。"

曲燎原道:"不是说他对安然也很专一吗?和普通PUA男为了骗钱骗色也不太一样。既然喜欢人家女孩,谈恋爱不能好好谈恋爱吗,为什么要对女孩这样?"

"安全感严重缺失,控制欲强到了心理扭曲的程度,"金旭道,"把女朋友调教成提线木偶,和恐吓柏图一样,能让这种人产生非正常的满足感。"

曲燎原若有所思道:"控制欲……确实是很难克服。"

尚扬道："其实每个人多少都会有点控制欲,正常程度的控制欲,是希望自己的人生能被掌控,不正常的就多了,丈夫或妻子想控制伴侣,父母想控制孩子,把自己的意志强加于别人身上……可是每个人都是独立的个体,要照着特定的某种路径去安排他人的行为和人生,那不是对人的态度,是按照说明书操作一台家电,或是听指令的AI,还有你哥在研发的无人机,总之不是对健全的一个人,没有人发自内心地希望被人当作一台家电、一个AI、一架无人机。"

他有过这种体验,他的父亲就是位控制欲极强的传统家长。

八年前毕业前夕,他曾经和金旭分享过他和父亲之间糟糕的亲子关系。

金旭想到了这点,轻声道:"没人再那样对你了。"

尚扬说:"是我学会了反抗。"

曲燎原也知道一些,道:"你和你爸现在还不说话?好几年了吧?"

"没那么夸张,见面也会打招呼。"尚扬道,"怎么聊到我身上了?"

金旭道:"就在这儿等安然休息?"

尚扬道:"外面等吧,不影响人家店里做生意。"

买过单,他找到一位领班模样的女孩,问对方服务员的休息时间如何安排,想到时再尽可能地找安然聊一下。

那女孩却怀疑地看他,说:"我们这是正经餐厅,不提供别的服务,刚才我就看到你在搭讪她,请不要骚扰我们的员工,再这样我就叫保安来了。"

尚扬哭笑不得道:"我不是那个意思。"

"想追她也晚了,"女领班看他很礼貌,语气也稍稍缓和了些,道,"人家都有男朋友了……你长得帅也不能为所欲为,男小三当不得的。"

尚扬心里一动,问:"你和安然私下熟吗?"

女领班道:"还行。先生,你们埋过单了吗?我们现在很忙,抱歉没有时间在这里陪您聊天。"

尚扬只得道："那请你代为转达，我在外面等位区等她，休息的时候请她出来一下。"

等位区的沙发上。这边是预约制，现场等位的人并不多。

"她要是不理咱们怎么办？"曲燎原道。

"她总要下班的。"尚扬道，"要不你先回去吧，我和金旭等她，看她这强硬劲，也未必肯和我们说太多。"

曲燎原道："我回去也是一个人，我哥加班，我跟你们一起加班，不能白吃你这么贵的料理。"

他拿出手机来，说："刚才吃饭的时候，我翻了翻大学官网，发现闫航的照片也很多，这小子长得还挺帅，眉清目秀的。"

他翻了几张校内科技比赛获奖者的官网报道图，尚扬和金旭也都传着看了看。

闫航还真是拿过不少奖，有近期的比赛，也有以前的，看穿着应该是夏天。

在一帮工科男生里，这男生帅得比较突出，就是不太爱笑，人有点古板，夏天也穿着长袖衬衫，扣子只解开一颗。

他几乎都是冷漠地注视着镜头，一张还好，可以说没镜头感，可每张都是如此，还是获奖的开心时刻，连着看下来，就让人很直接地觉得，这个人应该不太快乐。

"你们说，闫航一个普通大学生，总不至于是上过什么泡学课程吧？"曲燎原随口和大家聊道，"和安然恋爱才一年多，听同学说他也没有过恋爱经验，这PUA技术是不是太炉火纯青了？"

尚扬道："他的班主任，还有安然的闺密，也都是说，安然是闫航的第一个女朋友。"

曲燎原道："那他可能真是有特殊天赋。"

"不一定。"金旭道，"班主任、闺密、同学，都是大学里的关系人，如果大学以前他就在其他女生身上试验过这种PUA的方式呢？"

尚扬道:"你是说,很可能安然不是第一个受害者。"

那第一个,或者说上一个,有可能会是谁?

"G市有熟悉的同行吗?"金旭道,"我记得咱们隔壁宿舍,有个谁,是回了这里工作。"

尚扬秒懂,道:"他在别处工作。但是G市有别的熟人,下届的一个师弟,我来联系一下,看他有没有时间帮这个忙。"

金旭道:"师弟当然会帮你的忙,你上学的时候就最讨师弟们喜欢了。"

曲燎原茫然道:"G市怎么了?什么师弟?"

尚扬道:"闫航有个姐姐在G市念大学,记得吗?"

曲燎原道:"你们觉得这姐姐被闫航PUA过吗?为什么?"

尚扬去一旁给在G市花都区工作的师弟打电话。

"这对没血缘关系的姐弟,从小没在一起生活,"金旭向曲燎原道,"长大了以后,这姐姐到这里来玩,居然去找闫航。闫航可不是开朗好客的性格,安然当时还误会了她是闫航的前女友,如果真是普通姐弟的相处模式,想产生这种误会也不容易。"

曲燎原道:"那这和我们想突破安然又有什么关系?"

金旭服了他这直直的脑回路,道:"要破除闫航对安然的洗脑,有什么比让她知道,她根本不是闫航唯一爱的女生,更直接的呢?"

过了饭点高峰期,日料店里客人渐渐稀少,服务员们也不太忙了,但到了轮休的时间,安然没有出来见他们。

十点半闭店,她无论如何得下班。

曲燎原是个好动性子,久坐无聊,这店旁边就是大型商场,他想去溜达一下。

尚扬道:"我不去了,这边安静,还要等学弟回信。"

金旭也说:"我也不去。"

曲燎原道:"那你们乖乖等,班长回来给你俩带好吃的。"

只留下尚扬和金旭还在日料店等位区的沙发上等待。

尚扬其实也觉得无聊，但他今日消费超支，去逛商场万一看到什么可心的东西又得花钱。只是这话不好直说，曲燎原听了非要再和他AA今晚的餐费不可。

他向后仰靠在沙发背上，等人也很累。

金旭就不像他和曲燎原，等了这么半天，看不出疲惫，也没露出等烦的意思。

尚扬道："你太有耐心了。"

"这也没等多久，还有这么舒服的沙发。"金旭道，"和在家休息没区别。"

金旭拿出手机来看了看时间，说："喝水吗？我去车里帮你拿保温杯。"

尚扬道："不用，晚上少喝水。"

在G市工作的学弟回了消息。

尚扬低头看手机，金旭瞥了眼，看到是语音，但尚扬没有听，而是转化成了文字在看，很长一段话。

看完后，尚扬回复了一句语音："辛苦了，有空来的话，师兄带你玩。"

金旭道："他动作这么快？"

尚扬道："闫航姐姐的学校就在辖区内，找人很快，这学弟晚上没事，也很热心地帮忙，专程去了趟大学，找到了在上自习的女孩。"

他索性把手机递给金旭，直接让金旭看学弟发给他的消息。

看完了，金旭把手机还给他，道："效率挺高，这学弟不错。"

这时曲燎原也回来了，提着几个娃娃机里抓来的小玩偶，买了三杯奶茶，还提着一个购物袋。

"你收获不小啊。"尚扬不知道该怎么评价他，道，"自己一个人玩得这么嗨吗？"

曲燎原坐下，把奶茶分给他们，含含糊糊地说："嗯。"

金旭道："哥哥来了是不是？"

曲燎原大惊:"你怎么看出来的?"

金旭不理他,摸了摸三杯饮料的杯子,挑了一杯比较热的给了尚扬。

尚扬道:"哥哥人呢?回家了?"

曲燎原道:"在地库,等我忙完一起回家。"

尚扬道:"那你先走吧,别让他等了,还没准到几点。"

"何况安然也未必想搭理我们,没准都是白等。"金旭也道,"替我跟哥哥问个好。"

他们宿舍全体成员都一直随着曲燎原,管人家叫"哥哥"。

曲燎原把那袋子给他,说:"我哥说你今天晚上八成要睡在尚扬家,让我给你买了把牙刷,还有点个人用品。"

尚扬:"……"

金旭淡定地接过去,说:"替我谢谢哥哥。"

曲燎原告罪后,不好意思地走了。

金旭打开那袋子看了看,有洗漱用品,居然还有一次性内裤。

他拉开袋口,给尚扬展示了一下,道:"哥哥也太贴心了。"

尚扬:"……"

他都还没想过这一点。等安然下班,就算不理他们,只稍微耽搁一下,也到十一二点了,再让金旭回宾馆去,非常远,确实也太晚了。

曲燎原家哥哥是什么妖怪,怎么连这种事都想得到?

十点半,日料店打烊,服务员们在里面收拾东西,陆陆续续下班,过了十来分钟,已经走了几拨,几乎没人了,安然才出来。

但她不是一个人,那位领班与她一起。

就是先前误以为尚扬是要搭讪安然的那个女孩,约莫二十六七岁,她把安然挡在自己身后,警惕地对尚扬金旭道:"你们怎么还没走?"

尚扬道:"你误会了,我们只是想和安然了解一些情况。"

女领班道:"有什么事白天再说!"

尚扬正想拿出证件来表明身份,金旭按住他的肩,对他使了个眼色。

他没有太明白，但知道金旭是让他让开路，"放"安然和这女孩走的意思，虽然不明所以，但还是照做了。

女领班年长一些，出社会也早，平时把安然当成小妹妹。

安然对她说是被两个男客人纠缠，她便信了，因为安然很漂亮，以前出过类似的事。

两人前面走，金旭和尚扬慢慢地跟在后面。

因为都是朝着停车场去，女领班也不确定人家是不是在跟她俩，警惕地回头看了几次。

安然本来想到路边打辆车回去，女领班非常不放心，坚持要送她回去，拉着她快步奔跑，还从包里把防狼喷雾拿了出来，握在手里。

终于上了车，女领班松了口气，驱车把安然送回出租房去，在小区门口放下她，看她进去，才准备掉头回自己家。

车窗被敲了一下，她转头一看，赫然正是日料店里"纠缠"安然的客人。

尚扬把公安证件贴在她的车窗上给她看。

她满面狐疑，尚扬又把证件打开给她看照片，招手把金旭叫过来，也把证件拿出来给她看过。

女孩只把车窗打开一条缝，没有下车的意思。

"你们要干什么？"她问。

"我们在办案，不知道安然怎么跟你说的，我们是要找她了解一些她男朋友的情况。"尚扬道，"可惜她不愿意配合，你方便回答我们几个问题吗？"

女孩道："我和她男朋友不熟，只见过几次。"

尚扬道："几个简单的问题就好，不用下车，这样回答就行。"

女孩点了点头："好，你问吧。"

十一点半。

金旭开车，尚扬坐在副驾上，车子朝尚扬的住处驶去。

"这女孩有点意思，"金旭道，"机警勇敢，还很讲义气。"

尚扬道："我问她不害怕我们真是坏人吗？她说,怕,但姐姐要帮妹妹。"

女领班对安然的帮助，不只是出于一起工作的同事情谊，更有姐姐对妹妹的爱护，面对潜在的危险，她愿以一个姐姐的姿态站在前面，用自己的勇气和机智，去帮助年纪尚小、社会经验不足的学生妹安然。

女性的内心通常比之男性的会更加柔软，又有很多女性因为柔软，而有更强的同理心和同情心。

这种纯善柔美的特质，常常会被一些有心之人加以利用。

"某种程度上说，"金旭道，"安然的行为也是在利用这个领班姐姐。"

尚扬道："可是我想这小姐姐不会怪她，不然也不会和咱们说这么多，她是真的希望能帮到安然。"

领班姐姐确认他们是警察后，得知他们想了解的是安然男朋友闫航的事，先是疑惑于一个名校学霸做了什么事，在被尚扬问到"安然有没有和你聊过平时和男朋友的相处情况"时，这女孩犹豫片刻，对警察描述了她所了解到的这对学生情侣。

找这位领班了解情况，是金旭的提议。

日料店打烊后，安然对警察的问询不予配合，勉强追问也很难有新鲜的结果，不如从她身边较为相熟的同性着手。从学校搬出来以后，安然和从前的闺密、同学来往都变少，这个学期就在出租房和日料店两点一线，日料店里的女同事很可能才是最了解她近况的人。

所以，尚扬和金旭才从日料店一路不紧不慢地跟在女领班车后面，来到了安然住的出租房的小区外，在安然下了女领班的车后，由尚扬出马，向女领班亮明身份，问她有没有听安然提过有关闫航的事。

领班姐姐竟然真的提供了新的线索。

这两天来，公安们从第三方口中听来的闫航，都是一个品学兼优、性格稳重、疼爱女友的形象，虽然尚扬和金旭都知道这极有可能是闫航刻意展示在外的形象，可是闫航 PUA 安然的事，只是金旭基于敏锐性和经验得出的推理，仍然不具备强有力的说服力。

最后竟是在这个与闫航根本不熟的日料店女领班口中，第一次听到了与他人不同的看法。

首先，领班姐姐不认同安然的同学说的闫航很宠她。

"宠什么啊？我们店晚上十点半打烊，去最近的地铁站要步行十分钟，一个真心疼女朋友的男的，会一次都不来接她下班吗？有时候打烊后收拾得慢了，安然赶不上末班地铁，只能叫辆网约车，人晚上的，我们同事都不放心她一个漂亮女孩子自己打车，她男朋友可比我们心大。有一回我们打烊后开会，结束得太晚了，他打电话来问安然几点能回去，我还以为他终于知道担心一下女朋友了，结果是让安然回去顺路帮他带外卖。

"我是觉得这样不行，安然说他是在准备什么比赛太忙了，那我一外人能说什么呢？她自己开心就好。"

她的这个看法，倒是和安然班主任的看法一致。

有些看起来很是"甜宠"的举动，冷了送暖宝宝，热了撑太阳伞，例假准备红糖水，确实就是工业糖精，大家都是独立行走的成年人并不是巨婴，是否真把一个人挂在心上，不能靠这种只要刻意而为之就能营造出的"甜宠"氛围来判断。

其次，领班姐姐见过闫航本人一次，印象非常不好。

"我们店里有个男服务员，姓张，可能是有点喜欢安然，平时对安然就很照顾。上个月有个周末下雪了你们记得吗？中午安然男朋友来店里找她，在门口等候区，就你们刚才坐的那地方，等她下班去约会，我就见过这男孩这一次，本来还觉得挺好，长得挺帅看着也有礼貌。过了一下午，等晚上再上班，安然哭成一双金鱼眼，我就很纳闷，问她怎么了，她先是不肯说，问了好几次才告诉我，说她男朋友误会她和小张走得近是要变心，跪在雪地里求她别分手。

"我给吓一大跳，我说这能是正常人吗？这男的不行啊，劝安然分手保平安。安然她一点听不进去，还跟我解释半天说她男朋友就是自卑，太爱她了,害怕她会离开自己才会这样。我也是服了。

"不过我从没谈过恋爱,也可能谈恋爱就是这样要死要活的?谁知道呢,反正社会新闻每天都在教我恐婚恐恋的热知识,我宁可不谈了。"

她很好奇闫航到底犯了什么事,引来公安查他。

尚扬委婉地表示这不能透露给她,并感谢她提供的信息,最后对她说:"世间百态,人也一样,个体行为不能代表群体,希望你早日遇到能让你克服恐婚恐恋的那个人。"

尚扬的住处。

差几分钟就到十二点了,尚扬困到不想说话,进门后迟滞地反应过来——让金旭睡哪里比较合适?

他住的这地方和金副局在白原的住处比起来,家居陈设是精致不少,可面积也小了不少。

是有两间卧室,但他把其中一间做成了书房。

"我睡沙发吧。"金旭道。

"好的。"尚扬竟也不与他客气,脱了外套,进房间拿了点东西,道,"我先用下洗手间,没意见吧?"

金旭点了点头。

清晨。

客厅窗帘没有拉上,冬天微蒙的晨光照了进来。

很晚才入睡的金旭在梦中隐约觉得哪里不太对,警戒心一起,唰一下张开眼睛。

尚扬正在沙发前端详他,猝不及防他醒了,面露尴尬,说:"刚想叫你。"

"我打呼噜吵醒你了?"金旭又摸下巴,不好意思地说,"我胡茬长得有点快。"

"只有一点,你不说都看不出来。"尚扬道。

金旭道:"早饭吃什么?"

尚扬道:"都行,出去吃吧。"

金旭坐在沙发上,头发睡得有点乱,像只郁闷的狮子,朝窗外看,天已经亮了,他估摸时间大概是快到八点了,又得去破案,但他很平静地说:"正式把安然请回来问话吧,今天之内拿下她,就能结案了。"

尚扬好笑道:"还没有到上班时间,聊这个也不会给你加班费。"

金旭还能和他开玩笑:"领导,是有加班费的吗?不早说,早说我把这案子多拖几天,还能多蹭几顿饭。"

上午,尚扬先到单位去打了卡,然后和金旭会和,两人一起出发去分局,与等在那里的曲燎原碰头。

曲燎原拿到了带闫航和安然回来做讯问笔录的正式手续。

三人去大学的路上,仍然是金旭开车,尚扬副驾,曲燎原后排,到大学附近,三人兵分两路。

金旭到学校里去找闫航,尚扬和曲燎原到出租房去找安然。

另外还有曲燎原请来帮忙的两位同事,这两位开了辆警车来,在大学门外等他们把人带来,一起带回分局去做正式问讯。

闫航没有在学校。

今天上午他所在的班有一节公共课,可是他没有来上,任课老师点名,是另一名男生替他答了"到"。

据闫航班主任去询问的结果,这男生是说,早上闫航给他发了微信,身体不太舒服不想来上课,请他帮忙答到。

为了避免扩大影响,金旭没有在学生们面前露面。

被问到的这名男生以及公共课的任课老师,都只以为是班主任临时起意,来问问学生的出勤情况而已。

班主任出来后,把闫航没来上课的事与金旭说了。

与此同时,尚扬打来电话给金旭,告知他:安然一个人在出租房,闫航一大早就出门了。

没来上课,也不在出租房里,他会去哪儿?

闫航的班主任仍然不相信她眼中的好孩子闫航会做出违法行为，忧心忡忡道："我给他打个电话，叫他到学校来？希望警官一定要好好调查清楚，他真的不会做坏事。"

"我们不会冤枉好人。"金旭隐约联想到一种可能，道，"老师，你在电话里，务必不要提起是公安要找他。刚才那个男生应该已经给他报过信，你就只问他怎么没来上课吧。"

班主任当着他的面给闫航打了电话，还开了外放，老师以学校有相关活动要报名的事找他，问他怎么没来上公共课。

闫航在那边咳嗽两声，说自己这两天一直不舒服，今天起床更严重了，要去医院看看。背景音听起来杂乱，像在室外。

挂了电话，班主任对闫航生病的事也起了疑心，当老师久了，见过的装病的学生没一万个也有八千，是真是假还真骗不过她的耳朵。

出租房这边。

安然低着头，随着尚扬和曲燎原下楼，坐进车里，知道今天是要被带去公安局，仍然是一副不肯配合的样子。

"你说你何必呢。"曲燎原苦口婆心地劝了她一番，见她冥顽不灵，既来气也说累了，问尚扬，"金副局怎么说？能走了吗？"

尚扬道："我给他打个电话。"

不想被安然听到，他走到和车有一段距离才又打给金旭。

"你说你现在去找柏图？"尚扬诧异道，"等等，大学图书馆和实验室都找过了吗？也可能闫航就是旷课去校外玩了，你怎么知道他一定是去再次犯案？"

金旭在那边道："我刚才上微博看了下，柏图电影的定妆照被发了出来。如果闫航的作案动机就是我们猜的那样，刺激他开始对柏图采取恐吓行为的导火索，就是这部话剧改编的电影，昨天他可能就已想要犯案，是因为安然"碰瓷你"的举动会引来公安对他俩的怀疑，他才不得不暂时压抑自己犯罪的冲动，但和这部电影相关的讯息和照片今天一发出来，就有很大可能会再次刺激到他。我感觉他忍不住，记得我跟你说过吗，这很像毒瘾发作。"

尚扬道："你怎么过去？在校门口等着，我把车给你。"

金旭道："不用，节省点时间，分局这两位同事开着警车跟我一起。"

"能抓闫航现行当然好，抓不到也别在那边浪费时间。"尚扬还是觉得闫航未必会这么大胆，道，"等你回来帮着一起把安然'磕'下来，她要是能开口，应该也足够证明闫航的罪行。"

金旭道："不用等我，你能磕下她。"

尚扬："……"

他没有独立问讯的经验，这案子也不好假手他们三人以外的警察。

"你对我滤镜太大了，我不行。"他对金旭这样说了句，又回头看了看车里的曲燎原与安然。

曲老师又在对安然做思想工作，安然只低着头不说话。

金旭道："你可以，加油。"

他在警车里，旁边有分局的同事，有些话也着实不方便说。尚扬也想到了这点，便与他道别，折回到车上。

"你要是我亲妹妹，我早就……"曲燎原在对安然放狠话，语气倒半点不凶狠。

尚扬："……"

安然应该是看出曲燎原脾气好，还回起了嘴："怎么？你要是我哥哥，就要揍我了吗？我爸妈都不打我呢。"

尚扬准备开车，提醒后排两人："系好安全带。"

安然只坐着不动，对警察的一切要求不予配合。

曲燎原长臂一伸，把她那边的安全带扯了过来，帮她扣好，然后才扣了自己的。

安然："……"

尚扬踩油门，车子开出去。

曲燎原道："我揍你干什么？我揍闫航！把好好一个妹妹，弄得人不像人，鬼不像鬼，学也不上，满口谎话……气死我了。"

安然："……"

尚扬的手机振动，他趁着转弯等红灯看了看。

金旭发来微信：不是我对你有滤镜，你只是经验少，别紧张就行，安然你一定能拿下来。

尚扬心知他是在警车上悄悄发来的消息，回他：这种话在电话里说就行，何必再发一遍？

后排安然瞧着曲燎原，问："曲警官，你真生气了？"

曲燎原说累了，没好气道："你自己说，这事不气人吗？"

"你有妹妹吗？"安然道，"我从小时候就特想有个哥哥。"

尚扬听到这话，忙从后视镜里给曲燎原打眼色，这是博取安然信任感的好机会！

曲燎原却没察觉到，还得意起来道："没妹妹。可是我有哥哥，别太羡慕我。"

尚扬："……"

安然："……"

她活了二十年也没见过这样的男生，道："曲警官，你和我们班主任肯定聊得来，你俩都属于注定孤独一生的类型。"

曲燎原道："你倒是不孤独一生，找的什么对象？"

安然："……我自己的事，要你管闲事？"

"我是警察叔叔，"曲燎原道，"警察叔叔要是都不管你，你看看还有没有人能管你了。"

安然吸了口气，两眼睁得大大的，直看着曲燎原。

曲燎原知道她昨天干过什么，警告道："别乱来，车里不但有录音还有监控。"

安然道:"我要是有个哥哥,应该就是你这样的。"

曲燎原说:"我要是有你这样的妹妹,我就打断你的腿。"

安然非但不生气,还哧一声笑了出来。

得,可以结拜异姓兄妹了。

尚扬哭笑不得,早知道曲燎原歪打正着能对了安然的胃口,从一开始就直接带曲燎原上门才对。

他和金旭对付小姑娘都不行,金旭总是凶巴巴,他自己如金旭所说,能让异性觉得他是个温柔的人,遇到愿意配合的当事人当然是好事,遇到不愿意配合的,他就没招了,并且他还对异性天然就没有对男当事人的防备心。

说起来他们三个人中,曲燎原从学生时代就一直是最讨女孩们喜欢的类型,他们治安学专业的零星几个女同学,毕业的时候都说过,最理想的老公是曲燎原这样,开朗外向会哄人,听话忠诚,长得还帅,而且谁来了都撩不动,放在家里绝对安全可靠。

但尚扬想,金旭其实也有这样的特质,比起曲燎原来有另一种魅力,很可靠。

到了分局,他们把安然带进了讯问室里。

肃穆的氛围,让安然紧张而害怕,坐在那里,下意识地两手紧握。

曲燎原特意去换了一身制服,与尚扬一起坐在她的对面。

"我们已经掌握了证据,能证明你男朋友涉嫌一桩刑事犯罪。这也是给你最后的机会,希望你能考虑清楚,配合我们对闫航的调查,把你知道的都说出来。"尚扬道。

经过了昨天那件事,安然其实也有点怕了他,眼睛躲闪着,只敢与曲燎原对视。

曲燎原认真道:"安然,我们是在帮你。你也不希望你爸妈知道这件事,为你担心吧?"

安然眼睛里噙着泪水,却道:"我什么都不知道,闫航只是给明星发过几条私信,这我都和你们说过了。"

尚扬道:"我给你看样东西,你做好心理准备。"

安然疑惑而戒备地看他。

他拿出几张照片来。

安然"啊"了一声,条件反射地闭上眼睛不敢看。

那是被丢在柏图家门口的那只小猫的照片,爪子和耳朵被剪开,嘴巴被灼伤,浑身是血。

尚扬和曲燎原对视一眼,同时松了口气,他们也隐约会担心一种最糟糕的可能,安然仍有万分之一的可能是共犯。

但现在看来,她连闫航存在虐猫行为都不知道。

城市另一边,柏图家,地下停车场。

柏图做好出门的标志性打扮,黑框眼镜配口罩,还戴了顶帽子,他坐电梯直达了地下车库,手里拿着车钥匙,朝自己的车走去。

一名戴着帽子口罩把脸遮得很严实的年轻男生,低着头从车库另一边出现,手里提着一个黑色袋子,脚步极快地朝柏图走去。

柏图看到他,站在车旁有些疑惑,像在奇怪这人是谁。

那人即将到柏图近前,手伸进了塑料袋里掏东西。

柏图的车门猛然打开,里面跃出一名身材高大的男人,那男生一见他便转头想跑,被男人从后背抓住衣领向后一掣,整个人砰一声,狠狠地仰面摔倒在地,等在旁边的两名分局警察冲出来,把他按住,戴上手铐。

"柏图"把口罩拉下来,露出的却是和他身材相仿的梁玺的脸。

梁玺把黑框眼镜也摘了,连骂了数句脏话,暴怒着问:"是不是他?!是不是这孙子?!"

刚才在车里守株待兔的金旭看他想动手揍人,忙拦住他,道:"我们会处理,别乱来,小心被反告,不是没先例。"

梁玺还在骂骂咧咧。分局同事把那年轻人的口罩拉下来。

金旭冷冷看着他,喝道:"闫航,你在这儿做什么?"

闫航被反铐着手，摔的那一跤也十分狼狈，竟然还能笑出来，以一种微妙的挑衅语气说："金警官，我在追星，追星犯法吗？"

金旭怀疑地拿过掉在地上的黑色塑料袋，刚提起来就觉得不对，打开一看，里面果然不是被虐待的小动物或其他危险物品，而是一个毛绒玩具。

分局讯问室。

安然不忍心看那几张照片，也不愿相信尚扬说的话，最重要的是不愿相信她所深爱并信任的男朋友，会做出这种残忍的行为。

"除了照片，还有一段视频。"尚扬道，"你平静一下，我再播放给你看。"

安然激烈地抗拒道："我不看！不要给我看！"

曲燎原道："安然妹妹，这里没有坏人。"

尚扬道："不是虐猫的视频，是你也认识的一个人，她想对你说几句话。"

曲燎原过去，把纸巾给安然，道："别害怕，我们所有人都很想帮你。"

"尚警官说的人是谁？什么视频？"安然小声问他。

曲燎原还没看过这个从 G 市传回来的视频文件，他只按照尚扬告诉他的话，回答安然的问题道："她叫闫琴，你认识的，对吧？"

安然听到这个名字，茫然道："闫琴……那是闫航的姐姐啊？"

尚扬道："他们没有血缘关系。根据我们的了解，以及闫琴自己的证词，她是闫航的前女友。"

另一间讯问室里。

闫航骚扰柏图被抓了现行后，也被带到分局来。

警察把他带进讯问室里，将他铐坐在被问讯人的位置上。

他被带回来的路上，始终一副很淡漠的样子，好像很笃定地认为，被警察抓到也不是什么大事。

"你看起来心情不错，"金旭以一句随便聊聊似的话，做了这场问讯的开场白，"装病逃课的感觉倒是不坏，上过学的都明白。"

"我们班主任打电话的时候，金警官就在她旁边？"闫航道。

"你真的很聪明。"金旭道。

"哪里,装病也装得不像,"闫航道,"回去还要向班主任好好道歉,解释一下。"

金旭道:"怎么解释?装病就是为了追星吗?"

闫航道:"说起来还真有点不好意思,我是柏图脑残粉这件事,我的老师和同学都知道,他们应该都能理解。"

"理解你跟踪柏图,到人家家里去吗?"金旭道,"那你的同学和老师还真挺有包容心的。"

闫航用疑惑语气道:"我跟踪柏图?警官,柏图家住在那个小区,很多大粉都知道的,不是什么秘密,粉丝群里三五不时就会有人讨论,要不是房价太贵,不少同好都想买那的房子和柏图做邻居。我就是一时好奇,想去看看是不是真能蹲到柏图。怎么被金警官说的,好像我是个跟踪狂变态一样。"

他说这话时,表情一派迷茫,似乎很不理解为什么警察会对他有这样的误会。

金旭也不急着拆穿他的把戏,按部就班地问道:"小区有门禁,你是怎么混进去的?"

闫航道:"正好有个带孩子的阿姨刷卡进门,手里东西多不方便,我就帮她拿了下东西,跟着她一起进去了。"

他既这样说,应该就是真实做过,不怕警察去查今天的监控。

警察抓到他以后,确实也没有在他身上发现复制好的门禁卡。

金旭道:"上周日下午,你说你在学校实验室做实验,可是实验室内外的监控,已经被证实动过手脚,是你做的吗?你当时到底在哪儿?在做什么?"

"我就在实验室做实验。"闫航还很配合调查一般地想了想,说,"那里的监控就是经常出问题,有少数同学的实验时长凑不够,怕会影响学分,他们没事就去捣鼓那监控,周日那天我也不知道有没有谁去捣乱,想知道是谁，就得挨个问问他们，不过承认的话就是承认自己为了学分而造假，可能没人会认。"

金旭点点头，笑道："你想得还挺周到。"

在旁边协助他做详细记录的，是和他一起抓闫航回来的一位警官。

因为直接参与了抓捕，这位警官对整件事也有基本了解，问话期间已经很不爽地瞪了闫航好几次。

这年轻人太嚣张了，应对盘问完全不像普通大学生，倒像是经常进局子的惯犯。

身边这位西北来的同行，到底行不行？

"这次是我一时好奇，才犯了错。"闫航道，"我明白的，追星要有度，'私生'行为不可取，我接受警官的批评教育，要处罚我，我也认了，真的很对不起，给你们添了麻烦。"

金旭一脸好奇地问："私生行为是什么意思？我不太懂你们饭圈文化。"

闫航道："就是会干扰到偶像私生活的狂热追星行为。"

"原来是这个意思，长见识了。"金旭拿出刚才那个毛绒玩具，是只紫色的兔子，被装在密封袋里。

金旭问："你带着这个兔子，是想送给柏图吗？"

闫航道："对，柏图以前在采访里说过他喜欢这只兔子。这是今年圣诞限定款，是我特意找了代购买的，本来是想亲手送给柏图，没想到会弄成这样。"

金旭看了看那兔子，道："还挺可爱。要先跟你说一下，这肯定没办法送给柏图了，要当成物证留存。"

闫航理解地说："明白。柏图是被其他私生饭骚扰了吗？你们误会是我？但我今天真是第一次，只是好奇想试试，能不能真的蹲到他。"

金旭道："这种干扰到别人正常生活的行为，不管对方是明星还是普通人，都会触犯法律。"

闫航道："金警官说得对，我认罚。"

虽然他今天被抓到了现行，但他只是要送个毛绒玩具给柏图，并没有做出过激行为。

在他身上也没有发现任何危险性物品。

而现在的证据，并不能直接指控他，说明他就是那个之前接二连三骚扰恐吓柏图的变态。

他知道自己被警方盯上了，故意来了这一手，挑衅的意图很明显：你们盯着我没用，抓到我都没用，能把我怎么样？

像他这样蹲守在明星家地下停车场送礼物的行为，说违法确实是违法，构不成犯罪，真的严肃追究起来，最多就够得上拘留五日以内、罚款五百以下的行政处罚。

因此大部分情况下，明星们拿他们这样的人没什么办法。

这点金旭明白，帮忙做记录的同事也明白。

闫航能这么有恃无恐，更是因为一早就做好了功课。

据他现在的种种表现，金旭能猜到他心里大概是在想什么，今天放走他，他以后也不会再继续骚扰柏图，不会给警方再次抓到他的机会。

挑衅警察对他来说也许并不重要，重要的是以此达到再次恐吓柏图的目的。

"你说你对柏图粉转黑了，还送礼物给他干什么？"金旭道。

"是对他10月的作品失望了一段时间，后来想想，我还是很喜欢他，"闫航道，"愿意再给他机会。"

金旭道："你知道他接了部新电影吗？"

他提起这部电影，闫航的表情第一次出现细微的变化，眼神也有一点点波动。

金旭心道，看来没猜错你的动机。

"知道，"闫航镇定地答道，"网上有人讨论。"

金旭状若闲聊地问："等这电影上映，你还会去看吗？"

闫航说："电影拍摄和制作周期很长的，等上映最少要两三年后，也许到时候我都脱粉了。"

金旭穷追不舍："我问的是，你会不会看这部电影？"

闫航道："我说了，那时候可能我已经不喜欢柏图了。"

金旭道："不去电影院送钱，那等网上有了会在网上看吗？"

"那么久以后的事，谁知道？"闫航语气尖刻地回了一句，意识到不对，立刻换了种不服气的表情，说，"金警官，你是不是看没办法定我的罪，不知道该怎么对尚警官交代，才在这里浪费时间？"

金旭露出一个疑惑表情，旁边那位同事道："闫航，你这话什么意思？"

闫航道："昨天我女朋友误会了尚警官，对他有所冒犯，是不是因为这个，你们警察才故意跟我过不去？有人骚扰柏图，你们抓不到人，要把罪名推到我头上来？"

那名警察喝道："你老实交代自己做过什么，少在这儿假装犯被害妄想症。"

闫航道："我已经全部交代完了。你们非要说我做过什么，就拿出证据来。没有的话就快点处理吧，我认罚，罚完我还得回去上课。"

"你是不是真觉得，我们警察就是废物，"金旭道，"以为我们拿你一点办法都没有了？"

闫航像他平常一样人畜无害地笑了笑，说："金警官，假如要拘留我几天，希望能让我给班主任打个电话，我要对她道歉，是我辜负老师的信任，装病请假，还做出这种无脑追星的行为，但我一定会吸取教训，痛改前非，请老师原谅我年幼无知，容易冲动。"

"只给你的班主任打电话吗？"金旭道，"不用给你女朋友安然打个电话？不怕她担心你？"

闫航一副无所谓的样子，道："你们应该已经通知她了吧，可能已经把她也找回来问话了？"

金旭道："你倒是对安然很有信心，认为她绝对不会和我们说什么，是吗？"

闫航丝毫不认为安然有"出卖"自己的可能,淡定道:"我本来就没做什么,她又能说什么,总不能胡编乱造吧?"

"她倒是真的很维护你,"金旭道,"看到那只猫的照片,反复跟我们说不可能是你做的,一定是误会。"

闫航眼神里有些得意,口中疑惑地问道:"什么猫的照片?我们家的两只猫吗?它们很可爱,金警官你见过的。"

金旭注视他片刻,道:"那只小猫没死,也已经度过了危险期,它很顽强地和命运做斗争,并且取得了胜利。但有些人,因为自己受过磨难而变得心理扭曲,把发泄不了的痛苦转嫁在小动物身上,还要心存恶意地去伤害别人,相比起来,猫是要更可爱一些。"

闫航阴郁地皱起眉,思忖着对方知道了什么,不敢贸然开口,怕暴露自己的内心。

有人来敲讯问室的门,有节奏地敲了两下。

金旭一语不发地起身,过去开门。

尚扬站在门外,一脸如释重负,对他点了点头。

他反手把门关上。

闫航盯着被关上的门,心里升起不妙的预感。

做记录的那位警察也知道他穷途末路,拿起那只紫色兔子,说:"这兔子挺可爱,叫什么?买一个多少钱?"

闫航:"……"

门外。

金旭一手搭在尚扬肩上,两人朝边上走开几步,低声交谈。

"安然把实话全撂了,还给了这个。"尚扬把笔录和装在密封袋里的证物交给金旭,他自己还不太敢相信,说,"我居然做到了……不对,不是我的功劳,多亏了曲燎原,还有G市那位师弟帮忙。"

金旭匆匆扫视了一遍笔录,笑了说:"牛。就知道你能行,我在这儿跟闫航这家伙七绕八绕了半天,拖着时间都快没话说了,就等你给我这个。"

尚扬后悔道:"该让你去磕安然,抓人的事让我来才对。"

金旭道:"抓人一点都不难,主要是那位梁先生,他比嫌疑人还麻烦。"

"过来路上听人说了,"尚扬感到好笑道,"他们说他在局长办公室里吵吵了半天,非要来旁听怎么审闫航。"

金旭把笔录合上,心里有了底,道:"让曲燎原送安然回去,你去应付下那位梁先生,告诉他今天之内就能结案,让他别闹事。必要时候给柏图打个电话,叫他把他合伙人弄回家去。"

尚扬只好点头,道:"得令。金副局,你加油,等你好消息。"

金旭道:"我去了。你快去把那霸道梁总打发走,我看见他就头疼。"

他进去继续攻克闫航,尚扬也转身快步回去。

曲燎原正准备送安然离开。

安然今天讲出了太多事,也接收了太多信息,哭得眼睛红肿,情绪和身体都不太舒服。

"回去好好休息,都过去了。"尚扬想了下,又说,"你在宿舍里还有床位吗?回出租房把衣服收拾下,送你回学校?那两只猫,我找人帮你养一段时间。"

他有点担心,安然这种情况,独自待在那出租房里,有可能会出什么事。

"谢谢尚警官。"安然低着头,哭得一脸狼狈,道,"我想去洗下脸。"

曲燎原忙叫了位女警来,陪安然到卫生间去。

"刚才你走了,"曲燎原小声对尚扬道,"她跟我说,闫航整天装可怜卖惨,动不动就寻死觅活的。除了这些之外,她认为自己离不开闫航,还有个原因,她和闫航……那个时候,这男的总是趁机对她进行荡妇羞辱,她潜意识里接受了这种羞辱,认为自己就是闫航说的那样,觉得自己就是有很多丑态,她和闫航发生了关系,以后就没人会爱她了,她这辈子只能和闫航结婚。"

尚扬:"……"

曲燎原道:"闫航这个垃圾,手段还挺全面。"

尚扬闻所未闻,消化了片刻才一知半解、不甚明白地说:"还……还能这样?为什么?床上骂人就不是骂了?"

曲燎原奇怪道:"你?不懂吗?"

而后恍然,用一种同情的眼神看着尚扬,仿佛在说,这岁数了连这个都不懂,好惨啊你。

尚扬:"……"

安然从洗手间出来。

"我先送她回去。"曲燎原顾不得再对尚扬解释,道,"回头你问金旭吧,别去问外人,丢脸。"

尚扬心说,问金旭才更丢脸。

讯问室里。

闫航已经有了一些预感,但不确定警方掌握了什么,比起刚才那副轻松的样子,他变得警惕而紧绷。

"你的女朋友安然,向我们反映了一些情况。"金旭道。

闫航道:"昨晚我们刚吵过架,她是个小女孩,不知道轻重,可能会不过脑子,说些攻击我的话。"

金旭道:"你好像知道她会说你什么。你们为什么吵架?"

"女孩子嘛,都有点作的,"闫航道,"说话也总有点夸张的成分。但是我对她一直都很好,这点你们可以到学校去随便打听。倒是她整天旷课,在高消费奢侈餐厅里兼职做服务员,结交了不少社会上的人,慢慢就有点变了。"

他越说越放松,顺水推舟要把罪行推给安然。

先把微博私信推到安然头上:"我之前撒了谎,那些微博私信不是我发的,是安然拿我的手机发的。我喜欢柏图,她为这事跟我闹过好几次,女孩就是爱吃这种没影的醋,我也没办法,正好柏图10月那部烂片也让我有点生气,就由着她给柏图发了那些骚扰私信。"

又提起恐吓信:"她还在家里做过一些剪字恐吓信,冲我发脾气说要寄去柏图工作室,不过应该就是说说吧,我觉得她最后都扔了。"

最后又提起猫咪:"她脾气阴晴不定的,喜欢猫的时候对猫很好,不喜欢的时候就打猫出气,我们出来租那房子很贵的,生活开销也比住校要高很多,我有时候看不过眼说她,她就说我住她的房子花她的钱,没资格管她。"

假设安然"出卖"他,指证了他什么,也无非这几件事。

他做剪字恐吓信的时候,安然无意中发现了,劝阻过他不要这么做,他当着安然的面,假装把那些剪好的字全扔掉了。

至于微博私信,尚扬和金旭第一次上门那天,安然其实根本不知道是为了什么,听到他们说微博私信骂人,主动帮他遮掩过去,说自己一直都知道。等警察们走了以后,他向安然解释说是忍不了柏图接那部电影,太生气了才在私信上骂几句出出气,而且柏图又不会看私信,还趁机又卖了一次惨博取安然的同情心,安然被他敷衍了过去。

但所有的事,全凭安然一张嘴,又能说明什么?小情侣吵架互相指责,一笔糊涂账罢了。

尚扬到楼上,找到了一副山大王模样,坐在接待室里的梁玺。

接待他的警官快被他烦死了,见尚扬来了,立刻找借口跑路了。

梁玺其实已经没在闹腾了,就是焦灼地坐在那里等结果,嘴里叨叨个没完,谈不上人身攻击,可也没说警察好话。

他起身问尚扬:"怎么样?能判几年?"

尚扬道:"审判那是法院的事,我们没这权力。"

"你们条子有时候真够碍事的。"梁玺十分嫌弃这一套套程序,道,"这样,你们假装没事,把他放出去,我找人弄他。"

尚扬道:"注意你的言辞,涉黑会被抓起来。"

梁玺伸出双手,道:"那我涉黑了,来抓我,把我跟那孙子关一起,我自己弄他。"

尚扬："……"

"我来给柏图打个电话吧。"他作势要掏手机。

"我不说了！"梁玺并不是没怕的，道，"我不说了还不行吗？"

他按原位坐了回去，大话是不说了，还要继续叨叨几句："那你们还要多长时间才能让他认罪？他要是不认罪怎么办？如果我不得不以暴制暴，那也都是你们条子逼的。"

尚扬深吸一口气，道："我们有证据！"

讯问室。

"我们有证据。"金旭向后靠在椅背上，一派轻松的语气，说，"闫航，不要再负隅顽抗了，坦白从宽，这是你最后的机会。"

闫航全然不信，认为是在诈他，道："你们有什么证据？"

金旭把夹在记录本里的密封袋拿了出来，说："认识吗？"

闫航定睛一瞧，迷茫了片刻，脸色大变。

那是他复制的门禁卡，能顺利打开柏图家单元门，还能用来刷电梯直通顶层。

因为是买的空卡再复制，卡面上没有什么标志性的图案，他前天到柏图家门口作案后逃离，晚点回到出租房后，把卡片塞进了自己上课常穿的外套口袋里。放在什么地方都不如随身带着安全。

今天再去柏图家，他没打算上楼，就没带卡，还特意换了件深色外套。

这张卡片应该还在出租房里那件浅色羽绒外套的口袋里。

"那是什么？"闫航道，"我不认识。"

金旭道："真不认识吗？上面有你的指纹。"

如果尚扬在，一定会心里吐槽，这家伙又在诈嫌疑人。卡片根本还没有来得及送去做指纹提取和识别。

闫航也确实狡猾，没有那么容易上当，道："不可能。这卡片从哪儿来的？"

金旭道:"从你一件衣服的口袋里。"

"我不知道这是什么卡。"闫航咬死了不承认,话锋一转,道,"你们有搜查令吗?凭什么搜我的家?"

如果是警方通过不合法手段得到的证据,法律效力就有待商榷。

金旭叹了口气,道:"说你什么好,这么好的脑子,这么快的反应力,好好学习不行吗?为什么非去干这种事?"

他隔着袋子捏住那卡片,严厉地告诉闫航:"我们没去搜你家,这卡片是安然想帮你洗衣服,从你的口袋里拿出来的。"

三个多小时前,安然刚把卡片从闫航的外套口袋拿出来,奇怪这是张什么卡。

这时候有人敲响了她和闫航的家门。

她去开门,门外是尚扬和曲燎原。

之后,她在分局里,先得知男友毫无人性的虐猫行为,而后又看到了远在 G 市读书的闫琴为她录制的一段视频。

闫琴在视频中讲述了自己和安然几乎如出一辙的恋爱遭遇。

闫琴与闫航在同一所学校读书,她被这个名义上的弟弟主动追求,起先因为"姐弟"关系而拒绝了闫航,而后在闫航死缠烂打之下,还是陷入了恋爱,和他交往两年半的时间。

恋爱之中,闫航用对安然的一样的手段,以自己的童年不幸唤起闫琴的同情心,又以始终弱势的表现,让闫琴总有种自己亏欠对方的错觉,被洗脑、被控制而不自知。

原本成绩不比闫航差的她,成绩一落千丈。家里给的零花钱,还有她自己,全都如同献祭一般供闫航予取予求。她后来意外怀孕,堕胎了一次,最后只考上了 G 市一所民办三本。

上大学后不久,闫航向她提出了分手。她以为是异地以及前途的差距才导致了这样的结局,也不想成为闫航的负累,含泪同意,还一直觉得自己很对不起闫航。

去年她和朋友旅游，忍不住到闫航大学里来见了闫航一次。就是安然"误会"还闹了一场的那次。

闫航和高中时的他判若两人。他让闫琴以后都不要再来找她，一看到她就想起她令人作呕的亲生父亲。

闫琴大为震惊，失魂落魄地问他，那为什么那时要与她恋爱？

闫航道，你爸毁了我一生，我毁你一辈子，扯平了。

闫琴回去后，自杀过一次，幸运地被救了回来，接受了一段时间的心理治疗，现在好了很多。

尚扬的师弟，在 G 市工作的那位警官，找到闫琴表明来意后，担心她有所顾忌，但她很积极地表示愿意配合。

她在视频里向安然坦言，她很后悔去年在学校的时候，没有告诉安然实情，还帮闫航圆了谎，那时是出于自卑以及嫉妒，现在她只希望能亡羊补牢，帮安然挣脱这恶魔编织出的谎言骗局。

闫航对她那样，是有她父亲作恶的缘故，但她已经明白，她曾经真心喜欢的这个男孩，童年被虐待被侵害，身心受创，这是他的不幸，可是在他长大后，他以伤害别人为乐，根本就没有爱人的能力，他是个内心阴暗扭曲的变态。

在闫琴的控诉中，安然逐渐明白了，自己不过是第二个闫琴，闫航把那些在闫琴身上用过的手段，再次用在了她身上。

她愿意指证闫航，承认她在警察找上门之前，根本不知道微博私信的事，还曾经见过闫航在家里剪字制作要寄给柏图的恐吓信，都是一些极具侮辱性的字眼。

她知道的比公安们想象中的，要少很多。

没有证据，仍然是没有证据。

"你在家里有发现什么东西吗？例如手套、保安服之类的？"曲燎原问她。

"没有。"安然道。

"门禁卡呢？"尚扬想到安然和闫航所住的小区并不需要门禁卡，如果家里有这个东西，应该还是会引起注意。

"这个？"安然被警察们带出门前，匆忙在开衫外直接套了羽绒服，那卡片还在她的开衫口袋里。

这张门禁卡，以这样一种冥冥中注定的方式，经过安然的手，交给警方，成了指证闫航的关键性证据。

此刻它被金旭捏在两指间亮给闫航看，像是对闫航出示了最后一张牌。

闫航再继续诡辩，再推脱责任，都无济于事。

"都是我做的。"闫航道。

做记录的警官精神大振，下笔有神，时不时看看金旭，这西北同行，可以可以。

金旭的表情没有明显变化，仍是先前那个样子，他继续问讯道："你是怎么混进电影活动里去，又是怎么把那瓶有你口水的水放在柏图手边的？"

闫航道："找黄牛，他们有媒体证，能混进去。换瓶水就更简单了，动作快点就行。"

金旭道："看你翻墙的动作，很快就能抓到流浪猫，你对柏图家小区很熟，经常去吗？"

闫航道："也不常去，一个月去两三回。"

"都去干什么？"金旭道，"没被发现过？"

闫航道："他家楼下经常有狗仔，有时候也有粉丝去蹲，被发现了也没什么，当明星本来就没有隐私。我去了没干什么，就看看他。"

金旭说："他在过日子，你为什么要看他？看他电影还不够吗？"

闫航突然发火道："我看看我喜欢的人都不行吗？你就没有喜欢的人吗？"

金旭故意露出不可思议的表情，说："你喜欢柏图？哪种喜欢？你先后交过两个女朋友,第一位还为你做过人流。"

"我才不是那种恶心的变态。"闫航说,"我只是喜欢柏图,没有想和他怎么样,不要侮辱我。"

金旭道:"你很矛盾。那你恐吓他的目的到底是什么?不是为了让他注意你?"

闫航:"……"

金旭道:"你不想让他演那部电影,因为有你讨厌的情节。"

闫航绷着脸,不准备回答这个问题。

他的目的应当是二者皆有。

他既讨厌柏图接演那部话剧改编的电影,又想让柏图注意他。

基于童年经历,不愿意正视真实的自己,但内心对柏图充满了变态式的向往。

今天这最后一次对警方的正面挑衅,很可能都是为了让柏图从此记住他这个人。

"我真不是想挖掘你的隐私,毕竟你不是明星。"金旭嘲讽道,"犯罪就是犯罪,你的不幸不是伤害别人的理由。"

闫航的表情有些被刺到的神经质,他很快冷漠道:"那你还问什么?我交代完了,都是我做的,拘留我吧。"

言外之意,他仍然不觉得自己会遭到十分严厉的惩处。

"虐猫怎么了,能把我怎么样?"闫航道,"上社会新闻,我也是个私生饭……搞了这么大阵仗,就为了抓个私生饭,好大的案子啊!金警官,你们做警察真可怜。"

金旭对同事道:"把最后这句也给他记上,认罪态度不端正。"

同事:"……"

"闫航,你想什么好事呢?"金旭把证物收好,站起身准备走人,道,"虐猫是拿你没辙,你也以为你只是个饭圈毒瘤,拘留几天,交点罚款,挨一顿批评这么简单?以你长时间跟踪柏图,窥探他的私生活,还在他家门口投放危险物品等行为,寻衅滋事罪听过吗?不判个几年说不过去。"

他对同事道:"辛苦你再多问问细节,我先走。"

他来这里学习,没权力跨区执法,最后这份正式笔录也不能签他的名字,到这里确实可以功成身退了。

闫航终于茫然起来:"你这就问完了?不问我的动机吗?"

"你把我当成要被你PUA的小姑娘吗?对我卖惨没有用。"金旭道,"我是个警察,不是自媒体,破案是我的职责,我不关心嫌疑人背后的故事。"

楼上接待室。

尚扬和梁玺之间无话可说,两人各自坐在一旁,低着头玩手机,安静地等结果。

金旭推门进来,梁玺唰一下站起来,道:"怎么样?"

"不都说了今天一定结案吗?"金旭道,"梁总回家报信去吧,让柏先生以后安心过日子。"

尚扬喜不自胜,道:"太好了,没白忙活一场。"

梁玺还有点没反应过来,他对这事比较悲观,没抱太大希望,还等着警察一脸悲痛地告诉他要放人,这对他来说就是天降犯罪机会。眼下这机会竟然是没了。

晚些时候,曲燎原打给尚扬,问他在哪儿,说已经把安然妥善送回了学校。

曲警官问:"这两只猫怎么办?尚主任,你不是说你找人帮忙养吗?我送哪儿去啊?"

尚扬:"……"

糟了,案子一破,他心里放松,完全忘了还有这件事!

他有养猫也爱猫的朋友,本来是想把那两只金渐层送去朋友家,暂时请人家养一段时间再另做打算。

结果天都要黑了,他根本就还没给朋友打电话。

"你在哪儿啊？"曲燎原问。

"我在外面。"尚扬道，"我还是先跟我朋友联系下吧。"

曲燎原批评起他来："就知道你忘了！你心里有猫咪吗？你心里只有你自己！是不是破完案就回去写报告了？"

金旭听他们打电话，自己拿了瓶水喝。

尚扬接受电话那边曲燎原的批评，说："我马上给朋友打电话。"

曲燎原却道："不用了，我刚才找到朋友帮忙了，是个很喜欢猫的医生，家里本来就养了只布偶，愿意帮忙养几天，等安然好点再决定怎么处置。我就是跟你说一声，让你放心。"

"好。"尚扬道，"改天我请吃饭。"

曲燎原道："别忘了叫上金旭啊，不是说破案了要请我们吃烤全羊吗？"

破了案的曲燎原心情大好，在这边热情地提议小分队聚餐，说："不要你请，让我哥请，到时候我选地方，我知道有家蒙古包的烤羊非常好吃！又嫩又香！"

这天晚上，到比较晚的时候，尚扬才独自回到住处。

金旭像算着时间，尚扬刚进门，他的消息就随即追来：到家了吗？

尚扬回：到了。

他收拾妥当准备睡觉，他家母亲大人发来语音消息。

她问儿子，这周末有没有事，想帮他安排相亲。

尚扬想了想，打了通电话过去，说："我这周末去把狗接回来吧？到春节都没出差计划了。"

他妈问："那你这几天在忙什么？听你同事说，你整天往外跑，还神神秘秘的。"

尚扬为柏图这件案子奔波，查涉案人户籍档案的时候要拿手续，向领导报备过，对同事就没讲得太详细，同事只知道他不在单位，具体做什么也不是太清楚。

"又在我们单位安插小眼线了？"尚扬开玩笑道，"你退休了就是群众，不要整天打探我们院里的事，当心犯错误。"

"工作的事，不让问我就不问了。狗在我这儿挺好，不来接也行，它也不想你。"他妈妈说，"周末有时间就出去吃个饭吧，这女孩是在出版社工作，跟你同岁，你赵阿姨介绍的——你先别打岔！她谈过一次恋爱，男的出国，异地导致的分手，你赵阿姨给她看了看你照片，女孩对你比较满意，你们周末见个面，年轻人之间聊聊天——"

"妈……妈！"尚扬几次开口才终于打断了她，道，"我不去！你跟赵阿姨解释一下，不要耽误人家的时间了，也谢谢赵阿姨一直这么热心。"

接下来的两天，尚主任惊觉自己犯了个错误，出差回来，他该交的调研报告还一个字都没写。回来后他就受朋友所托，专注于柏图被恐吓的案子，现在马上就要到上交报告的死线了。

以前几次，都还有小跟班实习生袁丁帮他整理调研结果，起码搞出一个潦草的初稿来，现在袁丁主动请调去了一线部门，他连个得力帮手都没有，只能靠自己。

等他终于敲完了报告的最后一行正文，打上日期，签好自己的名字，才找了曲燎原，说好破案后三人小组要一起吃饭。

巧的是曲燎原也有事要找他，说："你陪我去找柏图一趟吧？"

"怎么了？"尚扬道，"不是已经结案了吗？"

曲燎原道："闫航现在暂时是被行政拘留，他很不配合，一直吵着想见当事人，拘留所那边不了解情况，又托同事来联系到我，刚才来跟我说了这个事，说闫航闹得很厉害。"

尚扬道："闹得厉害的嫌疑人多了，总不能他们想要什么就满足他们什么，那所有人都抢着犯罪去坐牢了。而且我认为柏图不会见他。"

曲燎原道："我也是这么想。可是我又想，是不是也听听柏图本人的意思？"

闫航的行为非常可恶，他的犯罪行为自有对应的法律去惩处他。

但从他个人的过往经历来说，很长一段时间里，他本应该是个值得同情的受害人，一个小朋友被欺辱被伤害，这对任何成年人来说都不可能令人无动于衷。

曲燎原道："局里领导已经和闫航家乡的公安部门联系过，反映了咱们掌握的这个情况，但是时间太久，闫航都二十了，没留下什么证据。但我现在很相信金旭说的那句话，变态像瘾君子，是忍不住的，应该不只是闫航一个受害人，一定能找到别的证据或者证人。"

而柏图作为恐吓案的当事人，会不会因为这点，而愿意对闫航施以人道关怀，这很难讲。

"我觉得这不好，"尚扬道，"别的不说，那位梁先生听说了这事，就会原地爆炸。而且柏图是受害人，他没有这个义务。"

曲燎原道："不是，你没明白我的意思。男神对被虐待的小猫都是那种态度，觉得是被自己连累。他知道了闫航的情况，心里可能会很难过，也有可能会觉得是自己的错。我不赞成他和闫航再有接触，可我想……想和男神聊聊天，我想开解开解他。"

尚扬简直无语，说："你想以权谋私去追星？"

曲燎原道："怎么可能？下班时间再去，我不好意思自己去，才找你一起。"

尚扬犹犹豫豫地问："那你怎么不找金旭？"

"你不知道？"曲燎原奇怪道，"你们单位应该比我们知道得早啊？不是有个……"

他说了一个国保内部培训活动的名称，说："他们这批全国学员里抽调了好几个去参加，应该是临时通知的，收了手机，培训是全封闭，估计要好几天吧，反正这两天他电话都打不通。"

尚扬："……"

他对曲燎原道："行，下班陪你一起去追星。"

下班后，尚扬和曲燎原在柏图家生活区的大门外碰头。

"柏图也太好说话了吧？"曲燎原道，"一说见面，他就约咱们到他家来。我有点担心，等下一听具体情况，万一他真要去见闫航怎么办？"

尚扬拿不准柏图会怎么想，说："那就把利害关系说明白，他脾气好、人温柔，不代表就一定是同情心泛滥。"

两人在门口登记，门卫和业主联系后，才放他们进去。

这小区的安保措施比之从前又加强了不少。某位霸道总裁在事发时，就说过一定会投诉物业，现在这景况大概和他也有点关系。

曲燎原吐槽道："不知道霸道总裁在没在家，他讨厌条子，本条子也不喜欢他。"

又说："如果金旭能一起来就好了，这梁总嘚瑟，要金旭在才能刹一刹他。在学校的时候都没这样，金旭这家伙这两年越来越有气场了。"

尚扬："……嗯。"

"你们俩不是又battle了吧？"曲燎原好奇一问，"怎么你会不知道他去封闭培训了？"

尚扬被问得心虚，说："没有battle。我这两天忙着写报告，没关注这些……这些闲事。"

曲燎原说："怎么就是闲事了？尚主任，你不要瞧不起我们的基层同志，国保这个培训规格很高的！金副局这次能被选上，八成是又要提他了。你都没听说什么吗？"

"没听说。"尚扬是没听说，但心里也有数，这就是要提拔的苗头，说，"我又不在实权单位，只是跟别人在一栋楼办公，这种消息传不到研究所里。"

曲燎原只顾着开心，道："要是金旭也能调来这儿，我就有人能一起玩了。咱们寝室几个人，就你和我在这儿，你还一年到头全国各地跑，轻易见不着人。这个月我见你的次数，比去年一整年都多。"

尚扬心想，某人前几天还抱怨这里生活成本高，要是真被调来，那就……就有意思了。

他一心两用地对曲燎原道:"你这是倒打一耙,我不出差的时候,也没见你积极主动地找我,我找你,你还总是说跟你哥约好了有别的事。"

"我那是……反正吧,等到周末,金旭肯定就培训完了,到时候让我哥掏钱,请咱们三个一起吃烤羊。"曲燎原,一位朴素的'凡尔赛'大师,表面劫富济贫,其实满脸掩饰不住的炫耀之色,"我哥的年终奖,实在是太多了!"

尚扬:"……"

第五章
JIN JIA XUAN
QU LE NA LI

柏图家里。

恐吓案困扰了柏图两个多月,现在一解决,他看起来轻松了很多,脸色比起前几天见时都要红润些,笑容在风度之外也更多了几分亲切。

霸道总裁梁先生也在,他的心情也很不错,对条子们的态度比起以前好了很多,但很明显是一副"来做客可以,不要再谈那案子"的姿态。

令人烦恼的事过去了,不想再提起也能理解。

但曲燎原就是来干这个的,客套了两句,就直接把闫航想见柏图的始末讲了。

梁玺:"……"

柏图却一脸茫然,仿佛不知道是发生过什么。

梁玺瞬间大变脸,语气不善道:"见什么见?该不是还想求我们谅解他?让他做梦去比较快!"

曲燎原解释是拘留所联系了他,他只是按流程来通知当事人,并诚恳地表达了自己对柏图的个人情感和关心。

梁玺越听越火大,看曲燎原的目光里都要飞出刀子来。

尚扬看局势走向不太对,忙解围道:"我们当然不赞成柏图先生去和嫌疑人见面,嫌疑人更需要的是专业心理疏导。曲警官没有别的意思,是担心柏先生会误把这事归咎于自己,他这担心是出于公安责任,以及一点粉丝情感,梁先生别误会。"

"随便什么情感吧。"梁玺不耐烦道,"两位警官还有别的事吗?"

他这是在下逐客令。尚扬觉得好像哪里有古怪。

"有没有谁能先对我解释一下,"果然,柏图开口道,"这嫌疑人,除了是狂热粉丝,他这么做,是还有别的行为动机吗?"

梁玺道:"没有,就是心理变态。"

柏图:"……"

曲燎原和尚扬面面相觑,结案那天,梁玺明明就在分局里,这案件的起因经过以及结果,他当时就再清楚不过。回来后竟然都没明确告知当事人柏图?为什么?也是怕柏图会多想会自责?所以干脆不说吗?

柏图对梁玺道:"你不要插话,我想听警官们说。"

梁玺拧起两道浓密剑眉,霸总委屈:"你是不是不相信我?"

柏图正色道:"有时候我也会对你说谎,这不是信任的问题。我现在还没有生气,只是想知道真实的情况。"

梁玺道:"可是……"

"要不你出去玩儿吧?"柏图道,"不要在这里捣乱。"

梁玺闭上嘴,但起身换了位子。

柏图问:"曲警官,到底是怎么回事?"

曲燎原如实相告:"这个嫌疑人,喜欢你确实是喜欢到了变态的地步,本来只是远远地自己变态,之所以开始骚扰你,是因为你接演的新电影,里面的情节,让他联想到自己的童年经历,使原本就对你有点病态的心思雪上加霜,于是就走了极端。"

在他讲述的过程中，尚扬在一旁观察着，发现柏图脸色越来越难看，呼吸也难以平静，反而是梁玺变得谨小慎微，大气也不敢出的样子。

尚扬又想起了金旭之前的猜测，通过一些细节和对于骚扰事件的态度，金旭曾经认为柏图也许遭遇过一些不太好的经历……难道说是……

"基本上就是这样。"曲燎原讲完了，道，"真的就是他自己心理有问题，和你接演什么电影根本没有关系。他把自己受过的伤害当成卖惨的筹码，先后欺骗了他那个姐姐和大学里的女朋友，现在提出见你，我都怀疑他是想用同样的招数PUA你，冲你卖惨，希望你能谅解他，更重要的是可能还想在你面前刷一下存在感。我的意见是，你真的没必要去见他。"

柏图没有很快接话，表情很复杂，双手握紧，像在纠结什么。

梁玺表现得既着急又没办法，忽然冲警察们撒气。

"为什么这种变态，到现在还只是行政拘留？你们警察到底一天天的在干什么？"梁玺无理取闹道，"简直是浪费纳税人的钱！"

尚扬："……"

他在现实生活中第一次听到纳税人警告，既觉得荒唐，还忍不住想，金旭理应是见过不少了，如果金旭在场的话，一定知道该怎么漂亮地回敬这位纳税人。

"梁先生，你学学法吧。"曲警官不以为意，认真地解释了一遍刑事案件要走检方程序，具体程序都有哪些，并且现在已经在向检察院移送，等等等等。

梁玺："……"

尚扬：好的，只有我在浪费纳税人的钱。

"曲警官，"柏图道，"他家里人，知道他做了这些事，知道他被逮捕了吗？"

曲燎原道："知道，他妈妈已经来了，按规定亲属不能探视。而且他对他妈妈很敌视，他的姐姐和女朋友都曾经听他说过，在他小时候……他妈妈其实无意中发现过，和他继父吵过几次，但可能是因为他是个男孩，加上那时候他妈妈收入很少,再次离异的话养家养儿子都有困难,最后就不了了之了。"

"我们另一位办案的同事,你们见过的,就是那位姓金的警官,"尚扬补充了一点,道,"他在审问嫌疑人以后,说这人有比较强烈的仇女心态,侮辱和践踏女性会让他有心理满足感。这可能和他妈妈有一定的关系。"

柏图道:"那……那个人呢?"

曲燎原道:"你说他继父吗?这人当然不会来了,他们家乡的公安已经介入了这事,目前初步怀疑这人这些年可能还侵害过其他小孩儿,一定会找到证据,把坏人绳之以法的。"

柏图点点头,说:"好……好。"

梁玺轻拍了下他的背,说:"你别管这些了,也不用去见他,你要是觉得……我帮他请个好一点的心理医生,行吗?"

"我不去见他。"柏图道,"没说要去。"

梁玺不说话了。

柏图深呼吸,对梁玺笑了一笑,说:"我没事,只是乍一听有点难受。"

又对两名警察再次表明:"我不会去见他,成年人要学会为自己的行为负责任。如果可以的话,麻烦警官转告他,他最该求谅解的对象不是我,是被他伤害的两个善良女孩,还有无辜的猫。"

他长吁了口气,说:"我不会谅解他,也不想知道他要对我说什么。"

所以……任务完成!

曲燎原拿出准备好的本子,请柏图给他签名。

梁玺:"……"

曲燎原为了照顾群众情绪,勉为其难地也请梁玺签了一个名。

两位警官告辞要走,柏图送他俩出来,还帮他俩按了电梯。

"以后没事来玩。"柏图道,"下次请金警官一起来,就在我家里吃顿便饭。"

曲燎原欢欣鼓舞地刚想说好,尚扬道:"不行,我们有规定,不能接受任何请客。"

柏图道:"朋友关系也不可以吗?"

尚扬:"这……"

"当然可以!"曲燎原忙道,又威胁地看着尚扬,让他不要阻止自己追男神。

两人走进电梯,对柏图道别。

"等一下,"柏图忽道,"除了刚才那些,还有句话,方便的话,也请警官向嫌疑人转达。"

曲燎原和尚扬同时一愣。

"人生很长,好好生活。"柏图露出笑来,挥手以示再见。

电梯缓缓下行。

"他太帅了。"曲燎原道。

"是。"尚扬也道。

他从那笑容里品出了一点别的意味。

也许金旭猜测的情况真的发生过,也许比金旭想的还要糟糕。

可是人生很长,只要不停向前,总能跨过崎岖黑夜,迎接朝阳。

几日后,周五下午。

曲燎原在一家蒙古包式的烤全羊店预订了当晚的位子,把地址发给尚扬,并说也把地址发给了金旭,虽然金旭现在还关着机,可听说是今天结束培训。

"咱们三个人先去,他要是去不了,那就是他运气不好,和烤羊没缘分。"曲燎原相当随意。

反正金旭结束这个封闭培训以后还要在这里待十来天,这局假如组不到他,就下一局再组,不差这一次。

不知道能不能出现在蒙古包里的金旭,成了薛定谔的金旭。

尚扬有点想知道,金旭和烤全羊到底有没有缘分。

他第一个到，曲燎原和哥哥随后到了。

先点了单，三人在蒙古包式的包房里，围在桌边，席地而坐，聊着天，等上菜，也等不知还能不能来的那个人。

尚扬心不在焉地和这对海归博士兄弟俩，聊着天马行空的话题。

店家把羊烤好，送了上来，当着客人的面开始切割。

那羊肥嫩滴油，鲜香扑鼻。

曲燎原哥俩都挽起袖子，准备好了要大快朵颐。

蒙古包厚厚的帘子被打开，尚扬不由自主看过去，看到穿着蒙服的服务员进来，来给他们上别的菜。

那帘子刚垂下，又一只手过来将它掀开，露出一张英俊的脸庞，他身形很高大，要微微低着头，才能不撞到脑袋，顺利地走进包房里来。

"总算来了！"今日做东的曲燎原立马跳起来，高兴地去迎接对方。

哥哥也慢慢起身，与来人打了招呼。

唯有尚扬，他坐在那里不动，还端起杯子喝奶茶，碗大的杯子遮着半张脸。

"怎么就你这么没礼貌？"那人到尚扬旁边的位子坐下，一边脱外套，一边低声道，"喝的什么，给我喝一口，渴了。"

他从尚扬手里把杯子拿了过去，直接把那半杯奶茶喝了。

尚扬："……"

曲燎原这人最是喜欢热闹，每当这种时候，他都会担当活跃气氛的角色，他冲金旭说："我们说你要是来不成，吃不到这顿烤羊太可惜。尚扬还说，你就没这命。看看看看，尚主任，看你还说不说风凉话！"

而尚主任只想塞住他的嘴巴。

聊天，吃饭，结束后，各自回家。

曲燎原喝了点酒，拉着尚扬讲笑话，尚扬都没听懂笑点，他自己笑得前仰后合。

他哥哥结完账，过来把他塞进特斯拉里，带走了。

余下尚扬和金旭在饭店大堂里。

"我……叫辆车吧。"尚扬低头拿出手机,打开叫车 App。

有车接了尚扬的单,要等上六七分钟。

金旭把搭在臂弯的外套穿在身上,慢吞吞地说道:"我回去睡了,这几天培训严重缺觉。"

尚扬道:"行,早点回去睡吧。"

"那你帮我叫辆车,"金旭道,"我手机没电了。"

尚扬将信将疑地看他。

他拿出手机,黑屏按不亮,给尚扬看了眼,说:"是真没电了。"

尚扬:"……"

尚扬点开叫车 App,迟疑地准备再叫一辆车。

"还是那家定点宾馆,记得叫什么名儿吗?"金旭道。

"记得。"尚扬道,在目的地一栏输入了那宾馆的名字。

这店到那家定点宾馆,打车要将近三百块。

凭什么?他又不是曲燎原家哥哥,年终奖有那——么——多!

"金副局,"尚扬停止叫车的动作,说,"你知道有种东西,叫共享充电宝吗?"

他朝饭店收银前台一指,说:"瞧见没?那有几十个。"

金旭说:"我手机一点电都没了,开不了机,那个扫不了。"

尚扬大方道:"我帮你扫一个,几块钱而已,不用跟我客气。"

此刻,网约车司机打来电话。

尚扬接起来,对已经到了门外的司机说,马上就出来。

挂了电话,他看金旭,金旭也看着他。

"我回家了。"尚扬道。

金旭不说话。

尚扬朝外面走,果然金旭跟了上来。

外面很冷。

尚扬快步走到车前，开门坐上后排。

金旭从另一边也坐上了后排。

"谁让你上来的。"尚扬道，一个疑问句，却不是疑问的语气。

司机师傅照着导航开车。

后排两个人都不说话，四十分钟后，两人来到了尚扬的住处。

进小区，上电梯，直到尚扬开门，他俩都没有说话。

推开门，尚扬进去，摸到开关按下，啪一声开了灯。

家门被金旭带上，门锁咔嗒一声。

窗外的夜，北风呼啸，天气预报说今夜低温会突破零下十度。

室内如春，金旭开了电水壶烧热水，但自己另倒了杯凉水，大口喝了。

尚扬趿拉着拖鞋进了房间里去，金旭朝那边张望，听他在房里开抽屉找东西，道："找什么？我已经用不上充电宝了。"

尚扬从里面出来，把拿到的东西朝餐桌上一扔。

金旭："？"

是张银行卡。

"我的工资卡。"尚扬在他对面坐下，介绍说，"工资税一万二，每个月会按时打进来，账户里还有笔定期，六十多万，这就是我的全部身家了，一共就只有这么多。"

金旭："？？"

尚扬道："没买车，这里太堵了，买了也不方便开。没有房，买不起。这份工作也没什么上升空间，就是熬年限，到年龄了能提就提，提不上去的话，到这儿就是头了。"

金旭："？？？"

尚扬道："父母双全，独生子。妈还行，挺好，退休了，身体不错，没什么钱，有医保。爸不太行，听起来倒是职务不低，也没钱，要是提权，他能当场打死我，也有医保……身体太好了，我死了他也死不了……扯多了，总之家里就是这情况。"

短暂的沉默后。

金旭配合地也介绍起自己工作数年后目前的情况来。

"一个月工资六千七百多,存款不到三十万。

"没房没车。

"无父无母。"

尚扬:"……"

金旭想了想,又说:"净身高一米九一,体重一般在八十五上下,生过一次大病,医生说复发概率不高。"

"金牛座,没有兴趣爱好,一看书就困,旅游浪费钱,平常比较无聊。

"能做几个家常菜,不反感做家务,在男的里边算爱干净……不跟你比。

"之前谈过一次恋爱,大学的事,她毕业,就分了手。"

"停!"尚扬惊奇道,"我怎么记得,分手是因为你非要回西北?大四的时候,学姐还回学校找过你呢。"

那位学姐比他们大两三岁,读研的时候倒追了本科生金旭,金旭和尚扬要升入大四的时候,学姐毕业,在市局法制处做文职。

那时候尚扬和金旭互相不怎么搭理对方,尚扬对这事的认知,都是听同寝室和隔壁寝室其他男生说的。

据说,因为金旭参加全国招警联考,填报的志愿是要回西北,而学姐不愿意异地恋,来学校找他商量,两人谈不拢,吵了一架,就此分手。

是在校园哪里吵的,怎么吵的,学姐怎么梨花带雨,一对年轻男女如何凄凄惨惨戚戚,从此鸳鸯两处,天各一方……绘声绘色,有鼻子有眼。

"曲燎原能做证,大家都是这么说的。"尚扬道。

"?"金旭本人第一次知道还有这种传闻,无语道,"我自己什么时候分的手,还不如别人清楚吗?联考报名以后她去学校那次,已经分手半年多了,她去学校是有别的事,找我倒确实是因为听说了我报的志愿,好心劝我三思,毕竟回了地方后,想再调回来就不容易了。"

尚扬一想，明白了。那位学姐非常漂亮，人品口碑也很不错，说是当时风靡全校的女神级的人物，丝毫不夸张。

女神下凡并青睐金旭这事，给金旭拉了不少仇恨，他那时候又很沉闷，不爱说话，不太会做人，男生们背后编派他几句，也不奇怪。

尚扬好奇道："学姐毕业，你们就分了手？为什么？"

金旭抱起手臂，高冷地说："管得着吗？"

尚扬手指敲桌，问讯的语气："严肃点，坦白从宽。"

"好的，尚警官。"金旭向前倾了倾身，双手交叉着置于桌上，小学生答题一般，回答道，"事实上是她毕业后参加了工作，没多久就向我提出了分手，校园恋爱能有结果的本来就不多。没吵架，也没人哭，我请她在学校食堂吃了碗面，就分开了。"

这和尚扬印象中的发展不太一样，但也差不太多。

他一直以为金旭和学姐分开是他们大四联考前后的事，因为西北太远，条件相对艰苦，学姐不愿嫁鸡随鸡嫁狗随狗，可是远距离恋爱又不靠谱，这段恋情就只能悲剧收场了。

真实情况也只是把时间提前了一些，原因大差不差，学姐留在这里工作，金旭是从报考公大时就想好了毕业要回家乡的，那分开是早晚的事，学姐快刀斩了乱麻。

女孩的青春比起男孩就是要更珍贵一些。如果他是学姐，大概率也会做这样的选择。

男的就没什么所谓了。他自己的工作性质本来就是一年有半年在全国各地出差，金旭在基层更忙，即使金旭有机会调回来，他们也不可能如寻常恋人一样厮守。

他从小在公安大院长大，当公安能工作家庭两不误的，一个也没见过。

金旭在他眼前挥了下手，说："在想什么？"

"想你前女友……"尚扬很客观地说，"她是真的漂亮。"

金旭眯眼看他，说："你不会当年也羡慕过我吧？"

尚扬故意酸言酸语："那是当然，咱们上下几届，哪个男的没羡慕过你呀？"

金旭道："哦，当时那么爱针对我，也有这个原因吗？"

"我不记得了，太久了。"尚扬这纯属信口雌黄，他压根就从不是羡慕他那群人里的一员，说，"刚上班那一年，系统内部会议，我还见过学姐几次，后来听说她嫁了个青年才俊，生了小孩，身体不太好，就辞了职在家专心相夫教子，我也没再见过她。"

金旭道："不知道，早就没联系了。能不聊我前女友了吗？"

"那聊什么？"尚扬道。

"聊聊我，或者你。"金旭道，"大学的时候，你真没关注过我长什么样子吗？"

"谁没事要关注你。"尚扬道。

金旭道："我以前没事就爱关注你。"

尚扬问："都关注我什么？"

金旭道："看你一周有几次赖床不起，熄了灯是偷吃泡面还是辣条，跟家里打电话吵没吵架，周末又跟谁去网吧玩了。"

尚扬："……"

两人聊着大学里的事，有很多尚扬以为自己不记得了，被金旭稍稍一点，他又有了模糊的印象，那四年里关于他的细枝末节，金旭比他自己还要清楚。

近十二点。

"你困了吗？"尚扬道，"培训不是缺觉吗？睡去吧。"

金旭对他笑，说："困，不太想睡。"

尚扬拍桌道："解散。"

金旭佯作人惊："这就考察完了吗？预备合租的室友。"

"回去等消息。"尚扬像个HR一样说。

金旭拿起那张银行卡，弹了一下，说："这还不是开卷考？交白卷你都会给我满分。"

他把卡扔回给尚扬，准备去睡沙发。

周末两天，两人和睦相处。
第一天。
一起逛超市买菜，午饭金旭来做。下午一觉睡到天黑，晚上拉好窗帘关着灯，一起看电影。
第二天。
去商场逛街，各自买了两身衣服，都是尚扬选的，互相付了对方的那一份，算作是礼物。
中午在外面餐厅吃饭，还遇到了庄文理，他鼻青脸肿地和朋友一起，两名警察听到他在抱怨，说警察多事，在女朋友面前捅破了他的渣男行为，两个女的各自叫了一帮小姐妹，把他堵在家里，一顿粉拳，他就被揍成了这样。

下午无事做，离得不远，两人到柏图开的咖啡馆坐了坐，先前见过的两只猫在吧台睡着觉营业。

又看到店长收了快递，是买了幼猫食用的猫粮。两人好奇一问，店长说老板新收养了一只小奶猫，受了点伤在医院，过几天就能来店里"打工"了。

冬日午后的阳光明亮透净，隔着窗，洒进弥漫着咖啡香气的温暖室内。
尚扬和金旭并肩坐在窗边的位子上，低声聊着天。

店里放着轻缓的歌曲，窗外是一道胡同，行人和共享单车慢慢经过。
桌旁一面 LOMO 风格的照片墙，其中一张写了句诗——
你来人间一趟，你要看看太阳。

未完待续，更多精彩内容敬请关注《金嘉轩去了哪里2》